KB235229

중국 대륙을 탐하다

중국 대륙을 탐하다

전세영 글·사진

내가 만났던 대부분의 중국인들은 참 순박했다. 그들이 지식인이건, 시장상인이건, 아니면 학생이건 밝고 맑았다. 그것이 중국인들의 태생적 유전인자에서 온 것인지, 사회주의적 교육방식에서 온 것인지, 아니면 역사 · 문화적 영향 때문인지는 모르겠지만 그들은 순박하였다. 그들의 삶은 경제적으로 넉넉지는 못했지만 행복을 느끼며 살아가던 수십 년 전 우리네의 자화상을 읽을 수 있었고, 물질적 풍요가 인간의 행복감과 반드시 비례하지 않는다는 사실을 온몸으로 느끼기도 했다. 사람들과 사귀며 대화를 할수록 살고 싶은 나라, 살수록 정감이 가는 나라, 같은 피부색깔에다 문화적 동질감이 많아서 그런지 아무런 거부감이 느껴지지 않는 나라, 그곳이 중국이었다. 또한 중국은 북미나, 유럽, 일본을 여행하다 보면 간혹 우리들에게 다가오는, 약간 멸시하는 듯한 거북살스런 눈길이 없어서 좋았다.

중국은 광활하였다. 성(省)이 바뀔 때마다 달라지는 자연풍광, 끝없이 펼쳐지는 건조지대와 초원, 그리고 바다와 같은 강과 호수가 그랬다. 사람들과의 사귐에 아무런 격의가 없는 자연스런 모습에서 중국인들이 갖고 있는 대륙적 기질의 한 단면을 읽을 수 있었다.

경제개발과 소득 면에서 동부와 서부는 현격한 차이를 보여주었다. 중국에서 서부 대개발이 시작된 지 10년이 지났지만 아직 서부 지역은 발전 속도가 많이 느리고 낙후되어 있었다. 하지만 중국의 곳곳에서 개발 바람이 분 지가 오랜 것을 체감할 수 있었다. 시간과 여건상 중국전역을 두루 돌아다닐 수는 없었지만 방문하였던 어느 지역이건 활기가 넘쳤다.

중국의 젊은이들을 보면 중국의 미래가 밝다고 생각된다. 반드시 그런 것은 아니지만 대체로 접해보았을 때 40대 중반 이후의 나이 든 세대에게는 어딘가 어둡고 찌든 인상을 많이 받았지만, 1가구 1자녀 세대들인 젊은이들은 밝고 활달하며 자신의 주관이 뚜렷했다. 한국 같으면 부모에게서 용돈을 타 쓸 나이의 젊은이들이 이미 사회에 진출하여 자신의 앞가림을 하고 있었다. 대부분의 중국인들은 우리와는 달리 영어를 못한다고 주눅이 들거나 부끄러워하지 않았다. 그들은 당당하였다. 다만 아쉬운 것은 최근 들어 이들 젊은 세대들에게서 우리가 버리려고 노력하고 있는 '빨리빨리' 병의 증후가 많이 보인다는 것이다. 엘리베이터의 닫힘 버튼 누르기, 행인의 도로 무단횡단과 자동차의 앞지르기, 새치기의 일상화 등이 바로 그런 증후의 대표적인 예이다. 아마도 급속 성장정책, 경제 우선정책이 지속되는 한 이런 사회적 증상들은 빠른 시일 내에 교정되지는 않을 것 같다.

중국의 젊은이들은 친절하였다. 감동을 받은 경험이 몇 번 있었다. 대학 교정에서 무거운 짐을 들고 가는 나의 뒷모습을 보고 숙소 입구까지 멀다 않고 자진해서 밝은 얼굴로 짐을 날라다 준 여대생, 자전거 체인이 터져 난감해하고 있을 때 자신을 믿어준다면 자기의 자전거를 탄 채 내 자전거를 한 손으로 끌고 항저우사대 정문까지 기꺼이 가져다주겠다고 정중히 말했던 항주의 청년, 시내버스를 탔으나 지리를 몰라 물어보자 나의 목적지까지 함께 간 후 길을 안내해주었던 난징의 중학생. 나는 그들의 친절을 결코 잊을 수 없다. 이미 한국에서는 사라져 버린 그런 인간미와 정감을 중국에서 느낄 수 있었다. 인간의 순수성에 토대한 그러한 정감이 중국인들의 핏속에 영원히 지속되기를 바랄 뿐이다.

그들의 다정함과 친절도 그렇지만 중국을 여행하면서 느꼈던 또 다른 감동은 그들의 예술성이었다. 아무 생명도 없는 나무에다, 흙에다, 그리고 바위와 돌에다 생기를 불어넣는 그들의 예술혼. 그들의 예술혼은 과거에서부터 오늘날에 이르기까지 중국 곳곳에 살아 숨 쉬고 있었다. 예술 전공자도 아니면서 나는 그것을 카메라에 열심히 담았다. 비록 비전공자라고 하더라도 가슴속 한구석에는 그 아름다움을 보고 느낄 수 있는 감성이 살아있기 때문이었다.

이 글은 내가 항저우사범대학에 1년간 연구교수로 체류하면서 기록해 두었던 원고지 3,000장의 분량 중 일부를 책으로 엮어낸 것이다. 한국인들의 중국에 관한 기록은 멀리는 조선 관리들의 명나라 사신 기록인 '조천록'과 청나라 사신 기록인 '연행록'이 있고, 오늘날 당대에는 한국 여행객들에 의한 기록물들이 셀 수 없이 많다.

이 책도 어쩔 수 없이 중국에 관한 기록 중의 하나로 남을 것이다. 학회 참석차 짧은 기간 동안 몇 차례에 걸쳐 중국을 여행한 적은 있었지만 장기

간 동안 중국 사회에서 생활해보기는 처음이었다. 비록 길지 않은 시간이
라 할지라도 중국에 살면서 가능한 한 많은 것을 보고, 느끼고, 경험하려
했으나, 교수로서의 본업을 지키면서 짬짬이 틈을 내어 중국 문화의 여러
가지 면모를 접하는 데는 한계가 있을 수밖에 없었다는 것이 솔직한 고백
이다. 하지만 한 사람의 정치학자로서, 그리고 교육자로서 가능한 한 객관
적으로 중국을 보려고 노력했음은 사실이다. 1년이라는 짧은 기간 동안에
중국의 면모를 다 알 수는 없는 일이다. 어떤 부분은 많은 분들이 공감할
수도 있고 어떤 부분은 나의 짧은 시각이 나타난 것일 수도 있다. 독자 여
러분의 많은 이해가 있기를 바란다.

나의 항저우 체류 1년 동안 도움을 주었던 분들께 감사의 말씀을 드리고
싶다. 우선 출국준비에서부터 귀국 이후의 업무까지 노고를 아끼지 않은
부산교대 관련 부서 직원 여러분에게 감사의 말씀을 전한다. 다음으로 나
를 초청해주고 체류기간동안 여러가지로 호의를 베풀어 주신 항저우사범
대 예까오샹(叶高翔) 항저우사범대 총장께 감사를 드리며, 국제교육학원의
우샤오웨이(吳曉維), 국제교류처의 쉬껀칭(徐根淸), 탕쓰밍(唐世明) 세 분 교수
에게 고마움을 표한다. 이분들은 항저우사대에 유학과 어학연수를 온 외국
학생들의 교무와 일상사를 지휘해 온 학장으로서, 그리고 국제교류업무 부
서를 맡아 온 처장과 부처장으로서 바쁜 중에도 틈을 내어 나에게 친절과
배려를 아끼지 않았던 분들이었다. 또한 어떤 일이든 치밀하고 완벽하게
처리해 나가는 국제교류처 리인화(李銀花) 선생과 짱민(張敏) 선생, 국제교육
학원의 차이링(蔡凌) 선생도 크고 작은 일에 많은 도움을 주었다.

아울러 이 책의 편집에서부터 출판에 이르기까지 세밀한 배려를 아끼지 않으신 푸른사상의 한봉숙 사장님, 기획에서부터 교정까지 이 일에 전적으로 매달린 김재호 선생님 및 편집부 직원 여러분께 깊이 감사드린다.

또한 외국에서 혼자 생활하는 형부의 건강이 걱정되어 틈틈이 먹거리를 챙겨주고, 맛깔스런 음식 솜씨로 호텔음식 못지않은 멋진 요리를 대접해준 처제 박혜선과 중국의 맛과 멋을 알려주려고 노력해준 동서 염강섭 박사에게도 고마움을 전한다. 끝으로 직장생활을 하는 바쁜 와중에도 이국땅에서 혼자 지내는 것을 못내 안타까워하며 별로 재미없는 남편을 위해 크고 작은 수발을 해준 아내 박미선과, 나름대로 충실한 대학생활을 하고 있는 경근 · 경은 남매에게 진심어린 사랑을 전한다.

2011년 3월
전 세 영

차례

제5부 高道 위에서 古都를 만나다 쿤밍, 따리, 리장

제6부 자연의 신비로움 구이린, 양숴, 우루무치

제7부 뜻이 이루어지는 땅 티베트

제1부 낙원의 도시 항저우

항저우(杭州)는 아름다웠다. 중국의 4대 미녀 가운데 하나인 서시(西施)의 고향. 마르코 폴로도 그 아름다움에 반했던 2200여 년의 연륜을 가진 역사도시. 보고 또 봐도 물리지 않는 곳, 항저우.

참된 미인은 한눈에 반하는 그런 여인이 아니라 은근한 아름다움을 오랫동안 풍기는 여인이라고 했던가. 사람마다 취향은 다르겠지만 장미의 질펀한 아름다움보다 연꽃의 은근한 풍모가 느껴지는 곳. 한눈에 다 드러나는 매력이 아닌 살아갈수록 은근한 매력을 느낄 수 있는 도시가 항저우였다.

서민들이 사는 골목골목마다는 그렇지 못하더라도 중국의 어느 도시도 항저우만큼 깨끗하고 조경이 잘된 곳은 볼 수 없었다. 중국인들의 타고난 예술성과 누적된 전통을 바탕으로 자연미와 인공미를 완벽하게 조화시킨 도시. 항저우에는 일일이 지적할 수 없을 정도로 가볼 만한 곳이 많지만, 시후(西湖) 주변에는 여러 가지 역사적 의미를 갖는 건축물과 유적들이 즐비했다.

자전거 도시 항저우

항저우에 터를 잡은 지 2주가 지난 오늘 벼르고 벼르던 자전거를 사기로 했다. 나는 학생 둘과 함께 서문 옆에 있는 자전거 수리점을 들렀다. 그곳에 있던 중고 자전거는 그리 낡지 않아 탈 만했다. 다만 브레이크가 잘 들지 않아 점검을 부탁하였는데 앞 브레이크는 내일 오면 무료로 고쳐주겠다고 하였다.

토요일 오전, 시후를 향해 내달렸다. 시내 곳곳을 자세히 보지는 못하겠지만 시후를 중심으로 항저우 시내를 살펴볼 요량이었다. 이곳엔 자전거 전용도로가 마련되어 있었고, 자전거 신호등이 자동차 신호등과 함께 점등되기 때문에 사거리에서의 좌·우측 통행에 전혀 지장이 없었다.

지나는 길에 저장대학이 보여 들어가 보았다. 그곳은 저장대학(浙江大學) 옥천(玉泉)캠퍼스였다. 항저우사범대학 전강(錢江)캠퍼스보다 크고 넓었다. 도서관을 얼마 못 간 입구의 중심도로 중앙엔 돌로 조각한 대략 높이가 15m 남짓 되어 보이는 마오쩌둥의 동상이 자리하고 있었다.

캠퍼스를 간단히 돌아보고 난 후 시후 쪽으로 방향을 틀어 들어선 곳은 시후를 일주하는 도로였다. 시후가 중국의 유명 관광지라 그런지 꽤 많은 관광객이 있었다. 시후의 서쪽 편에 위치한 폭 20m 남짓한 인공제방은 차량출입이 금지되어 있어 자전거와 관광용 소형 전기차가 사람들과 함께 붐

저장대학 입구의 중심도로 중앙에 자리 잡은 마오쩌둥의 동상

벘다. 자전거로도 10여 분이 소요되는 꽤나 긴 제방 쑤띠(蘇堤)였다.

시후 주위를 동편으로 돌아가니 저장성 군관구사령부와 항저우 경비사령부가 있었다. 우리나라의 어느 부대도 그렇지만 여기서도 경비병이 기립자세로 서 있었다. 사령부의 정문 앞 투명 초소 속에서 개머리판을 땅에다 댄 채 부동자세로 마치 밀랍인형처럼 눈썹 하나 꼼짝 않고 서 있었다.

다시 자전거를 몰고 얼마 지나지 않으니 붉은 바탕에 흰 글씨로 '과학중흥, 사교배척'이라는 글귀가 보였다. 사교란 무엇을 의미할까. 중국 곳곳에 절이 있고 거기서 참배하는 중국인들을 보아왔으며, 교회에서도 종교활동을 하고 있는데 혹시 중국 정부가 배척의 대상으로 지목한 '파룬궁(法輪功)'인지도 모르겠다. 파룬궁 수련자가 중국에서만 1억 명이 넘는다고 들은 적이 있다. 그들이 종교적 결속력을 나타내면 중국 공산당의 1당 지배에 문제가 된다고 판단해서일까?

자전거 전용도로를 가다보니 사거리 신호등 대기 지점에 10m 정도 길이의 견고한 차양텐트를 요소요소마다 설치하여 시민들이 신호대기 중에 뜨거운 태양을 피할 수 있도록 배려한 점이 인상적이었다.

 중국 대륙을 탐하다

고장 난 자전거와 항저우 청년

감기로 앓던 몸이 많이 나아진 것 같아서 운동도 할 겸 점심식사 후 자전거로 시후 곁의 소동파기념관과 저장미술관을 보려고 출발하였다. 양공띠의 끝 부분 오르막을 가는데 갑자기 툭 하는 소리가 나더니 자전거 체인이 끊어져 버렸다. 정말 황당하였다. 집에서 출발하고 40분 정도 왔으니 20km 남짓 온 거리였다. 아무리 중고 자전거이지만 관광지 중심에서 고장이 나니 버리고 갈 수도 없고, 주변에 수리점이 없어 연락할 수도 없는 상황이었고, 택시에 싣고 가려고 하여도 실어줄 것 같지 않았다. 아직 항저우 시내를 관광하려면 네 시간 정도가 소요되는데 그 시간 동안 고장난 자전거를 끌고 다니기도 난감하였다.

고민만 하고 있기보다는 일단 끊어진 체인을 수습하여 담았다. 마침 자전거를 타고 앞을 지나가는 젊은 친구에게 상황을 설명하니 그도 난감해하며 이 부근에는 자전거 수리점도 없다는 것이었다. 항저우사대까지 가야하는데 혹시 택시가 실어 주겠느냐고 물으니 그의 눈치도 부정적이었다. 그는 지나가는 택시를 세우고 자초지종을 설명하였다. 택시기사도 난감해하면서 접는 자전거라면 몰라도 일반자전거는 싣기가 곤란하다고 하였다. 몇 대의 택시를 보낸 후 그에게 너무 고맙다고 하면서 시간이 걸리더라도 할 수 없이 자전거를 끌고 가겠다고 하였다. 그는 내게 도움을 주지 못하고 그냥 가기가 못내 아쉬운 듯한 표정을 지으며 자리를 떴다.

자전거를 타고 가다 체인이 끊어져 보기는 난생처음이었고, 그런 자전거를 끌고 몇 시간 동안 가기로 작정한 것도 처음이었다. 이런 경우를 황당과 처량의 합작품이라고 하는 것일까? 시계는 오후 3시를 가리키고 있었다. 두 시간이 지나면 날이 어두워지기 시작하는데……. 아무튼 내리막길은 자전거를 타고 내려가고, 평지는 한쪽 발을 페달에 올린 채 다른 발로 땅바닥을 밀면서 가고, 오르막은 밀면서 가기로 하고 일단 자리를 떴다. 오르막만 시간이 걸리지 내리막과 평지는 걷는 속도보다는 훨씬 빨랐다.

양공띠 다리 위를 올라가고 있는데 아까 그 청년이 뒤따라 왔다. 자기를 믿고 자전거를 맡겨주면 자기가 자전거를 끌고 갈 테니 항저우사대 앞에서 만나자는 것이었다. 나에게는 택시를 타고 먼저 가서 기다리라고 하였다. 그의 눈빛은 순수했다. 20대 초반의 그 젊은이는 한 손으로 내 자전거를 잡고 한 손으로는 자기 자전거를 몰면서 항저우사대까지 가겠다는 것이었다.

내가 중국에 와서 젊은이들로부터 감동을 받은 것이 한두 번이 아니었는데 이번에는 대단하였다. 아까는 나의 당황한 모습을 보고 큰 도움을 주지 못해 못내 아쉬워하며 자리를 떴던 그 젊은이가 안타까움에 다시 되돌아와 만약 자기를 믿어준다면 자전거를 항저우사대까지 끌어다주겠다고 하니 얼마나 감탄할 노릇인가! 나는 너무 고맙다고 하면서도 지도를 보여주며 혼자서 자전거 두 대를 끌고 간다는 것은 무리이고 위험하다고 하며 감사하다는 말을 연거푸 하였다. 그리고 학생을 이 부근에 불러서 조처하면 큰 어려움이 없을 것이라고 하였다. 하는 수 없이 처음 생각한 대로 내리막은 타고 가고, 평지는 한 발로 밀어서 타고, 오르막은 끌고 한참이나 갔다. 청소하는 아주머니가 멀리서 보였다. 항저우 시내의 청소하는 아주머니들은 전부가 자전거를 타고 다니기 때문에 수리점을 잘 알 것 같아 물어보았다. 그녀도 황당해하는 눈치였다. 앞으로 가면 있을 것이라고 하는데 찾을 수가 있어야지. 한참이나 가다가 다른 아주머니가 있어서 물으니 그녀도 딱하다는 표정을 지으며 자전거 수리점이 보이는 곳까지 안내해주었다.

수리점은 아파트 입구로 들어가는 골목에 있었다. 수리점이라고 하기에는 너무 초라한, 비닐 조각과 완전히 녹슬어 움직일 수 없는 자전거 두 대가 놓

플라타너스가 우거진 시후의 거리

여 있는 그런 곳이었다. 70이 넘어 보이는 노인이 수리공이었다. 나이가 들어서인지 그의 손놀림이 느렸다. 그는 힘들게 체인 이음쇠를 다시 연결하였다. 수리비는 2위안이었다. 그 자리에서 바로 타고 5m쯤 갔을까. 체인이 다시 끊어졌다. 오늘은 정말 이상한 날이다. 다행히 수리점 앞에서 끊어졌으니 망정이지 한참이나 가다가 또 끊어졌으면 더 난감할 뻔하였다. 다시 가서 보여주니 체인이 낡아서 그렇다며 통째로 가는 것이 좋겠다고 했다. 새 체인이 약간 짧아 뒷바퀴를 두드리고 하더니만 억지로 끼웠다. 그 정직한 할아버지는 아까 2위안을 받았으니 11위안만 더 내라는 것이었다. 완전히 새것으로 교체하는 데 13위안, 우리 돈으로 2,500원이니 아주 싼 편이었다. 자전거가 전의 상태보다는 빡빡해진 것 같고 달리는데 힘이 더 드는 느낌이었다.

자전거를 고치는 동안 자세히 보니 이곳은 항저우시가 아파트 단지 등 주거지 내에서 노인에게만 허가하는 자전거 수리점이었다. 노인복지제도의 한 가지 방법이라는 생각이 들었다. 수입도 수입이지만 일거리를 부여함으로써 노인들에게 살아갈 의욕을 부여하는 좋은 제도인 것으로 생각되었다.

시내버스의 절도방지 경고문

회화 수업을 마친 후 벤자민 부부와 점심을 함께 하였다. 식사를 마치고 나오는 길에 벤자민 선생의 배낭에 자물쇠가 둘이나 채워져 있는 걸 발견했다. 멋으로 달았느냐고 물으니 선생은 웃으며 도난방지용이라고 하였다. 처음 중국에 온 것이 3년 전쯤 되었는데, 지난번 배낭을 뒤로 메고 버스의 좌석에 앉았다가 미국에서 500달러 가까이 주고 산 아이팟(iPod)을 도난당했다는 것이다. 그 이후로 그는 버스를 탈 때는 가방을 반드시 앞으로 하고 탄다고 하였다.

그는 이곳의 버스 하차문 위에는 네 종류 색상의 경고문이 붙어 있다고 하였다. 빨강, 노랑, 분홍, 초록색으로 된 경고문이 있는데 빨강색의 경우 소매치기 등 범죄의 발생빈도가 가장 높다는 의미이고 초록색으로 갈수록 그 빈도가 낮다는 뜻이라고 말해주었다. 아마 노선에 따라 소매치기 등 잡범들의 활약이 다르기 때문일 것이다. 내가 항저우에서 만나는 중국인들은 한결같이 웃는 인상에 순박한 얼굴을 하고 있었는데, 사실 왜 그런 경고문들이 도처에 붙어 있는지 이해가 되지 않았다.

캠퍼스 내부에도 곳곳에 경고문이 붙어 있는 것을 보면 자잘한 범죄가 많이 발생하는 것 같았다. 그러나 이후에 버스를 타고 다니면서 유심히 보았으나 경고문은 보이지 않았다.

시시국가습지공원과 쏭청가무공연

항저우 시시국가습지공원(西溪国家湿地公园)

새벽녘이 제법 어둡다. 이런 분위기가 적응되지 않았는지 잠이 깨어 몇 분을 뒤척여야 했고 힘겹게 잠을 청하여 오전 8시까지 잘 수 있었다. 일어나 청소며, 빨래며 밀린 집안일을 마치고 점심 식사를 하자마자 자전거로 시내에 나갔다.

봄날 한가로운 모습의 시시국가습지공원

오후 4시 넘어서 돌아오기 까지 항저우 서쪽 지역을 돌아 원싼(文三) 서로(西路)에서 멀지 않은 '항저우 시시국가습지공원'을 들렀다. 습지공원이란, 우리나라 창녕에 있는 우포늪 생태공원과 비슷한 것으로 보면 되는데, 자연 형성된 늪으로 공원 구석구석 다양한 수생식물이 터를 잡고 있었다.

상당히 넓은 지역이 공원으로 조성되었지만 방문객들이 습지를 훼손하지

문필가 소동파, 구양수와 명재상 범중엄의 동상

않고 관람할 수 있도록 돌이나 나무로 만든 판을 말뚝 위에 세워 길을 내었다.

공원을 관람하던 중 간혹 낚시하는 사람들이 보였다. 중국에서도 낚시금 지구역에선 벌금을 무는지 운하 곳곳에 제법 큰 물고기가 헤엄치고 있는데 도 사람들이 보이지 않고 습지공원 내의 얕은 물에서 낚시를 하고 있었다.

쑹청가무공연

쑹청(宋城)은 송나라 문화를 재현하여 가무공연이 이루어지는 복합적인 문화공간이다. 우리는 오후 6시 30분부터 시작되는 공연을 보기로 하고 입 장료를 지불해 공연장 2등석 입장권(1등석 300위안, 2등석 140위안, 3등석 100위안)을 받아 안으로 들어갔다.

쑹청은 남송(南宋; 1127–1279)의 도읍이었던 항저우를 재현하여 성을 쌓고 성 내부에는 천 년 전의 항저우 시내, 성민들의 터전, 먹거리 장터, 남송시 대의 유명 인물들의 동상, 각종 누각 등의 시설들이 조성되어 있었다. 저명 했던 문필가 소동파, 구양수와 명재상 범중엄의 동상도 세워져 있었다.

쑹청 내부는 테마에 따라 몇 개의 구역으로 나누어져 있었다. 쑹청의 대 표적 공연인 쑹청가무쇼(宋城千古情)는 6,000만 위안(110억 원)을 들여 만든 대형 공연으로 해마다 160만 명이나 되는 관광객이 관람한다고 하였다.

우리가 앉은 자리는 2등석이 시작되는 첫째 줄의 중앙으로, 공연이 시작 되면 이동식 무대 때문에 좌우로 움직여야 하는 1등석보다 중앙에서 가장

1. 남송 시대 궁궐의 무희들
2. 쑹청가무, 꽃으로 장식한 무희
3. 한국의 장고춤을 추는 무희들
4. 남송(南宋)의 충신 악비(岳飛)
5. 항저우의 명물 룽징차(龍井茶) 밭에서 노래하는 여인들

가까이 전체 공연을 관람할 수 있는 좋은 자리였다. 공연장 내부는 어두운 색으로 뒤덮여 전체가 침침하다는 인상을 주었지만 공연이 시작되기 전 뒤를 돌아보니 1000여 명은 족히 앉을 수 있는 좌석이 모두 차 있었다.

공연은 크게 4부로 나누어 진행되었다. 각 부분의 첫머리마다 화면에 중국어와 영어, 한국어, 그리고 일본어로 된 내용소개가 간략히 있은 후 첨단 시설을 활용한 화려한 조명, 이동식 무대, 수준 높은 예술적 조형물에 갖가지 멋진 의상을 입은 배우들이 나와서 공연을 펼치는 식이었다.

1부는 '송궁연무(宋宮宴舞)'로 궁궐에서 잔치가 있을 때 왕 앞에서 수십 명의 무희들이 나와서 여러 가지 형태의 옷을 입고 교대로 추었던 춤을 말한다. 2부는 '금나라의 침략(金戈鐵馬)'으로 북방의 금나라가 침략하여 국가가 어려움에 빠졌을 때 충신 악비(岳飛)가 나라를 위기에서 구했지만 진회(秦檜) 등 간신들의 모함을 받고 억울하게 죽음을 당했고 나중에 국가적 영웅으로 추앙된다는 내용이었다. 3부는 '아름다운 시후, 아름다운 전설(美麗的西子, 美麗的傳說)'이라는 주제로 아름다운 시후의 자연 속에서 아름답게 살아가는 사람들의 삶과 시후에 관한 여러 가지 전설들을 극화한 공연이다. 3부엔 중국판 로미오와 줄리엣 이야기도 포함되어 있었다. 양산백(梁山伯)과 축영대(祝英臺)라는 청춘 남녀의 이루어질 수 없는 애틋한 사랑이야기를 극화한 무대가 그것이었다. 4부는 '여기에 모인 세계(世界在這里相聚)'로 중국에 살고 있는 여러 민족은 물론 세계의 시민들이 여기서 함께 모여 평화를 구가한다는 내용이었다. 공연 후반부에 무희들이 우리의 한복을 입고 집단으로 장고 춤을 추며 아리랑을 노래했고, 남자 무용수들은 농악 복장을 갖춰 장고춤에 맞추어 상고 돌리기를 공연했다. 무척이나 인상깊은 공연이었다.

전반적으로 평가한다면 항저우 '쏭청'의 대형가무인 '쏭청천고정(宋城千古情)'은 공연 내용과 화려한 무대장치, 그리고 무용수들의 아름다움과 춤솜씨, 그리고 극의 편성과 구성면에서 볼 때 관람자들을 다시 이 자리에 끌어들이기에 충분하다는 생각이 들었다.

시후에 가다

저장성박물관

택시 편으로 시후로 갈 계획이었지만 오늘 오후부터 실질적인 8일간의 연휴(중국의 건국기념일과 중추절)가 시작되기 때문에 20여 분을 기다려도 택시를 잡을 수가 없었다. 하는 수 없이 버스를 타고 저장대학 앞에서 내린 후 택시로 갈아타 시후 가에 있는 저장성박물관에 도착하였다.

저장성박물관, '저장 7천 년 전'이 열리고 있었다.

박물관 입구의 패널에는 '저장 7천 년 전(浙江七千年展)'이라는 문구가 새겨져 있었다. 7,000년……. 상상할 수도, 거역할 수도 없는 시간이었다.

저장성박물관의 규모는 그렇게 크지는 않았지만 나름대로 세밀하게 설계된 건물이 회랑으로 연결되어 있었다. 고대 돌도끼, 토기, 도기와 자기 등 전시된 유물들은 중국의 역사를 그대로 간직한 것들이었다. 하, 상, 주,

춘추전국시대, 진, 한, 수, 당, 송, 원, 명, 청나라의 유물들이 가득한 박물관에는 실제로 존재했다고 보기 어렵다고 하는, 말로만 듣던 하나라와 상나라의 유물도 전시되어 있었다.

악왕사당

세 시간 가까이 박물관을 관람한 후 부근에 있는 악왕사당(岳王廟)을 찾았다. 이곳은 송나라의 충신 악비(岳飛; 1103-1142)의 충절을 기리기 위해서 만든 사당으로 1221년에 건립되었다.

악비 동상, 사람들이 매만져서 칼끝과 주먹이 반들거린다.

악비는 남송(南宋)의 무장(武將)이자 충신으로 중국인들이 존경하는 인물 중 하나이다. 어려서부터 나라를 지키기 위해 온 힘을 다할 것을 교육받은 악비는 금나라가 쳐들어오자 용감히 싸워 백성들의 칭송을 받는 명장이 된다. 그러나 그는 금과의 화친을 주장하며 문치(文治)를 강조하던 재상 진회(秦檜; 1090-1155)와 그의 처 왕씨(王氏), 장준(張俊) 등의 모함을 받아 처형당하게 된다.

악왕사당 정문 바로 앞의 충열사 대전 안에는 4.5m 높이의 갑옷을 입은 악비가 칼을 든 채 앞을 주시하는 거대한 좌상이 있고, 악비기념관에는 갑옷을 입은 4m 높이의 청동제 악비 동상, 악비의 일생과 그의 언행록을 패널로 만든 그림들이 시대별로 걸려 있다. 악왕사당 내 남북의 양쪽 회랑에는

악왕사당 정문

멀리서 보면 흰눈이 쌓인 것 같은 보석산 야경

악비의 친필 글, 임금에게 올린 글을 새긴 비석 125개가 진열되어 있다.

이곳엔 악비의 묘 아래에 그의 아들 악운(岳雲)의 묘가 모셔져 있다. 묘 맞은편에는 철창에 갇힌 진회 등 그를 죽음으로 몰고 간 인물들이 포박당해 꿇어앉아 있는 철상(鐵像)이 있다. 재미있게도 철상 뒤에는 '교양있는 유람을 합시다(文明遊覽)', '가래침을 뱉지 맙시다(請勿吐痰)'라는 푯말이 붙어있다. 묘 앞 망주석(望柱石)에는 '正邪自古同氷炭, 毁譽于今判眞僞(정의

시후 가에 있는 대형음악분수

와 사악함은 옛부터 얼음과 숯처럼 어울리지 못하고, 명예와 불의는 지금에 이르러 그 진실이 가려지네)' 라는 글귀가 새겨져 있고, 묘문(墓門) 위에는 '靑山有幸埋忠骨, 白鐵無辜鑄佞臣(청산은 다행히 충신의 뼈를 묻었고, 백철은 무고를 한 간사한 신하를 주조했다)' 라 쓰여 있었다.

시후 음악분수

저녁에 시후 가에 있는 대형음악분수를 보러 갔다. 이미 많은 사람들이 와 있었다. 호수 건너편 보석산 중턱의 흰눈처럼 보이는 은근한 조명의 아름다움은 시애틀의 호숫가 정경에서 느낀 감동과 같았다.

이곳의 음악분수는 길이가 126m로 주간과 야간에도 시간대별로 가동되는데 야간에 많은 사람들이 모인다고 하였다. 주로 외국 곡에 맞추어 컴퓨터로 자동 조정되는 분수의 물줄기가 호수 속에서 비추는 여러 색의 불빛과 어울려 20분 정도 다양한 아름다움을 연출하였다.

초가을 바람에 취해

취위엔펑허(曲院風荷)

요 며칠간 운동이 부족한 것 같
아 자전거를 타고 시후로 갔다.
이제부터 차근차근 시후 10경을
하나하나 여유를 가지고 봐야겠
다고 생각한 나는 취위엔펑허를
찾았다.

취위엔(曲院)은 남송 때 궁중의
술을 빚던 공장이다. 입구에서 한
참을 들어가니 별도의 중국식 전
통가옥을 몇 군데 지어 회랑으로

취위엔(궁중의 술을 빚던 공장)

연결해두었다. 안을 둘러보니 실물크기의 인형이 곡식을 발효시키고, 증류
하는 과정을 옛 모습대로 재현해두었다.

'취위엔펑허'라는 이름은 연꽃이 활짝 피는 4-5월이면 술집 뜨락에서 피어나
는 술 향내가 정원의 연꽃 향기와 함께 바람에 떠다니며 색다른 분위기를 만들어

그 옛날 시인묵객들의 흥취를 자아냈던 취위 엔펑허의 연꽃. 인간은 결코 이런 색상을 만들어 낼 수 없으리….

낸다고 하여 붙여졌다고 한다. 원래 '곡원(曲院)'은 우리 발음으로 '국원(麴院)'으로 읽어야 옳다고 한다. 왜냐하면 누룩 '麴'의 중국어 간체자(簡體字)가 '曲'인데 우리가 '曲'을 중국어 간체자인 줄 모르고 그냥 있는 대로 '곡'으로 읽는다는 것이다. 원나라와 명나라의 시인들은 이곳의 아름다움을 시로 표현하기도 했다. 남송 당시에는 '국원하풍(麴院菏風)'으로 불렸으나 청나라 강희제(康熙帝)가 시후를 여행하면서 '국원풍하'로 바꾸고 돌에 이름을 새겨 넣었다고 한다. 이곳은 1980년에 다시 단장을 하였다고 하며, 특히 여름에 연꽃을 감상하는 곳으로 유명하다고 한다.

'취위엔펑허'는 주변경관이 중국 전통가옥과 함께 잘 어울리는 곳이라 특히 많은 사람들로 붐볐다. 호수 곳곳에 연잎이 다투어 머리를 내밀고 때마침 불어오는 초가을 바람을 맞느라 흔들리고 있었다.

 중국 대륙을 탐하다

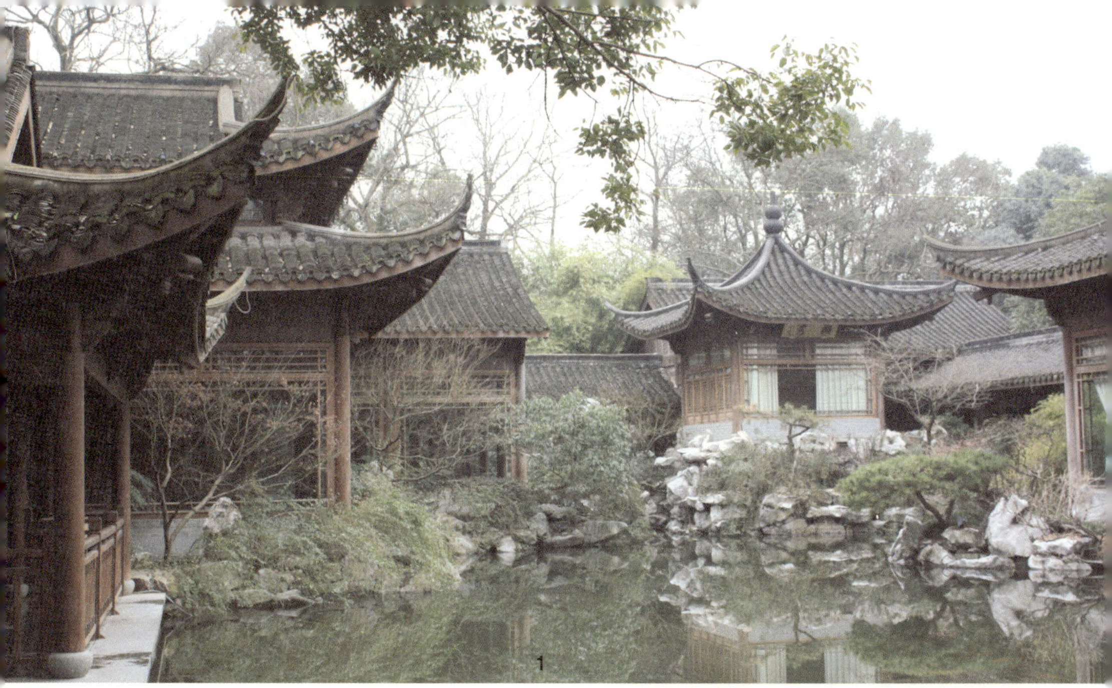

1

2

3

4

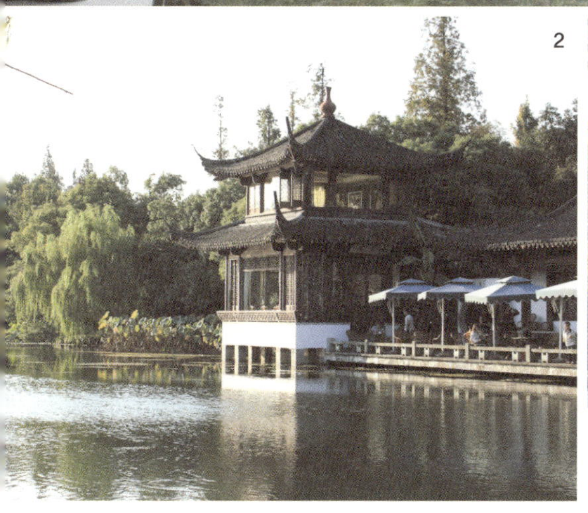

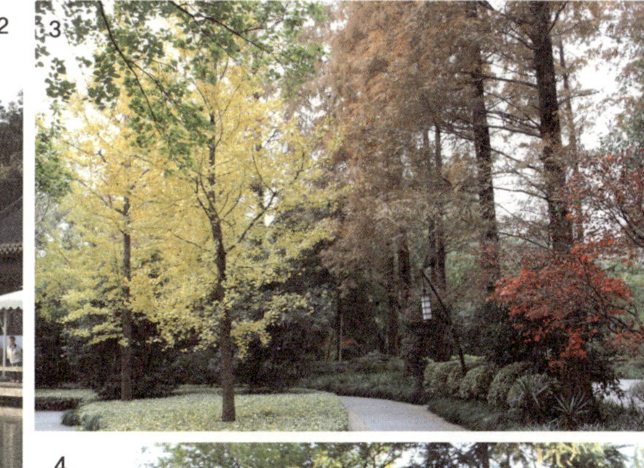

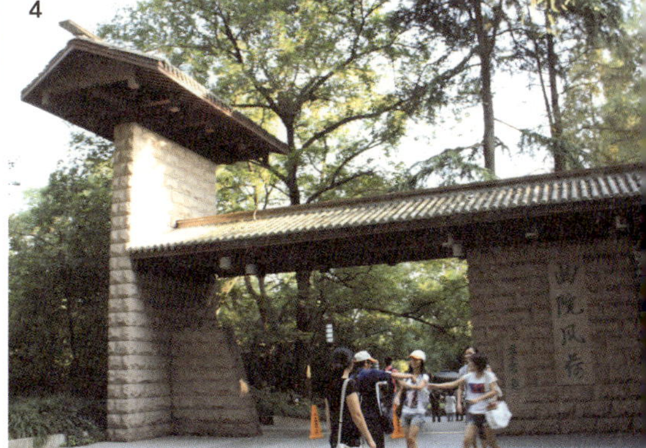

1. 취위엔펑허의 정자와 연못
2. 이른 봄날의 여유로운 취위엔펑허
3. 취위엔펑허의 단풍
4. 취위엔펑허 입구

중국의 물가

항저우의 물가는 중국에서도 상당히 비싼 편에 속한다고 한다. 특히 수입품이나 공산품 가격은 우리나라보다 많이 비싼 것 같다. 이런 현상은 항저우뿐만 아니라 중국 전역이 마찬가지일 것이다. 1인당 국민소득이 3,000달러를 조금 넘는 상황에서 일반 서민들이 수입품과 공산품을 사서 쓰기는 여간 어려운 일이 아니라고 한다. 다만 일반 서민들의 기본생활에 필요한 의식주 중에서 먹는 것과 입는 것은 큰 불만이 없을 정도로 해소시켰으니 중국 지도자들이 대단하다는 생각이 들기도 한다. 다만 급속한 경제성장 과정에서 도시지역의 주택 가격이 천정부지로 올라 대출을 받아 매월 집값을 내야 하거나 월세로 사는 서민들이 많이 힘든 상황이라고 한다.

임석준은 이와 같이 중국의 부유층과 서민층이 함께 살아갈 수 있는 물가체계를 '난징단신'에서 다음과 같이 설명하고 있다.

저의 하루 일과 중 하나는 저녁을 먹은 후 커피 한 잔 마시면서 책을 보는 것입니다. 특별한 약속이 없으면 저녁은 성(省)정부에서 운영하는 식당에서 먹는데 검소하게 먹으면(죽, 반찬, 전병) 보통 2위안(350원)을 넘지 않습니다. 그런데 식후 Costa라는 커피숍에서 마시는 라떼는 30위안 정도니까, 커피가 저녁보다 15배 이상 비싼 셈이죠. 저야말로 진정한 된장남이 아닌가 싶습니다.

왜 Costa 커피가 밥보다 턱없이 비싸냐고요? 그야 간단합니다. 그들이 파는 것은 커피가 아니라 '공간(space)'이기 때문이죠. 개발도상국에 진출한 맥도날드는 햄버거를 파는 게 아니라 '경험(experience)'을 상품화하는 것과 유사한 이치라고 보면 되겠습니다('나 어제 맥도날드 먹었어').

말이 나온 김에 오늘은 물건 가격에 대한 저의 관찰을 소개할까 합니다. 우리는 중국을 싸구려 국가로 알고 있습니다. 한국에서 접하는 중국산 물건은 모두 싸구려이고, 또 중국을 여행한 사람들은 식당에서 배 터져라 먹더라도 우리 돈으로 계산하면 얼마 하지 않는다는 것을 경험했을 겁니다. 그러나 먹는 것을 제외한 대부분의 공업제품은 한국보다 결코 싸지 않습니다. 우선 가전제품이 한국보다 비싸고, 자동차는 한국의 1.5-2배정도 이며, 명품과 이들이 좋아하는 한국 화장품은 한국 면세점의 3배, 그리고 극장도 한국보다 비쌉니다. 심지어 슈퍼에서의 일용제품(비누, 샴푸 등)도 결코 싸다고 볼 수 없습니다. 겁 없이 말한다면, 소위 '쓸 만한' 제품은 한국보다 비싸다고 보면 되겠습니다.

제가 미국과 중국을 살아보면서 느낀 커다란 차이는 두 국가의 가격 분포곡선이 완전히 반대라는 점입니다. 미국의 경우 가격은 벨커브(bell-curve) 모양의 정규분포곡선을 그리고 있습니다. 즉 싼 것 비싼 것이 있지만, 그래도 대부분의 제품은 중간가격이라고 볼 수 있죠. 반면 중국은 U자형 가격체계입니다. 아주 싸지 않으면 아주 비싸다는 뜻이죠. 예를 들어 미국에서 1달러로는 버스조차 탈 수 없지만, 중국에서는 1달러(7위안)로 버스(2위안)·지하철(2위안) 탑승, 길거리 식사(2위안), 신문(1위안) 구입 등 비교적 많은 것을 할 수 있습니다. 반면, 미국에서 100달러면 백화점에서 중저가 명품을 살 수 있지만, 중국에서는 어림도 없습니다.

중국의 가격체계가 U자형이라는 것은 그만큼 빈부격차가 심하다는 것을 의미하겠죠. 길거리에서 보더라도 중국은 가난한 사람들도 많지만 벤츠 타는 부자도 정말 많습니다. 농촌에서 도시로 상경하여 막일을 하는 농민공은 하루 10위안 이하로 생활을 합니다. 이들은 공사 현장이나 기차역을 가면 쉽게 볼 수 있는데 아웃사이더인 제가 보아도 정말 눈물이 나올 정도로 비참합니다. 그럼에도 국가는 말만 허쉬에

(和諧, 조화로운 사회)를 외치지 이들을 위한 실질적 대책을 제시하지 않습니다. 중국 사회도 이들을 인간 이하로 취급하며 냉대합니다(심지어 중국 인구 13억 중에서 사람은 3.5억밖에 없다는 말까지 있습니다).

과연 중국은 이러한 빈부격차를 유지하면서 미래로 나아갈 수 있을까요? 이에 대한 제 생각은 매우 부정적입니다.

1. 항저우 서민의 노천이발소   2. 광저우의 서민가옥

페이라이펑과 링인쓰

오늘은 마웬징 양을 만나 페이라이펑(飛來峰)과 링인쓰(靈隱寺)에 가기로 했다. 매표소에서는 페이라이펑의 조각상(飛來峰 造像)을 볼 수 있었고, 입구로 들어가 좌측에서부터 살펴보니 무수히 많은 불상들이 바위 곳곳에 조각되어 있었다.

링인쓰와 작은 개울을 마주하고 자리한 페이라이펑(일명 靈鷲峰)은 해발 168m밖에 되지 않으면서도 나무가 우거진 산이지만 갖가지 형상을 한 크고 작은 바위들이 산재해 있었다. 바로 이 바위 곳곳에 오대(五代)와 원, 명나라 때 석공들이 갖가지 크고 작은 형상을 한 불상을 330여 기나 조각해 놓았다.

바위에 생명을 불어넣은 페이라이펑 불상

중국이라는 국가가 면적도 넓고 인구도 많아서 그런지 불상의 숫자가 많은 것에 한 번 놀랐고, 부처와 보살들의 다양한 표정과 정교한 조각솜씨에

중국 불교 조각예술의 극치 링인쓰 대웅보전 관음상

두 번 놀랐다. 여러 조각들을 하나 하나 보며 나는 조용한 탄성만 내뱉을 뿐이었다. 여러 불상 중 규모가 큰 불상 앞에는 신도들이 불공을 드리고 있었다.

조상 중 청림동(靑林洞)에 조각된 삼존불상은 후주(後周 ; 951~960) 때의 것으로 가장 역사가 오랜 것이었다. 그중에서도 불경과 갖가지 부처와 나한상을 조각한 철탑은 마치 혼이 스며들어 있는 듯한 섬세함과 정교함이 가히 압권이라 할 만하였다.

중국 선종(禪宗) 10대 고찰 중의 하나라는 링인쓰(일명 운림선사 ; 雲林禪寺)에 들어섰다. 명성에 걸맞게 링인쓰는 규모면에서 관람객을 압도하는 듯 했다. 동진(東晉) 때인 328년 인도의 승려 혜리(慧理)가 창건했다는 이 절은 오나라와 월나라 때에는 3,000여명의 승려와 9루(樓), 18각(閣), 72전(殿), 1,300칸의 승방(僧房)이 있었다는 거대사찰이다.

절 입구에 자리한 천왕전(天王殿)에는 가운데 두 불상을 두고 좌우에 거대한 사천왕상이 목조로 각각 두 기씩 자리했는데, 그 규모가 한국 사찰의 사천왕상과는 비교할 수 없을 정도로 컸다. 이곳에도 많은 사람들이 향을 다발로 들고와 절을 하며 복을 빌고 있었다. 대웅보전으로 발을 옮겼다. 대웅보전 중앙에는 높이 19.6m의 도금을 한 석가모니 좌상과 두 보살의 입상이 자리하고 있었고, 그 뒤에는 정교한 조각들의 가운데에 돌고래를 타고 있는 관음상이 자리하고 있었다. 마침 대웅보전에서 무슨 행사가 있는지 수십 명의 스님들이 검은 색의 대형 목탁과 북을 두드리며 의식을 행하고 있었다. 대웅보전 앞 좌우에 각각 자리한 8각 9층 석탑은 오나라 시대(BC.585~BC.473)의 유물이라고 하며, 그 높이도 그렇지만 조각의 섬세함은

1700년 역사의 고찰 링인쓰 입구

무엇을 간구하는 걸까?
향불을 들고 기도하는 신도와 3-4m 높이의 대형향로

보는 이의 감탄을 자아내기에 충분하였다.

대웅보전 앞에 있는 3-4m 높이의 대형향로에는 계속해서 향이 타고 있었고, 많은 불자들이 향 다발에 불을 붙인 채 경건한 자세로 아주 정성스럽게 기도를 하고 있었다. 대웅보전의 좌측에 만자(卍字)형의 건물들이 나란히 연결되어 있었는데 입구에 가서 보니 500 나한상을 조각해 놓고 전시해 놓은 건물이었다. 500개의 서로 다른 나한상들은 청동으로 주조한 것인데 어느 하나 같은 모양을 한 것이 없었다. 나한상들은 평균 높이가 1.7m에 무게가 1톤이라고 하였다. 입구에 사진을 찍을 수 없다는 안내문을 붙여 놓았기에 눈으로만 보며 지나쳤는데 개별 표정들을 사진으로 담지 못한 것이 무척 아쉬웠다. 어떤 나한상은 소크라테스 같은 모습을, 어떤 나한상은 중세 유럽 기도원의 수도사들이 입은 복장을, 어떤 나한상은 예수와 닮은 모습을 하고 있는 것이 무척이나 재미있었다. 이 나한상들은 현대에 만들어진 것인데 현대 중국 불교 예술인들의 심미안이 페이라이펑의 불교조각상과 비교해 볼 때 장인정신과 예술성 면에서 과거와 상통하는 것 같았다. 입구의 안내판에 나온 설명처럼 실내에 모셔진 세계최고의 나한상들이라는 생각이 들었다.

항저우에서 광복군을 만나다

오늘은 시후 부근에 있는 항저우 임시정부기념관을 찾아보기로 했다. 기념관은 시후 동쪽의 호빈로(湖濱路) 옆길인 장생로(長生路) 55호에 있었다. 항저우 임시정부기념관 입구에 세로로 내걸린 팻말에는 기념관의 정확한 명칭인 '대한민국 임시정부 항저우 구지기념관(大韓民国临时政府杭州旧址纪念馆)'으로 표기되어 있었다. 기념관을 포함해서 그 부근의 건물들은 2007년도에 항저우시 역사건축물로 지정되어 보호를 받고 있었다. 전체적으로 깨끗한 이미지인 항저우답게 이곳 기념관과 그 주변도 깨끗하게 정리되어 있었다. 임정기념관은 건물 1층과 2층을 쓰고 있었다.

대한민국 임시정부는 상하이(上海) 시기, 항저우(杭州) 시기, 중국 주요 도시(전장(鎭江), 난징(南京), 창샤(長沙), 자싱(嘉興), 광저우(廣州), 류저우(柳州), 치장(綦江)) 유랑기, 충칭(重慶) 시기로 나뉘어 지는데, 이 중 임시정부 유적지가 복원된 곳은 상하이, 항저우, 충칭이다.

항저우 임정기념관 자료에 따르면 1932년 4월 29일 윤봉길 의사가 김구 선생의 지시에 따라 일본 상하이 파견군 사령관 시라카와 요시노리 대장 등 중국 내 일본 거물들을 살상했던 홍커우 의거를 계기로 저장성으로 이동하여 '항저우 시기'를 시작하였다고 한다. 독립투사들은 항저우 장생로(長生路) 호변촌(湖边村), 학사로(學士路) 사흠방(思鑫坊), 청태 제2여관(清泰第二

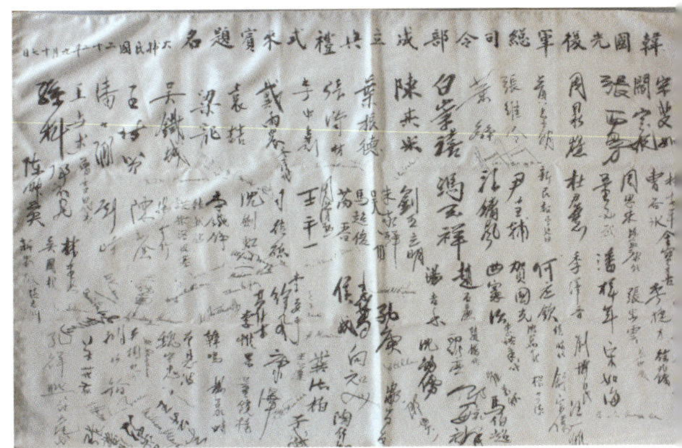

많은 사람들이 서명한 태극기와 흰 보자기. 저우언라이 서명도 보인다.

대한민국 임시정부 항저우 구지기념관 입구

旅社) 등에서 국무회의를 소집하거나, 독립당 기관지인 《진광(震光)》을 발행
하는 등 다양한 활동을 전개하였다.

기념관은 겉으로 볼 때는 2층 건물이었는데 들어가 보니 복층을 활용하

여 3층으로 꾸며져 있었다. 제1, 2, 3 전시실에는 독립투사들의 사진과 침실, 회의실, 부엌 등이 당시 그대로 재현되어 있었고, 중요사진과 활동내용 등은 다양한 패널로 만들어져 벽에 부착되어 있었다. 유리상자 안에 많은 사람들이 서명한 태극기와 흰 보자기가 특히 눈에 띄었다.

안내원에게 물으니 수많은 사람이 검은 글씨로 서명한 오래된 태극기는 1947년 1월 28일 안후이성에 주둔했던 광복군 제2지대 대원들이 전부 모여 항일 결의를 다지면서 서명한 것이라고 하였다. 태극기에는 한글과 한자로 쓴 '굿세게 싸우자', '必勝', '建設' 등의 서명도 보였다. 대원들이 이 태극기에 서명한 날을 혹시 아느냐고 물으니 처음에 그녀는 대한민국 28년 (1919년 4월 13일 국호를 대한민국으로 하는 정부가 수립된 해를 원년으로 한 해, 1947년)이라고 대답하였다. 태극기 정도 크기의 흰 보자기에 많은 사람들이 서명한 것은 1940년 9월 17일 한국광복군 창설일에 참석했던 중국의 내빈들이라고 하였다. 흰 보자기의 맨 위에는 붓으로 '한국광복군 총사령부성립전례식래빈제명(韓國光復軍總司令部成立典禮式來賓題名)'이라고 쓰여 있었고, 그 아래에 크고 작은 한자로 서명되어 있는 참석자 100여 명의 이름들 중엔 펑위상(馮玉祥) 등 중국 정부대표, 저우언라이(周恩來) 등 중국 공산당 대표 등의 이름도 있었다. 다른 자료들도 보는 이로 하여금 마음을 다잡게 하기에 충분했지만, 태극기와 백색 보자기에 우리 독립투사들의 친필 서명과 아울러 우리와 뜻을 함께하는 중국인들의 친필 서명을 보니 자못 비장한 마음이 들었다.

푸양으로 떠난 야외 답사

손권 후손마을

오늘은 항저우사범대 국제교육학원 유학생 80여 명이 야외 답사를 가는 날이었다. 방문할 곳은 삼국지에 나오는 오나라 손권의 후손들이 지금까지 살아오며 전통가옥을 그대로 유지하고 있는 푸양(富阳)의 용문고진(龍門古镇)과 중국의 전통방식으로 종이를 제조하고 있는 '중국고대조지인쇄문화촌(中國古代造紙印刷文化村)' 이었다.

삼국지의 주역 가운데 한 사람인 손권의 후손들이 대부분 집성촌을 이루고 산다는 마을 용문(龍門)의 옛 마을. 그래서 그들은 이 마을의 이름을 용문고진(龍門古镇)이라고 붙였다. 그곳은 항저우에서 38km 정도 떨어진 곳에 있었다.

용문은 중국 장시성 북부에 있는 리갱명청고건축군(理坑明淸古建築群)과 비슷한 느낌을 주는 마을이었다. 2㎢ 정도의 넓이로 현재 약 7,000명의 사람들이 거주하고 있는데, 그 중 90% 이상이 삼국지에 등장하는 오나라 손권의 후손들이라고 한다. 이들은 중국 청나라 시대의 전통가옥과 골목을 그대로 유지하면서 생활하고 있었다. 매우 낡은 집들이 많기는 해도 고풍스런 맛이 있어 중국의 민속문화촌을 보는 듯했다. 그곳엔 손권의 아버지

손권의 후손들이 집성촌을 이룬 용문고진과 연못. 연못을 벼루에 비유하여 월야지연(月夜池硯)이라 이름 붙인 낭만이 부럽다.

중국고대조지인쇄문화촌▲▶

전통가옥의 서까래에
생명을 불어넣은 중국
장인의 예술혼

인 오나라 무열황제 손견(孫堅), 손견이 죽은 후 원술의 휘하에 있으면서 강남을 평정한 인물이자 손권의 형인 손책(孫策), 그리고 중국 국민당의 창시자이자 신해혁명의 중심인물이며 삼민주의(三民主義)를 주장한 송씨 세 자매 중 둘째 송경령(宋慶齡)의 남편 쑨원(孫文)의 음각 그림이 걸려 있었다. 과연 호랑이가 호랑이를 낳는다는 옛말이 일면 이해가 되었다.

중국전통한지 제조촌

용문에서 차로 30여 분 거리에 있는 중국전통종이 제조공장이라 할 수 있는 '중국고대조지인쇄문화촌(中國古代造紙印刷文化村)'으로 이동하였다.

이 공장의 전시실을 둘러보니 우리의 한지를 닥나무로 만드는 것과 달리 대나무로 종이를 만들고 있었다. 우선 대나무의 푸른 껍질을 제거하고 적당한 길이로 자른 후 두드리고 물에 불렸다가 가루로 만든 후 한 장 한 장 떼어 말리는 것이었다. 원재료만 다를 뿐 우리의 한지 제조 방식과 거의 같았다.

오늘 이 두 곳을 둘러보면서 느낀 것은 중국인들의 예술적 감각과 그들의 예술정신이었다. 오전에 들렀던 용문과 종이 제조공장의 몇몇 건물과 정자를 자세히 보면, 지붕과 대들보를 잇는 서까래를 밋밋하게 그냥 두는 것이 아니라 나무로 아주 정교하게 조각한 여러 형상의 '예술작품'을 부착해 두었다. 그냥 대충 조각한 것이 아니라 마치 살아 있는 듯한 모습을 하고 있는 것이다. 항저우 페이라이펑의 석조 불교 조각상과 링인쓰의 500 나한상에서도 느낄 수 있었지만 중국인들의 예술적 감각은 시대적 단절이 없이 면면히 이어져 오고 있음을 알 수 있었다. 이들의 철저한 장인정신과 뛰어난 예술성은 중국 어디를 여행하더라도 고금을 이어서 그대로 전해져 옴을 느낄 수 있을 것이다.

대각국사 의천의 숨결을 찾아서

혜인고려사

오늘은 자전거를 타고 혜인고려사를 가기로 했다. 처음에는 운동부족이어서 그런지 2시간 정도만 타도 몸이 나른했는데, 이제는 3시간을 타고 다녀도 견딜만하였다.

고려사는 양공띠(楊公提) 옆길인 싼타이산루(三台山路)의 중간 정도에 있었다. 학교에서 자전거로 30분 정도의 거리였고 지난번에 다녀온 링인쓰와 같은 방향에 있기는 했지만 거리는 약간 떨어져 있었다.

혜인고려사(慧因高麗寺)는 오대(五代) 때 오월(吳越) 국왕 전류(錢鏐)가 세웠으며 원래 이름은 혜인선원(慧因禪院)이었다. 북송(北宋) 때 고려왕자 대각국사 의천(義天)이 구법(九法)을 위해 이 절에 머물렀고, 정원(淨源) 법사를 스승으로 모시고 공부를 한 후 고려에 귀국하여 혜인선원 중창 복원비로 황금과 화엄경을 보냈다. 이 돈으로 절을 증축하고 함께 보낸 화엄경을 모심으로써 사람들은 그때부터 이 절을 고려사라고 부르기 시작했다고 한다. 현재의 혜인고려사는 2007년 5월 1일에 복원되었다.

중국의 어느 명승지든 사람들이 북적이는데 이곳은 일요일인데도 입구부터 적막이 감돌았다. 자전거를 끌고 입구에 들어서니 중년 여성이 밖에

혜인고려사 천왕전

사대천왕 청동입상

다 세우라고 하였다. 알고 보니 이 여성은 매표원이었
다. 나보고 한국인이냐고 묻고는 약간 반가운 기색을
보였다.

고려사의 첫 번째 건물인 천왕전의 맞은편에는 황금색으로 '화엄제일산
(華嚴第一山)'이라고 커다랗게 쓴 기와지붕을 한 벽이 자리잡았다. 혜인고려
사라고 편액을 붙인 천왕전 내부에는 당송(唐宋) 시기를 모방한 사대천왕 청
동입상이 눈을 부릅뜬 각각 다른 모습으로 서 있었다. 우리나라 사찰이나
링인쓰에서 보던 나무로 조각된 사천왕상과는 다른 모습이었다.

천왕전 앞에는 부처와 사천왕상이 정밀하게 조각된 7층석탑이 대칭을 이
룬 채 자리하였다.

대웅전과 대웅보전의 명칭 차이는 각각 석가모니불만 모실 경우, 또 석
가모니부처를 중심으로 다른 부처 두 분이나 보살 두 분을 모실 경우에 붙
여진다고 한다. 대웅보전 내부에는 보살과 스님과 동자들이 정좌한 석가모
니불과 두 부처를 중심으로 서 있었다. 다른 사찰은 석가모니불이나 석가
모니불을 포함해서 세 부처를 모시고 있었지만 여기 대웅보전의 특징은 다
른 사찰처럼 규모면에서 크지는 않으나 세 부처를 중심으로 보살과 스님,
동자들이 함께 조각되어 있다는 점이었다.

대웅보전 뒤에는 높이 13.5m의 4층 5중 처마구조로 지어진 윤장전(輪藏
殿)이 있었다. 윤장전은 전통 사찰에서 윤장(경(經), 율(律), 론(論)과 고승 대

경전을 넣는 책장. 손으로 돌리는 경전인 마니차처럼 윤장대를 한 번 돌리면 대장경 1회 독파 효과가 있다고 한다.

덕들의 장소(章疏)를 넣은 책장에 축을 달아 돌릴 수 있게 만든 것)을 설치하고 경전을 모셔놓은 당우(堂宇)로 '윤장대를 한 바퀴 돌리면 대장경 전체를 다 읽는 것과 같은 공덕을 얻는다'는 뜻을 내포하고 있다고 한다. 고려사의 목조 윤장은 규모면에서 중국 최대라고 한다. 윤장전은 1층에서 4층까지 올라 갈 수 있도록 내부에 계단이 설치되어 있었는데 윤장대의 각층마다 서로 다른 부처상과 경전이 조각되어 있었다. 목조 윤장대의 정교함과 규모가 그저 놀라울 뿐이었다.

발길을 돌린 나는 뒤편의 화엄경각으로 향했다. 이곳에는 녹나무로 만든 송나라 양식의 서가에 불교경전이 소장되어 있었는데 최근에 인쇄된 듯 깨끗해 보였다. 또한 팔만대장경판 일부, 한글대장경, 우리나라의 불교자료 및 대각국사 의천의 그림이 전시되어 있었다. 그 옆 건물인 방장실(方丈室)에는 의천의 스승이었다는 정원 스님의 목상이 주장자를 든 채 의자에 앉아있었다.

그 옆에는 '대각(大覺)'이라는 편액을 붙인 건물이 있었다. 대각당이었다. 들어가 보니 대각국사 의천의 청동좌상이 중앙에 자리 잡고 있었다. 그 주위에는 의천이 고려 문종의 넷째 아들로 태어나는 모습에서부터 출가, 송나라에서 정원 스님을 스승으로 모시고 화엄학을 공부하는 모습, 입적하는 모습 등이 아래의 자세한 설명과 함께 동판에 그림으로 새겨져 있었다. 이 별도의 건물은 의천과 고려사의 관계를 가장 잘 설명해 주고 있었다.

대각국사 의천의 청동좌상

의천의 스승 정원 스님의 목상

　그 아래 '학자여귀(學者如歸)'라고 편액을 붙인 별도의 건물에는 우리나라와 중국의 불교문화교류를 보여주는 설명도와 함께 신라시대부터 고려시대까지의 고승대덕의 황동 부조상이 전시되어 있었는데, 대표적인 스님으로 원광, 의상, 현장, 혜초, 지장, 보우 등 우리가 흔히 알고 있는 여러 스님의 모습이 그들의 활동과 함께 전시되어 있었다.

　고려사 뒤편으로 길이 나 있어서 올라가 보니 광록대부(光祿大夫)와 태자의 스승이자 직예총독(直隷總督) 북양대신(北洋大臣)을 지낸 진석룡(陳夔龍)의 묘가 있었다. 그런데 묘 한가운데 지름 40cm가 넘는 큰 나무가 자라고 있었다. 우리와 풍습이 다른지 국가나 후손들이 나무를 제거하지 않은 모습이 특이해 보였다.

항저우 차루와 〈인상시후〉

오전 9시, 날이 무척 더웠다. 전형적인 항저우의 여름 날씨였다.

우리 일행은 부근의 차루(茶樓)로 갔다. 청등차관(靑藤茶館)이라는 중국 찻집이었다. 동행한 이은화 선생의 설명에 의하면 차루는 중국의 다른 곳에는 없고 차로 유명한, 일종의 항저우 문화라고 하였다. 차루는 두 타임으로 나누어서 운영이 되고 있었다. 점심시간인 11시부터 오후 5시까지, 5시 30분부터 밤늦게까지 두 번으로 나누어 손님을 받는다고 했다. 차의 가격은 1인당 70위안에서부터 몇 백 위안까지 다양했다. 면적이 200평은 훨씬 넘어 보인 찻집에는 우리식의 다양한 뷔페음식이 입구에 차려져 있었는데, 음식과 주문한 차를 먹으며 종일토록 대화나 담소를 하고, 책을 읽거나 카드놀이를 하며 거의 하루를 지낸다고 하였다. 더구나 중국인들은 점심과 저녁을 일찍 먹기 때문에 오전에 들어오면 두 끼 식사를 먹을 수 있다고 한다. 대화 도중에 직원들이 틈틈이 음식 카트를 밀고 다니면서 새로 만든 음식을 주고 갔다. 차를 마시는 음식 테이블 옆에 물을 데우는 큰 주전자가 있어서 계속 차를 우려먹을 수 있게 하였는데 재미있는 것은 차의 향이 다 없어질 정도로 마신 후나 그렇지 않은 경우라도 1회에 한해서 같은 금액의 다른 차를 주문하여 마실 수 있다. 몇 시간 동안 계속해서 차를 마셨더니 물배가 차오르긴 했지만 꽤 괜찮은 체험이었다. 11시에 들어온 우리는 5시까

〈인상시후〉에 등장하는 물 위에 떠다니는 전각과 공연 모습
선비 허선과 낭자 백소정의 슬픈 사랑을 노래한 가수 장량잉의 애잔한 음성이 들리는 듯 하다.

지 차와 음식을 즐기다 차관을 나왔다.

우린 장이머우 감독이 연출한 〈인상시후(印象西湖)〉를 보기위해 취위엔펑허로 갔다. 7시 45분 정각, 공연이 시작되었다. 〈인상시후〉는 1000명 정도의 객석이 자연 무대인 호수와 가깝게 자리잡고 있어서 실감나는 공연을 볼 수 있다는 장점이 있었다. 〈인상시후〉는 세계적인 영화감독 장이머우가 다양한 첨단 과학기술을 이용하여 시후의 산수화 같은 경치와 항저우의 전설을 반영한 대형 산수 실경 공연이다. 〈인상시후〉는 백사전(白蛇傳) 이야기를 줄거리로 총 5부로 나뉘는데, 1부는 만남, 2부는 사랑, 3부는 이별, 4부는 추억, 5부는 인상이다.

파도가 기복을 이루는 시후를 무대로 부드러운 수면과 변화무쌍한 아름다운 경치로 유달리 생동감있고 자연스러운 공연을 보여준다. 항저우의 전설은 공연 속에서 되살아나 황홀경에 들어선 듯하였다. 특히 공연에 어울리는 애잔한 음률의 배경음악은 감수성이 예민한 사람들을 눈물 흘리게 할 정도로 아름다웠다. 한 사람의 위대한 예술가가 장삼이사 예술가 1,000명보다 낫다는 것을 이 공연에서도 느낄 수 있었다. 장이머우라는 작가가 가진 예술성이 아니면 만들어낼 수 없는 중국의 멋진 예술작품이었다. 과연 그는 거장다웠다.

소동파기념관과 징치쓰

수업을 마치자마자 점심식사를 하고 시후 부근의 소동파기념관을 향해 자전거를 몰았다. 소동파가 항저우 자사로 있을 때 만들었다는 쑤띠(蘇提) 입구에 있는 소동파기념관의 규모는 그렇게 크지 않았다. 기념관 입구에는 아주 세밀하게 조각되어 있지는 않았지만 소동파의 모습을 한눈에 볼 수 있는 석상이 자리 잡고 있었다.

소동파(蘇東坡, 1036. 12. 19-1101. 7. 28)는 중국 북송시대의 시인·산문작가·예술가·정치가였다. 본명은 소식(蘇軾)이며, 동파는 그의 호로 동파거사(東坡居士)에서 따온 별칭이다. 아버지 소순(蘇洵), 동생 소철(蘇轍)과 함께 '3소(三蘇)'라고 일컬어지며, 이들은 모두 당송8대가(唐宋八大家)에 속한다. 그는 과거에 급제한 이후 저장성(浙江省) 항저우(杭州)·쑤저우(徐州)·후저우(湖州) 등지의 지방관을 역임했다. 그는 후저우 지사(知事)로 있던 1079년 조정의 정치를 비방하는 내용의 시를 썼다는 죄목으로 체포되어

소동파 석상

옥살이를 마치고 황주(黃州)의 단련부사(團練副使)로 좌천되었다.

황주에서의 생활은 매우 비참했다. 부인은 양잠을 했고, 그는 본래 병영이었던 땅을 빌려 농사를 지었다. 이 땅을 동파(동쪽 언덕)라 이름 짓고 스스로를 동파거사라고 칭했는데, 그의 호는 여기서 유래한다. 그 유명한 '적벽부(赤壁賦)'가 지어진 것도 이곳에서였다. 큰 병을 얻어 창저우(常州)에서 66세의 생을 마감했다.

소동파의 시는 자유분방한 심정과 재능의 표현을 통해 경쾌한 리듬 속에 절묘한 비유와 유머를 담고 있다. 그의 시는 모든 사람에 대한 폭넓은 애정을 기저에 깔고 있으며, 인간의 욕망을 긍정했고 인간의 선의(善意)를 신봉했다. 그의 작품이 지닌 가장 큰 특징은 그 무엇에도 구속받지 않는 자유분방함이다.

(자료참고 : 다음 백과사전)

기념관 1층 벽면에는 소동파와 어느 기생의 로맨스가 소개되어 있었다. 소동파가 항저우의 통판(通判)으로 재직할 때 칭차오(琴操)라는 기생을 알고 지냈는데, 그 기생이 불교에 심취하여 출가해버렸다. 한참 후 소동파가 물어물어 그녀가 있는 절을 찾았으나 결국 만나지 못하였다. 소동파는 너무 실망한 나머지 술에 취한 채 어떤 넓적한 바위 위에 쓰러져 드러누웠다고 하였다. 기념관에는 기생 칭차오의 묘와 소동파가 술에 취해 드러누워 있었다는 와석(臥石)이 사진으로 전시되어 있었는데, 중국인들의 유머 감각으로 볼 때 과연 지어낸 것인지 아니면 사실인지 알 듯 모를 듯하였다.

또 한쪽 벽에는 시후의 음식인 동파육(東坡肉)의 유래를 설명하는 사진이 전시되어 있었다. 인공호수인 시후를 준설할 때 소동파가 그 지역 백성들로부터 술에 넣어 은근한 불로 익혀낸 돼지고기를 선물로 받았는데 그는 그 돼지고기를 그의 이웃 사람들과 나누어 먹었고, 그 고기를 맛본 사람들은 맛이 너무 좋다고 하며 그 돼지고기를 '동파육'이라고 불렀다는 것이다. 이후 동파육은 항저우의 유명한 음식으로 자리 잡게 되었다고 한다.

2층에는 소동파의 친필 여러 점과 그가 그린 그림의 모사본이 전시되어

기념관 뒤 오석(烏石)에 새긴 소동파의 글

있었고, 후대 사람이 펴낸 삼소문집(三蘇文集)과 소동파의 글을 모은 문집도
보였다. 기념관 뒤에는 그의 글들을 오석(烏石)에 새겨 벽에 붙여놓은 회랑
이 있었다.

벽에 걸린 글씨 중에 소동파의 걸작 가운데 하나인 '염노교 적벽회고(念
奴嬌 赤壁懷古)'라는 글씨가 판본으로 전시되어 있었다.

念奴嬌 · 赤壁懷古

蘇軾

大江東去，浪淘盡，千古風流人物。
故壘西邊，人道是，三國周郎赤壁。
亂石穿空，惊濤拍岸，卷起千堆雪。
江山如畫，一時多少豪杰！
遙想公瑾當年，小喬初嫁了，雄姿英發。
羽扇綸巾，談笑间，檣櫓灰飛烟滅。
故國神游，多情應笑我，早生華發。
人生如夢，一樽還酹江月。
久不作草書，過乘醉酒筆。
覺酒氣勃勃，從指端出也。東坡醉筆。

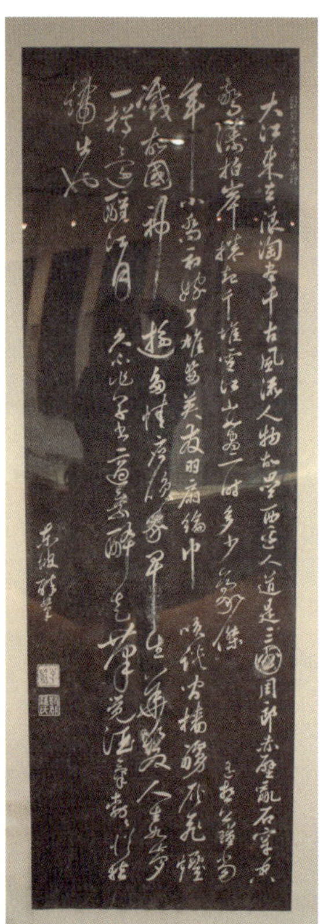

소동파의 글씨 '염노교 적벽회고'

적벽에서 옛 일을 회상하다

소식

동으로 흐르는 장강의 물결은 옛 영웅의 흔적을 씻어 내려가고, 옛 보루의 서쪽을 사람들은 삼국시대 주유의 적벽이었다고 애기한다.

요란스러운 돌 바위는 하늘을 뚫고 성난 파도는 둑을 할퀴며 회오리는 눈보라를 일으킨다.

강산은 그림과 같은데, 한 때 얼마나 많은 호걸들이 있었던가.

주공근의 그 시절을 회상하니 소교와의 신혼시절 그 모습 영기 발랄하더라.

깃털 부채에 선비 차림의 제갈량과 담소하는 사이, 적이었던 조조의 배들은 재가 되고 연기가 되어 날아갔도다.

마음은 옛 고향으로 내달리니 다정한 사람은 마땅히 벌써 백발이 된 나를 비웃으리라.

인간 세상이 꿈과 같으니 한 잔 술을 강물 위 달에 부어 바치노라 오래도록 초서를 써보지 않아, 술기운을 빌어 붓을 날리네, 술기운이 오름을 느끼니 손끝을 따라 글이 나오네. 동파 취하여 글을 쓰다.

(자료참고: http://blog.naver.com/shim8151)

소동파기념관에서 얼마 멀지 않은 곳에 레이펑타(雷峰塔)가 있었다. 레이펑타의 입구에는 4각형의 인공호수가 만들어져 있었는데 호수 가운데는 중국 각처에서 수집한 듯한 기암괴석들로 조그만 동산을 만들어 두었고, 호수둘레에는 화강암으로 조각한 다양한 형상의 사자상을 약 1m 간격으로 올려둔 담이 쳐져 있었다. 멀리서 올려다 본 레이펑타는 거대하였다.

977년에 세워진 레이펑타는 석양이 질 때 탑의 그림자가 금빛 찬란하다고 해서 '뇌봉석조(雷峰夕照)' 라는 이름을 얻었다. 뇌봉석조는 레이펑타 너머로 지는 저녁노을의 아름다움을 표현한 것으로, 원래 있었던 레이펑타는

징치쓰의 비로자나불 좌상   해질녘 조명을 밝힌 레이펑타

1924년에 무너졌고 2002년 그 자리에 재건한 것이 현재의 탑이다. 탑의 높이는 71.96m로 탑 아래층에 레이펑타 옛터가 전시되고 있었다.

레이펑타 맞은편에 징치쓰(淨慈寺)가 자리잡았다. 징치쓰는 항저우에서 유명한 고찰의 하나로 1000여 년의 역사를 갖고 있다. 남송시기에 오산(吳山) 10찰 중 다섯 번째로 선정되었다. 절 내의 건물이 웅장하며 대웅전을 비롯한 경내에 모셔진 불상들이 모두 거대하고 장엄한 모습을 하고 있다. 대웅전 내에는 천개의 불상이 청동으로 된 비로자나불을 둘러싸고 있었다. 불상의 높이는 11m로 중국에서도 찾아보기 힘든 대불이라고 한다. 대웅전 내에는 우리나라의 절에서 볼 수 있는 손에 드는 목탁이 아니라 바닥에 두고 두드리는 대형 목탁이 있었다. 대웅전 앞에는 철로 만든 대형 향로 두 종이 자리 잡고 있었는데 위는 탑이고 아래는 주전자 모양의 향로와 정자 모양을 한 향로였다.

대웅전 앞 종루(鐘樓)에는 중국과 일본이 공동으로 제작한 대범종이 있는데 무게가 20,000근에 달한다. 마침 일본 관광객들이 2층으로 올라가니 거기에 상주하는 스님이 범종을 울렸는데 그 소리가 웅장했다. 땅거미가 질

유랑문앵의 호수에 떠 있는 돌다리 '장교'

무렵, 시후 남쪽에 있는 남병산(南屛山) 아래 징치쓰에서 울려 퍼지는 은은한 종소리가 만인의 뇌리 속에 아련한 아름다움으로 남아 있었던 듯하였다. 사람들은 이를 두고 '남병만종'(南屛晩鐘)이라고 불렀으며 시후십경(西湖十景) 중의 하나가 되었다. 매일 저녁 8시에 백팔번뇌(百八煩惱)를 없앤다는 의미로 108번 종을 친다고 하였다.

대웅전 앞의 불전 안에는 우리의 사천왕상에 해당하는 엄청난 규모의 커다란 상이 압도하듯 나를 굽어보고 있었다. 그리고 앞뒤에 서로 다른 부처를 모셔두고 있는 것이 특이하였다. 그곳 스님들이 거처하는 곳을 밖에서 보니 링인쓰의 경우에는 관광객이 완전히 차단이 되어있었는데 징치쓰는 문이 개방되어 밖에서 볼 수 있었다. 숙소가 많이 쇠락해 있다는 느낌을 받았다. 저녁 공양시간이 되어 식당을 유심히 살펴보니 우리 식으로 스님들이 한 곳에 정좌하여 공양을 하는 것이 아니라 어떤 스님은 사기그릇에 밥과 반찬을 받아가지고 걸어가는 모습이 보였다. 같은 불교 사찰이라도 나라마다 스님들의 공양하는 모습이 다르다는 것을 느꼈다.

징치쓰를 보고 시후를 돌다보니 '유랑문앵(柳浪聞鶯)' 인근 시후 가장자리에 돌로 만든 다리가 보여 들어갔다. 그렇게 길지 않은 굽이진 다리였는데 장교(長橋)라는 이름이 붙었다. 바람이 약간 불자 물결이 찰랑거리면서 돌다리의 아랫면과 부딪치며 일렁이는 물결소리를 내었다.

일몰에 젖은 항저우

성황각

실크를 구경하기 위해 자수박물관을 들른 나는 자전거를 돌려 집으로 돌아오는 길에 항저우사대 음악학원을 돌아본 후 우산광창(吳山廣場)으로 향했다. 가보니 우산광창은 허팡지에(河坊街) 바로 맞은편에 있었다. 자전거를 광장 변두리에 묶어두고는 우산 위 정상에 보이는 누각으로 향했다. 성황각(城隍閣)이었다. 구릉이 높지는 않았으나 광장에서 계단으로 오르는 높이가 백 미터는 넘는 것 같았다. 매표소 입구에는 대형 석벽에 도교적 색채를 띠는 조각들이 양각되어 있었다.

계단을 따라 올라가니 성황각의 좌측에 성황묘(城隍廟), 즉 옥황상제를 모시는 사당이 있었다. 들어가 보니 정면에 대형 옥황상제의 입상(立像)이 있었고 좌우에 그보다는 작은 입상이 자리하고 있었다. 우리나라의 경우는 도교가 그렇게 활발하지 않은데 중국인들은 거의 불교 못지않게 도교에 대한 신앙심이 큰 것 같았다. 붉은 대형 향과 촛불들이 수십 개나 연기를 피우고 있었다.

성황각은 콘크리트와 목조로 지은 대형 누각으로 저 아래에서 산 쪽을 바라다보면 날아갈 듯 했다. 1층에는 남송시대의 항저우 생활상이 실감나

중국 강남 4대누각의 하나인 성황각

옥황상제의 입상

게 제작되어 벽에 전시되어 있었으며, 2층에는 중국 각 왕조시대의 유명 황제들이 순행을 하는 모습이 정교하게 조각되어 있었다. 중국인들의 예술 감각을 여기서도 느낄 수 있었다. 3, 4층은 식당, 5층은 전망대 역할을 하였다. 산 정상에 위치한지라 누각의 사방에 피뢰침이 설치되어 있었는데 아마도 수십 개는 넘을 것 같았다. 각 층을 둘러보며 5층까지 올라가 보니 시후와 항저우 시내의 일부가 한눈에 들어왔다.

중국의 기부문화

　아침 뉴스를 보니 지난번 칭하이성(青海省) 위수현(玉樹縣)에서 일어난 지진의 사망 실종자가 1,800명을 넘었다. 대단히 슬픈 일이다. TV에서는 며칠 째 전국 방송으로 지진관련 기부금을 모금하는 방송이 나오고 있었다. 기업의 규모에 따라 액수가 다르기는 해도 회사 간부들로 보이는 사람들이 몇 십만 위안에서부터 2,000만 위안(약 38억 원) 등의 기부금 액수를 적은 직사각형의 커다란 흰판지를 들고 카메라 앞에서 흔드는 모습이 계속 나오고 있었다. 아무리 대기업이라도 우리 돈으로 몇 십억 원의 액수는 여간 큰 금액이 아닌데 하여간 대단하다는 생각이 들었다. 그러나 임석준은 '난징단신'에서 중국의 기부문화가 갖고 있는 특징을 다음과 같이 평가했다.

　최근 칭하이성 위수현에서 진도 7이 넘는 지진이 일어났다는 뉴스를 접하셨을 겁니다. 2008년 베이징올림픽 직전에 8만 명의 목숨을 앗아간 쓰촨(四川) 대지진보다는 피해가 훨씬 적었지만, 그래도 2,000명이 넘는 사망자를 냈습니다.

　어제는 TV를 틀었는데 이번 지진으로 사망한 사람들을 위한 애도를 하더군요. 조금 보다가 채널을 바꾸었으나, 다음 채널도 같은 애도방송을 해 또 채널을 돌렸죠. 그런데 이게 웬일입니까? 40개가 넘는 방송 채널에서 모두 똑같은 프로그램을 내보내는 겁니다. 심지어 스포츠 채널마저도. "이게 바로 공산당의 통제구나"라는 느낌이 들더군요. 채널이 40개나 되는 중국에서도 당이 원한다면 천편일률적으로 방송을 보낼 수 있으니, 채널이 단 3개뿐인 우리 형제국가의 언론통제는 그야말로 '식은 죽 먹기' 라는 생각이 들었습니다.

　이번 지진을 통해 관찰한 중국 텔레비전의 국가급 재난전달 방식은 한국과 크게 차이가 없었습니다. 후진타오, 원자바오 등 중국지도자들이 현장을 찾아 난민을 위로하는 모습을 담았고, 천안함의 故 한 준위와 같은 '영웅(hero)'을 만들었으며, 순간순간 현장의 감동적인 스토리를 전달하곤 하였습니다. 단, 한국과 크게 대조되는 것이 있는데, 그것은 기부문화입니다.

지난 화요일 제가 소속된 연구소에서 갑작스런 회의가 소집되었습니다. 이번 지진을 위해 기부금을 모금한다고 하더군요. 마침 좋은 기회라 생각하여 저도 300위안을 기부하였습니다. 300위안은 우리 돈 약 5만 원에 해당하며 이곳의 물가를 감안하면 결코 적은 돈이 아닙니다. 그런데 우리 연구소의 초임연구원들은 200위안, 그리고 선임들은 400-500위안씩 기부를 하더군요. 좀 놀랐습니다. 왜냐하면 공식적 월급의 10% 정도에 해당하는 금액이기 때문입니다.

이들에게 들은 이야기인데 이러한 기부가 자발적이라기보다는 당에서 보이지 않는 압력을 조성해서 상당부문 '강제' 되고 있다고 합니다. 기부는 모든 생산단위에서 이루어지고 있습니다. 학교, 은행, 기업, 공무원 등 월급을 받는 사람들은 말할 것 없고, 자영업자들도 압력을 받습니다(한국식당을 경영하는 교민마저도 공산당의 권유로 두 달 치 이윤을 "기부했다고" 하더군요). 비단 압력을 받는 것은 말단에 있는 백성만이 아닙니다. 현장(縣長), 시장(市長), 성장(省長) 등 단체장들도 자신이 소속된 단위에서 기부금액이 적게 걷히면 인사에 영향을 받는다고 하더군요.

그러니 걷히는 돈은 가히 천문학적입니다. TV를 보면 각 단체들은 모금액이 적힌 40×60cm 정도 크기의 빨강색 플래카드를 들고 나와 흔드는데, 그 금액이 적게는 50만 위안(약 8천5백만 원)에서 많게는 1억 위안(약 170억 원) 정도 됩니다. 제가 볼 때 이번 칭하이 지진의 피해보다 100배 이상 넘는 상상을 초월하는 액수죠.

중국과 같은 '투명하고 청렴한' 사회에서 이렇게 많은 금액이 걷힌다면 분명 문제가 생기죠. 아니나 다를까 제 주변의 동료들은 모두 기부에 대해 상당히 많은 불만을 가지고 있습니다. 투명성 문제로 말입니다. 한국에서는 국가를 NGO가 감시하고, 이마저 믿지 못해 NGO를 감시하는 NGO마저 탄생하고 있는데, 중국에서는 천문학적 액수가 걷히는데 사람들은 당이 이 돈을 어떻게 사용하는지 전혀 모르고 있습니다. 저와 이야기를 나눈 사람들의 대부분은 이 돈이 당의 복리후생에 사용된다고 믿고 있더군요. "쓰촨성 지진 때는 자기들이 타는 SUV를 샀으니 이번에는 오죽하겠냐", "이러한 재난은 당에게는 오히려 호재다" 등의 과격한 말에 저는 놀랐습니다. 사실 난 징단신이 당에 보고된다면 저의 중국생활이 장기화될 수 있다는 생각도 듭니다.

여러분들도 잘 알다시피 중국은 세계에서 외환보유고가 가장 많은 나라입니다. 그렇게 많이 쌓아 놓은 달러를 좀 팔면 쉽게 해결될 문제를 왜 불쌍한 백성을 건드리는지 모르겠습니다. 한국이나 중국이나 백성 노릇하기 어려운 것은 매한가지라 생각됩니다.

바오푸도원과 바오쑤탑

바오푸도원

　지도를 보니 바오푸도원(抱樸道院)은 '시후박람회박물관' 옆의 조그만 길을 따라 올라가는 것 같았다. 바오푸도원이 있는 '베이싼가 역사문화거리(北山街歷史文化街)'로 여러 가지 유적지가 모여 있는 유서 깊은 곳이었다. 이 거리에는 마노사(瑪瑙寺) 옛터, 바오푸도원(抱樸道院), 바오쑤탑(保俶塔) 등이 있고, 조금 더 가면 대불사, 장징궈(蔣經國) 전 대만 총통 옛집 등이 있다.

　바오푸도원은 진(晋)나라 때 세워졌는데 원래 이름은 바오푸루(抱朴蘆) 또는 거셴안(葛仙庵)이었다고 한다. 이 도교사원은 동진(東晋)시대 학자이자 도사(道士)였던 갈홍(葛洪)을 모시는 곳이었다. 또한 이곳은 남송 때의 재상이던 가사도(賈似道)의 별장으로 사용되었다고 한다.

　갈홍(葛洪, 抱朴子)의 자는 치천(稚川)이다. 단양 구용현(丹陽 句容縣) 사람으로 서진에서의 선도학(仙道學)의 일인자였다. 『진서(晉書)』 「갈홍전(葛洪傳)」에 의하면, 그는 무제(武帝) 태강(太康) 4년(283년)에 태어나 진 애제(哀帝) 흥녕(興寧) 원년(365년)에 81세 나이로 사망했다고 한다.

(자료참고 : http://cafe.daum.net/dae5853/ca1w/)

1. 바오푸도원 입구
2. 황제(皇帝)를 모신 태극각
3. 용이 움직이는 모습을 나타낸
   바오푸도원의 담장

　바오푸도원으로 오르는 돌길은 참 아름다웠다. 200년 남짓된 거목들이 곳곳에 자리 잡고 있어서 도원의 운치를 더 고풍스럽게 하는 것 같았다. 이 도교사원은 일반적인 중국의 사원이나 도원에 비해 규모는 크지 않았으나 그리 높지 않은 바오쓰산(寶石山)의 중턱에 위치하여 시후의 아름다운 풍광이 한눈에 내려다보이는 멋진 곳에 자리 잡고 있었다.

　이 도교사원의 담장은 용의 움직임을 본떠 울퉁불퉁하였다. 경전 내 주요 건물을 둘러보니 어떤 건물에는 부처님상을, 태극각에는 황제(黃帝)를 모시고 있었다. 아마도 이곳은 통합종교의 특징이 나타나는 것 같았다. 경전 내를 둘러보고 있노라니 검정 혹은 회색 도복을 입은 여성들이 머리를 둥글게 묶어 머리 위에 올리고 검은 나무비녀로 쪽을 진 모습이 보였다. 여자 도사들의 얼굴에서는 진솔함이 나타나는 듯했다.

그 때 본당에서 의식을 행하는 모양이었다. 여성의 음성과 북소리와 종소리가 크게 울리고 있었기 때문이다. 내려가서 보니 30대 중반 전후로 보이는 여성 신도 두 사람이 뒷자리에 경건하게 꿇어앉아 있고, 중앙의 제관(祭官)은 용으로 수놓인 황금색의 망토에 붉은 색의 임금이 쓰는 조그만 관을 올린 채 갈홍의 상 앞에서 의식을 행하고 있었다. 제관의 좌우 옆에는 짙은 분홍색의 도복을 입은 여성들이 각각 두 명씩 자리 잡고 앉아 북과 종, 현악기를 연주하였다. 중앙의 제관은 두 팔을 활짝 편 채 도교문양인 태극이 그려진 정사각형의 넓은 판 위를 동서남북으로 왔다 갔다 하기도 하고, 조그만 접시에 담긴 물을 뿌리거나 마시기도 하였다. 중간에 제관을 포함한 5명의 제관들이 도교의식의 노래를 부르기도 하였다.

구경하던 중 우리나라 굿에서 볼 수 있는 소지(燒紙)의식을 동서남북 방향에서 하기도 하고, 가슴 쪽에 폭 15cm, 길이 70cm 가량의 나무를 들고 허리를 구부려 절을 하기도 하는 등 비슷한 형태의 의식들도 볼 수 있었다. 제관 뒤의 두 여성은 연신 두 손을 비벼대며 열심히 앉았다 섰다 하며 절을 하였다.

도교의식을 구경하던 중 평상복 차림의 남자직원이 사진 촬영을 제지하였다. 그래서 하는 수 없이 카메라를 배 위에 둔 채 눈치를 살펴가며 적절히 방향을 맞추어 셔터만 눌러댔다. 태어나 처음 보는 도교의식을 그냥 지나칠 수 없었기 때문이다.

바오쓰산과 바오쑤탑

큰 길을 나오니 바로 옆에 바오쑤탑(保俶塔)으로 오르는 안내팻말이 보였다. 70-80개는 족히 넘어 보이는 돌계단 좌우에는 직경이 15cm는 넘어 보이는 왕죽 밭이 있었고 대밭의 사이사이에는 60-70cm 길이의 검은 색의 죽순이 솟아올라 있었다.

이 나지막한 산의 이름은 바오쓰산(寶石山)이다. 도대체 어떤 산이기에

1. 노천에 전시된 명나라 시대의 철탑
2. 하늘의 뜻에 순응한다는 응천탑, 원래는 보림선사의 부도(浮屠)
3. 시후 신십경(新十景) 중의 하나인 '보석산에 비친 저녁노을'을 따서
   붙인 보석유하비
4. 햇빛을 받은 바위가 보석처럼 빛나는 산이라하여 붙여진 바오쓰산

‘보석(寶石)’이라는 이름이 붙었는지 호기심이 생겼다. 산이라기보다는 높이 100m 남짓한 구릉인데 울창한 나무와 암석들이 조화로워 보였다. 바오쓰산 정상에는 바오쓰탑이 자리하고 있었다.

바오쓰탑은 응천탑(應天塔), 칭보석탑(稱寶石塔)이라는 다른 이름도 갖고 있었다. 8면 7층 45.3m 높이의 이 탑의 정확한 건립연대는 미상이지만 일반적으로 오(吳) · 월(越)나라 시대에 만들어졌다고 알려져 있으며, 원 · 명 · 청대에 6차례 중수하였다고 한다. 바오쓰탑 바로 곁에는 특이한 모양의 철탑이 노지에 그냥 세워져있었다. 이 탑은 명대인 1580년에 만들어진 철탑으로 부서진 여러 조각들을 붙여서 세워둔 것이었다.

바오쓰탑 주위는 돌길로 조성이 잘 되어 있었다. 큰 바위로 오르는 계단은 바위를 일일이 깎아서 만들어놓았다. 석공들의 노력이 대단했을 것이라는 생각이 들었다. 인근의 누각 안에는 커다란 비석이 있었는데 그 중앙에 ‘보석유하(寶石流霞, 보석이 노을처럼 흐른다)’라고 새겨져 있었다. 한 사람이 겨우 비켜갈 정도로 좁은 바위 사이의 길을 통과해 내려가니 산 반대편 길로 내려가는 돌길이 있었다. 그쪽은 다음에 와서 보기로 하고 다시 올라와 붉은 빛을 한 커다란 바위 위를 조심스럽게 올랐다. 시후와 바이띠(白堤)의 아름다운 풍광이 한눈에 들어왔다. 시후 반대편에는 항저우 도심의 고층건물들이 보였다. ‘보석유하’, 지금 풍광에 딱 어울리는 말이었다.

이슬람사원 봉황쓰와 대운하박물관

봉황쓰

오늘은 항저우에서 가장 오래된 이슬람사원인 봉황쓰(鳳凰寺)를 찾아가 보기로 했다. 여행사 입구의 관리인인 듯한 분에게 물으니 길에까지 나와서 방향을 일러주었다.

중국 동남 연해 4대 이슬람사원 중의 하나라는 봉황쓰는 당나라 때 처음 세워졌으며, 원나라 세조 1281년에 페르시아인 아라오딩이 출자하여 재건된 국가 중점관리문물이었다. 이 사원 본당의 건축 양식이 봉황새 모양으로 되어 있어 봉황사라 불리는데 주요 건축물 예배당인 '무

항저우의 이슬람사원 봉황쓰

량전(無梁殿)'이 메카방향을 향하고 있다고 하였다. 사원에 들어서니 머리에 흰 빵모자를 쓴 남성 신도들이 왔다 갔다 하였고, 예배당 안에는 몇몇 사람

항저우에서 베이징까지의 징항운하 건설기록관인 대운하박물관

이 정면을 향하여 꿇어앉아 예배 준비를 하고 있었다. 사원 입구 벽면에는 하루에 6회의 예배시간 게시되어 있었다. 오후 4시 50분이 되자 예배를 알리는 이맘의 경전암송방송이 나왔다.

대운하박물관

다음 날, 얼마 전 중국을 방문한 아내와 함께 대운하박물관을 찾아갔다. 이 박물관은 항저우에서 베이징까지 1,794km의 운하가 건설된 과정과 시기, 참여 인물, 유지와 관리, 운하의 사회문화적 영향 등을 멋진 실내 디자인과 사실감 있게 만든 조각상, 모형 등으로 설명하고 있었다.

중국과 중국인들에게 운하는 단순한 물길 이상의 각별한 의미를 갖는다. 운하가 중국 대륙에 처음 모습을 내보인 것은 짧게는 진(秦)의 시황(始皇)이 천하를 통일하던 기원전 3세기, 길게는 춘추전국시대인 기원전 5세기까지 거슬러 올라간다. 운하와 함께 대륙 통일의 역사가 시작됐고 운하의 건설과 운용이 제국의 흥망성쇠를 좌우했다고 해도 과언이 아니다.

2,500여 년에 이르는 운하의 역사는 곧 황제의 역사이자 제국의 흥망사이며, 대륙의 정치경제사이고 사회문화사다. 중국 운하의 역사는 제국의 흥망사와 궤적을 함께 한다. 베이징과 항저우를 연결하는 징항(京杭)대운하가 첫 삽을 뜬 것

은 춘추시대 말기인 기원전 486년. 오(吳)의 국왕 부차가 초(楚)·월(越)과의 전쟁에서 승리한 이후, 북상하면서 제(齊)·진(晉)과의 쟁패를 겨루기 위해 양저우(楊州)로부터 회수(淮水)의 회음(淮陰)까지 150km의 수로를 관통시킨 것이 세계 최초의 운하로 추정된다. 특히 진시황은 기원전 221년 월을 정복하기 위해 군사전략적으로 운하를 뚫었고 이는 곧 천하통일의 결정적 계기를 제공했다. 운하를 통해 험준한 구이린(桂林) 지역을 통과해 월로 진격해 들어간 진의 군대는 손쉽게 도성을 함락시켰다. 이것이 오늘날까지 수로와 관광지로 활용되는 링취(靈渠)다. 중국의 대운하가 오늘날의 거대한 모습을 갖춘 것은 수(隋)나라 때다. 하지만 두 차례의 대규모 토목건설을 통해 운하를 건설한 뒤 고구려정벌에 실패한 수는 극도의 재정난과 도처에서 일어나는 농민반란을 이기지 못하고 건국 30여 년 만에 멸망했다. 하지만 운하는 당, 원, 명, 청 등 왕조들을 거치며 남북으로 연장을 거듭했다.

대운하인 징항대운하를 빼고는 중국의 운하를 논할 수 없다. 세계에서 가장 긴 인공운하인 징항대운하는 베이징과 저장성 항저우 간의 남북 총연장이 1794km에 이른다. 베이징과 톈진(天津)시, 허베이(河北)·산둥(山東)·장쑤(江蘇)·저장성 등 6개성과 시를 지나고 황허(黃河)와 창장(長江) 등 5개 수계를 관통한다. 베이징에서 남쪽으로 퉁후이(通惠)·베이(北)·난(南)·루(魯)·중(中)·리(里)·장난(江南) 운하 등 모두 7개 구간으로 나누어진다. 항저우와 닝보(寧波)를 연결하는 항융(杭甬) 운하도 5년간의 확장공사를 마치고 지난해 말 공식 개통됐다. 대운하의 연장인 항융 운하는 총 길이가 239km에 달한다. 운항선박 톤수가 기존의 40톤 미만에서 500톤으로 확대되면서 화물운송 능력이 10배 이상 증가되고 물류비도 대폭 절감될 것으로 예상된다. 한국에서 가까운 산둥반도 내 자오라이(膠萊) 운하 건설도 추진된다. 보하이(渤海)만의 오염된 물을 태평양의 깨끗한 물로 갈고 황해의 물류시간과 비용을 절감하기 위한 것이다. 길이 150km에 폭 1000m나 되는 이 운하의 총 사업비는 약 1000억 위안으로 책정됐다.

중국의 운하는 현재진행형이다. 현대 들어 항공산업과 철도운수가 발달하면서 운하의 효용이 잠시 떨어지기도 했지만, 운하는 여전히 물자수송의 수단이자 중요한 관광자원이며 문화와 문물 전파의 통로이자 지역통합과 균형발전의 매개체다. 정치 중심지인 북쪽과 경제적으로 풍요한 남쪽을 연결하고 화북의 수요와 강남의 공급을 해결함으로써 지역사회의 조화와 통합을 이루는 것도 운하의 역

중국황제가 전용선인 용선을 타고 운하를 나들이
할 때의 그림벽화

전시 중인 수나라 시대의 전함 모형

할이다. 실크로드를 통해 북방으로 유입된 문화와 뱃길을 통해 남방으로 들어온
문화를 연결해 문명교류를 완성시킨 일도 대운하가 담당했다. 중국은 '11 · 5계
획' 기간(2006-2010년) 동안 2000억 위안을 투입해 운하를 보수하고 있다. 특히
2500년 역사를 자랑하는 징항대운하의 대대적인 확장공사를 통해 수상운송 능력
을 40% 이상 확대한다는 계획을 세웠다. 구간구간 물길이 좁아져서 발생하는
'체선현상' 을 없애고 통항능력을 대폭 확대해 명실공히 수상운송의 중심으로 만
들겠다는 것이 중국 정부의 구상이다.

(자료참고 : http://www.munhwa.com/news/view.html)

박물관 입구에는 세계적으로 유명한 운하의 완공년도와 길이가 비교 게
시되어 있었다. 1,794km의 길이의 중국 징항대운하가 완성된 것은 1300년
경이고, 대서양과 지중해를 연결하는 240km 길이의 프랑스 남(南) 운하는
1681년에, 585km 길이의 미국 이리 운하는 1825년, 지중해와 홍해를 연결하

 중국 대륙을 탐하다

청나라 때 건설된 항저우 운하의 돌다리 공천차오(拱辰橋)

는 173km 길이의 이집트 수에즈운하는 1869년, 태평양과 대서양을 연결하는 81.3km 길이의 파나마운하는 1899년에 완공되었다고 하였다. 징항대운하를 왕래하던 중국 역사상의 다양한 선박들의 모형도 우리나라 선박의 모양과 달라 관심을 끌기에 충분하였다. 중국 황제가 엄청난 규모의 황제 전용선박인 용선(龍船)을 타고 운하를 나들이 할 때 수천 명의 백성들이 인력으로 배를 끌어당기는 그림도 인상적이었다. 운하의 주요기능 중의 하나는 수도까지 조미(租米)를 실어 나르는 것이었는데, 청조(淸朝)의 종실(宗室)과 훈척(勳戚)들에게 지급되던 봉급액도 게시되어 있었다.

오 · 월국의 숨결 티엔왕쓰

아침에는 잔뜩 흐렸던 날씨가 서서히 개기 시작했다. 점심식사 후 자전거를 타고 시후박물관 부근의 티엔왕쓰(錢王祠)로 갔다.

티엔왕쓰는 지금부터 약 1,100년 전인 AD. 907년 항저우를 도읍으로 하고 저장성 전체와 장쑤성, 푸젠성 일부지역에 오월국(吳越國, 907-978)을 세운 항저우 출신의 전류(錢鏐)와 그 아들, 손자 5명(太祖 '錢鏐' -世宗 '錢元瓘' - 忠獻王 '錢佐' -忠遜王 '錢倧' -忠懿王 '錢俶')을 모신 사당이다. 본전인 오왕전(五王殿)에는 태조 전류의 대형 상을 중앙에 모셨고 좌우에 각각 두 왕의 상이 있었다. 이 사묘의 옛 이름은 표충관(表忠觀)으로 오월국의 전씨왕조(錢氏王朝)가 오대의 혼란기에 송나라에 귀화했는데 '보경안민(保境安民)'의 공이 있었다 하여 북송 때 항저우 지사 조변(趙抃)이 표충관을 지어 전씨의 삼대 다섯 왕을 모셨다고 한다.

오왕전 뒤에는 전씨의 족보와 중국 역사에서 업적을 남긴 인물들의 행적이 조각되어 있었고, 오왕전 앞의 왼쪽 비각에는 청나라 건륭제(乾隆帝)가 썼다는 "충순이휴(忠順貽庥; 충과 순으로 아름다움을 전한다)"라는 큰 글씨를 쓴 비석이, 오른쪽 비각에는 표충관 중수기를 쓴 비석이 있었다.

티엔왕쓰에는 소동파(蘇東坡)가 찬서(撰書)한 '표충관비(表忠觀碑)'가 있어 전왕의 행적이 기록되어 있다. 표충관비는 오대(五代) 때 저장지방을 잘 다

1. 티엔왕쓰 본전인 오왕전
2. 오왕전에 있는 오월국 2대왕
   세종(좌)과 4대왕 충손왕상(우)
3. 오왕전과 보경안민 현판

스리다가 송(宋)나라 초기에 자기 나라를 들어 송나라에 귀의하여 남방(南方)을 안정시키는 데 큰 공을 세웠던 오월국왕(吳越國王) 전류(錢鏐) 집안의 사당(祠堂)인 표충관 앞에 세운 비석이다. 이는 소동파가 찬(撰)하고 아울러 서사(書寫)한 것으로 총 850자의 문장을 네 개의 돌에다 나누어 대자(大字)로 써서 양면에 각(刻)한 것이라고 한다.

'표충관'은 현재 저장성 항현(杭縣)의 용금문(湧金門) 밖에 있다. 지금은 이를 '티엔왕쓰(錢王祠)'라 이름한다. 이는 송(宋)나라 희녕(熙寧) 10년 무자일(戊子日)에 조변(趙卞)이 "오월국왕(吳越國王) 전씨(錢氏)의 무덤과 그의 아버지·할아버지 및 부인과 자손들의 묘가 모두 황폐하여진 채로 손질되지 않아 그곳을 지나는 부로(父老)들이 눈물을 흘리고 있어 공신(功臣)들을 권장(勸獎)하고 민심을 위로

1. 소동파가 썼다는 표충관비의 글씨
2. 순 구리로 만들어진 전각의 천장
3. 중국에서 제일 크다는 구리로
   만들어진 전각

하는 뜻에서 매우 어긋난다"고 강직한 진언으로 상소하였는데, 이로 말미암아 어명으로 세워진 사당이다.

본전인 오왕전 앞에는 대다라니경과 정교한 불상이 새겨진 뾰족한 석탑이 대칭으로 세워져 있었고, 그 앞쪽에는 다른 유적지에서는 찾아볼 수 없는, 전각의 기초까지 순 구리로 만들어진 전각이 있었다. 동으로 만들어진 전각 중 중국에서는 가장 크다는 이 건물의 폭은 가로와 세로가 각각 4m, 높이는 8.4m이며, 전각이 앉은 기초는 가로 세로가 각각 10m로 총 36톤의 구리로 만들어졌다고 한다.

한겨울의 유랑문앵 입구

'일중부재전' 이라 새겨진 비석을 잡고 어린아이가 놀고 있었다. 이 평화가 얼마나 갈까

티엔왕쓰를 나와 시후가를 거닐었다. 날이 좋아서인지 남녀가 쌍쌍이 벤치에 앉아 대화를 나누는 모습이 많이 보였다. 이 부근은 시후 10경 중의 하나라는 '유랑문앵(柳浪聞鶯, 버드나무 하늘거리고 꾀꼬리 지저귀는 곳)'이라서 그런지 유난히 새소리가 많이 들리고 잔디와 주위의 조경이 호젓하고 아름다웠다. 주위를 거닐다가 비석을 하나 발견했다. 뒷면을 보니 1962년에 세워진 것으로 일본 기후(岐阜) 시장이 쓴 '일중부재전(日中不再戰, 일본과 중국은 다시는 전쟁을 하지 않는다)'이란 글씨가 새겨져 있었다. 역사적으로 볼 때 중국의 해안지방은 왜구의 피해를 적지 않게 입어왔다. 태평양 전쟁에서 얼마나 많은 인명이 살상당하고 국토가 유린되었던가. 샘이 넘치면 그 주변부터 적시듯이, 국력이 넘치면 그 주변부터 직간접으로 영향을 받기 마련이다. 지금 일본의 힘이 주체를 못할 지경에 와 있다. 다행히 중국이 덩샤오핑의 개혁개방 이후 국가발전에 가속도가 붙었지만 이 평화가 얼마나 갈까.

HSBC
SUPER BRAND M
正 大 广 场

제2부 자유와 개성이 흐르는
상하이

상하이(上海)는 활기가 넘쳤다. 과연 중국의 관문다웠다. 청나라 말기 중국의 봉건 문화와 서구의 선진 문명이 결합된 곳. 많은 중국인들이 상하이 사람을 일컬어 영악하다, 거만하다, 계산적이다, 배타적이다, 입만 살아있다, 인색하다, 교활하다 등의 평가를 내리고 있지만, 전 세계의 대도시에서 대부분 나타나는 공통된 특성에서 상하이도 예외일 수 없는 것을 어찌하랴.

상하이는 역사적인 볼거리가 별로 없다. 하지만 현대적인 멋과 맛이 넘치는 첨단 유행의 도시, 금융과 상업의 도시이다. 그러다 보니 중국의 다른 지역과는 달리 자유와 개성이 중시되는 매력이 있다. 이런 점이 정치, 사회, 문화면에서 역사성과 권위, 위계를 강조하는 베이징과 상이한 문화적 토양을 만들어 낸 것 같다. 상하이의 문필가 위치우위가 상하이 사람을 '대가(大家)로서 풍격을 지니고 있으되 대장(大將)의 패기는 부족한 것 같고, 세계를 조망할 수 있는 안목은 있으되 세계를 종횡무진할 수 있는 기개가 존재하지 않는다'고 지적한 말이 일리가 있는 것 같다.

니하오, 상하이!

상하이 위위엔

상하이 여행의 첫 방문지는 위위엔(豫園)이다. 이곳이 관광명소인지라 국내외 관광객들이 북적였는데, 상하이 도심 한가운데 위치한 위위엔 입구에는 중국 전통건축법으로 지어진 크고 작은 상가 건물이 거리를 이루고 많은 사람들이 드나들고 있었다.

쑤저우의 4대 정원과 함께 강남에서 손꼽히는 '위위엔'. 400여 년 전 명나라 시대 쓰촨(四川)의 포정사(布政使)였던 반윤단(潘允端)이 부친의 노후를 위해 지었다는 대규모 정원이다. 그는 당시의 유명원예가 장남양(張南陽)을 초빙하여 1559년에 착공, 18년이라는 긴 시간을 들여 고향인 상하이의 한복판에 대저택, 위위엔을 세웠다고 한다. 그 이후 위위엔은 400여 년의 세월동안 주인이 몇 차례 바뀌고, 중국 근대화 시기에는 영국군들과 태평천국군, 프랑스군 등에게 점령되어 불타버리는 수난을 당하기도 했다. 공산정권이 들어선 후 중국 정부가 위위엔의 문화적 중요성을 깨닫고 1956년에 대규모 복원 작업에 착수하였으며, 1961년부터는 일반인들에게 개방하기 시작했다.

위위엔의 전체 면적은 약 20㎢이며, 오솔길처럼 좁고 구불구불한 회랑

국내외 관광객이 북적이는 위위엔 거리와 나를 듯한 처마를 한 상가건물

과 다리를 따라 돌며 40여 개의 정자와 누각, 연못과 가산(假山)을 관람하게 되어 있었다. 명나라 시대의 건축 양식을 하고 있는 위위엔은 좁은 공간을 아기자기하고 치밀하게 조영하여 한정된 공간이 무한한 넓이를 가진 공간으로 느껴지도록 만든 전형적인 강남의 정원이라고 할 수 있다.

정원 내 곳곳에 기기묘묘한 태호석을 가져다 놓아 방문객들에게 신비감을 주고 있었다. 다만 나는 태호석이 우리네의 수석보다 못하다는 생각을 했다. 하지만 정원 내 건물 귀퉁이 꼭대기마다 자리 잡고 있는 크고 작은 조각 작품들은 중국인의 예술적 감각을 충분히 나타내고 있었다. 둥글게 입구를 낸 담, 꽃 모양을 조각한 화창, 중국 전래의 전설이나 복을 상징하는 동물과 글자를 그려 넣은 바닥의 색돌 그림, 나무와 돌 하나하나에 이르기까지 정원을 다채롭게 채색하기 위한 여러 조형적인 요소가 곳곳에 가득했다.

건물과 건물 사이의 담장에는 중국황제의 상징인 용이 둘러져 있었다. 옛 중국엔 아무리 권력이 강해도 황제 이외의 사람이 용과 관련된 상징을 집에 두거나 건축하면 황제를 기만하거나 황제 자리를 넘보는 의미로 해석돼 반역죄에 해당되어 죽음을 면치 못했다고 한다. 그러나 이 관료는 용에 발가락을 하나 더 만들어 죽음을 면했다고 한다. 한 가지 재미있는 것은 아

건물 꼭대기마다 자리 잡고 있는 조각 작품

위위엔의 정원

무리 당시 명나라가 관료제 중심사회라고 해도 우리의 도지사에 해당하는 포정사가 물려받은 유산이 얼마나 되었는지, '부친을 즐겁게 해드리려고' 엄청난 비용을 들여 조성했다는 점이다. 왠지 400년이 지난 지금, 당시의 궁핍 속에서 삶을 꾸려온 민중들이 만든 유물을 보고 있다는 것에 마음이 쓰였다.

둥하이 대교

오늘은 둥하이 대교(東海大橋)를 보기로 하고 오전에 숙소를 나섰다. 알고 있기론 해상에 건설된 교량 중 세계에서, 그리고 중국에서 두 번째로 긴 다리였다. 다녀와 계기판을 보니 홍차오 공항 부근의 아파트에서 둥하이 대교까지의 왕복 거리가 거의 250km나 되었다.

상하이에서 만난 염 박사와 함께 목적지를 향했다.

둥하이 대교는 상하이와 상하이 남동쪽의 항저우 만 해상에 건설된 양산심수항(洋山深水港)을 연결하는 다리로 2002년 6월에 착공하여 2005년에 개통하였다고 한다. 해상부분 25km를 포함하여 총길이 32.5km로 왕복 6차선이며, 상하이와 저장성 닝보(寧波)를 연결하는 항저우 대교(35.67km) 다음으로 세계에서 두

조망대에서 바라본 항저우 만의 뻘물

번째로 긴 해상교량이라고 한다. 요금 징수소에서 나누어준 자료를 보니 교량위에서는 정차하거나, 승하차 하지 말라는 등의 몇 가지 주의사항이 있었다.

둥하이 대교 끝 부분에 위치한 유료 전망대에서 본 양산심수항(洋山深水港)에는 대형크레인이 셀 수 없이 서 있었다. 그 규모가 엄청나 보였다. 중국 정부가 2020년까지 세계에서 가장 큰 항구로, 아시아 항만 물류의 허브항으로 야심차게 개발하고 있다는 사실이 실감났다.

항저우 만(灣)은 저장성을 돌아 항저우 시내를 거쳐 나오는 첸탕강(錢塘江)의 하류에 위치하고 있는데 그 넓이가 황하나 양자강의 하구보다 훨씬 큰 것 같았다. 혹시라도 상하이에 갈 일이 있으면 기회를 보아 다음에 낚시라도 할 수 있을까 하고 갔지만 중국의 모든 강 하구는 누런 뻘물이라 낚시는 고사하고 물고기도 살 수 없을 것 같았다. 그런데도 양자강이나 황하에 물고기가 사는 것을 보면 꼭 그렇지 않은 모양이다.

루쉰공원과 윤봉길기념관

다음 날, 염 박사의 차로 루쉰(魯迅)공원을 찾았다. 상하이시 서북쪽에 위

치한 이 공원은 윤봉길 의사가 일본군 사령관을 위시한 주요 인물들을 향
해 폭탄을 투척한 곳이다.

공원 입구에 들어서니 연휴기간이라 그런지 많은 사람들이 있었다. 여러
명의 노랫소리가 들리는 곳에선 중년이 넘은 남녀 100여 명이 각기 등진 방
향에서 지휘를 하는 동년배 남녀의 지휘에 맞추어 합창을 하고 있었다. 그
들이 보고 있는 악보를 가까이 가서 보니 노래의 제목은 '장강의 노래(長江
之歌)'. 서정적이면서도 행진곡의 느낌이 나는 곡이었는데 그들은 그 노래
를 계속해 몇 번이나 불렀다. 아마도 중국 정부수립 60주년을 맞아 혁명 이
후 세대로 국가건설에 매진했던 이들이 자발적으로 모여 그때를 회상하는
듯 했다.

공원의 한쪽에 있는 윤봉길 의사기념관 바로 앞에는 '윤봉길의거현장(尹
奉吉義擧現場)'이란 글씨가 타원형의 둥근 돌에 초록색으로 음각되어 있었
다. 기념관은 화려하게 단청을 한 건물이 아니었다. 약간 어두운 붉은색을
입힌 소박한 2층 한옥이었다. 2층 중앙 처마에는 '매헌(梅軒)'이라는 현판이
걸려 있었다('매헌'은 윤봉길 의사의 호이다).

기념관 1층에는 윤 의사가 투척한 폭탄의 모형, 당시에 소지하고 있던 도
장, 윤 의사가 사용한 폭탄을 제조해 준 중국인 샹츠타오(向次濤)와 한국인
김홍일(金弘壹)의 사진, 거사장소로 떠나기 전 김구와 교환한 회중시계, 의거
직전 김구에게 남긴 윤 의사의 친필 시, 그리고 복사한 패널사진이 있었다.

특히 가슴이 뭉클했던 것은 윤봉길 의사가 사형직전 묶였던 사형대의 실
물이 벽에 걸려 있었다는 점이다. 간혹 찾아오는 한국인 단체여행객이나
개별 방문자 외에는 인적이 많지 않은 이곳. 2층으로 오르자 윤 의사의 탄
생에서부터 사형당시까지의 연보, 어록 등이 전시되어 있었다.

1. 루쉰공원
2. 윤봉길기념관
3. 윤봉길 의거현장비
4. 윤 의사가 투척한 폭탄의 모형
5. 윤 의사가 거사 전 김구와 교환한 회중시계

상하이 사람들

　상하이 사람들은 베이징 사람들과 묘한 경쟁의식이 있다고 한다. 그들은 정치의 중심 베이징 사람들을 '멋을 모르는 촌놈'이라고 빈정대는 반면, 베이징 사람들은 상하이 사람들을 '돈만 아는 무식쟁이'라고 표현한다. 근대에 상하이가 서양에 문호를 개방한 대표적인 도시임을 감안하면 그들의 말에 일견 이해가 가는 듯하면서도, 그들의 빈정거림 속에는 마치 중국 대륙 내의 또 다른 섬이라 할 수 있는 홍콩처럼 우월의식이나 선민의식이 작용하고 있다고 볼 수 있다. 임석준은 이런 점들을 '난징단신'에서 아래와 같이 묘사한 바 있다.

　공자가 더 이상 중국인이 아니듯이, 제가 보기에 상하이는 더 이상 중국인의 도시가 아니라 세계의 도시입니다. 우선 집값이 세계적입니다. 제가 방문한 푸싱(復興)공원의 고급주택화(gentrification) 현장은 프랑스 조계지 시절 외국인들이 빌라로 사용하던 단지를 리모델링한 것인데, 분양 가격이 1제곱미터당 10만 위안 한다고 합니다(한국식 평당 30만 위안, 우리 돈으론 약 6천만 원). 분양가가 평당 6천만 원이면 삼성동 아이파크 부럽지 않습니다.

　두 번째로 상하이를 기타 중국과 구별되게 하는 것은 국제화입니다. 제가 여러 번 경험한 것인데, 상하이에서 조금 젊은 친구들에게 길을 물으면-제가 외국인인 것을 알아채고-"Can you speak English?"라며 되묻습니다. 그리곤 영어로 대화를 합니다. 반면에, 난징에서는 제가 아무리 영어를 하더라도 항상 돌아오는 것은 중국어입니다. 제가 아마 난징이 아니라 상하이에서 6개월을 보냈더라면 중국어가 아니라 영어가 늘었을 겁니다.

　상하이가 중국의 도시가 되지 못하는 결정적 이유는 상하이인들이 자신을 중국인들과 철저히 구분하기 때문입니다. 이들은 언어와 후코우(戶口)라는 두 가지 수단을 통해서 자신을 다른 중국 사람들과 구분합니다. 첫 번째는 상하이 말('사투리')입니다. 서울 사람들은 자기들끼리 아무리 변형된 서울말을 사용하더라도 타지방 사람들이 모두 알아듣지만, 상하이 사람들의 '사투리'는 외지인들이 절대로 알아듣지 못합니다. 난징도 난징화(南京話)를 가지고 있지만, 난징화는 수준 낮은 언어 혹은 주변어(marginal language) 취급을 받아 점점 사라져가는 언어가 되고 있습니다. 그러나 상하이화는 보통화보다 더 높은 지위를 확보하고 있으며, 상하이 사람들의 우월감을 나타내는 언어가 되었습니다. 예를 들어, 푸동의 신개발 단지에는 외지인들이 많은데, 상하이 사람들은 "이곳에서는 상하이 말이 많이 들리지 않네"라며 그곳 사람들을 은근히 폄하한다고 합니다.

상하이 사람들을 외지인들과 구분하는 또 하나의 도구는 후코우(戶口)입니다. 후코우는 거류증인데, 중국에서는 특정 지역에 거주하고 싶으면 그 지역의 후코우를 가져야 합니다. 만약 후코우가 없다면 불법체류자가 되며 해당 지역에서 제공하는 어떤 혜택도 누릴 수 없습니다. 원래 후코우는 농촌 사람들이 도시로 이주하는 것을 방지하는 수단이었는데, 이제는 도시들 간에도 위계가 생겨서 상하이나 베이징 같은 일급 도시의 후코우를 받는 것은 하늘의 별따기입니다. 예를 들어, 과거에는 안정된 직장에서 근무하면 상하이 후코우를 신청할 수 있었지만, 최근에는 직장뿐만 아니라 집까지 있어야 상하이 후코우를 신청할 수 있다고 합니다(아니면 엄청난 금액의 뇌물이 오가면 후코우를 받을 수 있다고 합니다). 베이피야오(北漂)는 "베이징 떠돌이"로 번역되는데, 이는 베이징 후코우를 가지지 못한 외지 사람들을 일컫는 말입니다.

여러분들께 시간이 된다면 상하이 개인여행을 해 볼 것을 권하고

루쉰공원에 모여 휴일을 보내고 있는 상하이 시민들

싶습니다. 사실 한국 사람들은 상하이-쑤저우-항저우 코스로 엮여진 패키지여행에 익숙한데, 그럴 경우 상하이는 물론이고 다른 도시도 제대로 볼 수 없습니다. 따라서 한국 사람들은 상하이 하면 1930년대 외국건물이 즐비한 와이탄, 고층건물이 집중되어 있는 푸동, 전통 관광지 이화원, 난징동루, 그리고 대한민국 임시정부 건물 정도만 알고 있습니다. 그러나 상하이는 인구 2천만이 살고 있는 엄청난 다양성과 역량을 가진 도시이며, 지하철 노선이 무려 13개나 있어서 도시의 구석구석까지 모두 갈 수 있는 곳입니다. 번화한 상하이의 길가에서 여유 있게 커피 한 잔 마시면서 사람들 지나가는 것을 바라보는 기회를 가지시길 바랍니다. 존 레논의 "Watching the Wheels" 노래처럼 말입니다.

주쟈쟈오와 와이탄 야경

상하이 외곽 지역에서 가장 오래된 물의 마을로 '상하이의 베니스'라고 불리는 주쟈쟈오(朱家角). 송나라와 원나라 시대부터 유명한 마을인 이곳은 각리(角里)라는 호칭으로도 불리던 곳이다.

나는 그리 넓지 않은 골목 수로에서 사공이 노를 젓는 조각배에 올랐다. 오전 시간임에도 무표정한 그의 얼굴이 조금 부담스러웠다.

중국에서 흔히 볼 수 있는 아치형 석교인 팡성차오(方生桥), 방생교는 주쟈쟈오에서 가장 많은 사람들이 왕래하는 다리였다. 이 석교를 건설한 성조(性潮) 스님이 다리 아래에서는 방생만 하고 절대로 물고기나 자라를 잡아서는 안 된다고 하여 이와 같은 이름을 얻었다고 한다. 골목 운하의 좌우에는 크고 작은 가게와 식당들이 자리 잡고 있었으며 또한 그곳은 이곳 주민들이 생활하는 공간이었다. 인공으로 만들었다는 수로는 옛날 하수구였다고 하는데, 그래서인지 물이 꽤 탁했다.

조각배가 골목운하를 벗어나니 제법 큰 폭의 대형 운하가 나타났다. 육로운송이 발달되기 전에는 이곳 운하로 많은 물자가 수송될 수 있을 정도로 폭이 넓은 편이었다.

저녁 식사 후 상하이 시내 황포강 옆의 와이탄(外灘)으로 향했다. 강가 광

상하이 와이탄의 야경, 동방명주와 샹그릴라호텔이 보인다.

주쟈쟈오의 골목 운하, 물이 탁해서 실망스러웠다.

장에는 많은 사람들이 더위를 식히러 나와 있었다.

상하이 와이탄의 야경은 관광 상품이 되기에 충분했다. 상하이는 중국 최대의 도시이자 중국의 관문답게 수십 층부터 백 층이 넘는 높이의 건물들이 다양한 불빛을 내뿜으며 각각의 위용을 나타내고 있었다. 우리나라 대기업과 금융회사의 컬러 광고판도 곳곳에서 눈에 띄었다.

중국에서 숫자의 의미

중국인의 숫자 사랑은 거의 8에 집중되고 있다. 자동차 번호판 중 8888로 된 것은 엄청나게 비싼 값으로 경매되고 있다. 중국인들이 특정 숫자를 기피하는 것은 해당 숫자가 고독, 이별, 사망 등과 연계된다고 생각하기 때문이다. 특히 음에 따라서 좋거나 나쁜 뜻으로 해석되는 숫자가 대부분이다. 중국인들은 일반적으로 홀수보다는 짝수를 선호하지만 그 반대의 경우도 많다. 1, 3, 5는 장사와 관련하여 부분적으로 길수로 쓰인다. 중국에서 짝수는 서양과는 달리 대부분 길수이지만 4만은 예외이다. 죽을 사(死)와 발음이 같아 질색한다. 휴대폰 번호나 호텔방 번호, 건물 번호에서 4자를 기피하는 현상이 일반적이다.

숫자 1.

결혼 또는 환갑잔치에 부조금이나 선물을 보낼 때 특히 주의해야 한다. 중국에서 겹경사가 있기를 바란다는 축복의 말로 흔히 '하오스청솽'(好事成双, 여기서 双은 雙의 간체자)이라고 하는데, 1은 홀수이기 때문에 경사에서 꺼린다. 결혼식에서는 모든 것을 짝지워 두 개씩 쌍을 이루도록 하는 게 전통이며, 1은 '홀로'라는 뜻이기 때문에 절대 금지된다. 하지만 1이 숫자 8과 함께 사용될 때는 야오(要)라고 읽히며 18은 '야오파'(要发, 여기서 发는 發의 간체자), 즉 '돈을 벌겠다'는 뜻으로 좋게 해석된다.

숫자 2.

2가 짝수여서 아무 때나 사용해도 좋다는 생각은 금물이다. 비록 중국인들이 좋아하는 짝수이기는 하지만 간혹 기피하는 경우도 있다. 병원에 입원중인 환자와 상주는 짝수로 선물이나 조의금을 받는 것을 꺼린다. 짝수로 준다는 것은 '나쁜 일이 짝이 되라'고 하는 것과 같은 것이기 때문이다. 또 중국말에는 '화가 홀로 오지 않는다'는 뜻의 '훠부단싱(禍不單行)'이라는 말이 있는데 좋지 않은 일에 짝수로 선물하는 것이나 조의금을 낸다는 것은 자칫 더 큰 화를 부르라는 뜻으로도 해석되기 때문에 금기이다.

숫자 3.

중국인들이 3을 꺼리는 이유는 3의 발음이 흩어질 산(散)과 같기 때문이다. 또한 숫자 3은 좋지 않은 뜻에 자주 사용된다. 중국에서 부부나 연인사이에 끼어드는 사람을 제3자라고 하며, 소매치기는 '싼즈서우(三只手)', 마음을 한 곳에 집중하지 못하고 딴 마음을 품는 것을 '싼신얼이(三心二意)', 일을 꾸준하게 하지 않는 것을 '싼톈다위 량톈사이왕(三天打魚 兩川晒网, 여기서 网은 網의 간체자)', 즉 '3일 동안 고기 잡고, 이틀 동안 그물을 말린다' 등과 같이 좋지 않은 뜻에 사용하기 때문에 선호하지 않는다.

숫자 4.

4는 짝수이기는 하나 죽을 사(死)와 발음이 같기 때문에 중국인들이 꺼린다.

숫자 5.

5는 일반적으로 자신을 가리키는 '워(我)'를 뜻하지만 기본적으로 없을 무(无, 無의 간체자)를 가리킨다. 예를 들면, 숫자 588은 '워파파(我发发)', 즉 '나는 돈을 벌겠다'로 해석할 수 있다.

숫자 6.

6은 만사형통을 가리키는 '류류다순(六六大順)' 등과 같이 '순리롭다'는 뜻으로 해석되는 길한 숫자이다.

숫자 7.

선물에서도 7을 피하고 길일을 고를 때도 7을 제외시킨다. 7이 홀수이기때문

이기도 하지만 망자에 대한 제사를 7일을 주기로 7회, 즉 7×7=49일을 지낸다
는 것 때문에 '사망'과 연계되어 꺼린다.

숫자 8.

8은 돈을 많이 벌어 부자가 된다는 '파차이(发财)'의 '파(发)'와 음이 비슷하
기 때문에 중국 사람들이 좋아한다.

숫자 9.

9는 '오래', '길게'를 뜻하는 지우(久)와 발음이 같아 중국인들이 선호한다.
자주 8자와 함께 묶어서 사용되며, 98은 '지우파(久发)', 즉 '오래 돈을 벌다'로
해석된다.

숫자 13과 250.

상하이에서 13은 나쁜 의미로 통한다. '스산뎬(13点)'은 '사리에 밝지 못하
고 일을 제대로 하지 못한다'는 의미이다. 숫자 250은 '얼바이우', 즉 '바보, 멍
청이'라는 큰 욕이다.

(자료참고: 〈상하이 저널〉 520호, 2009. 10)

세계엑스포, 상하이를 가다

어제 예매한 열차표와 상하이엑스포 입장권을 들고 아침에 서둘러 엑스포 박람회장으로 갔다.

지도를 보니 박람회장은 황포강을 사이에 두고 둘로 나뉘어져 있었다. 엑스포장으로 들어가는 입구는 8군데로 나뉘어져 있었는데 지하철이나 전용버스로 연계될 수 있었다. 시내버스에 설치된 TV에서 보니 각 출입구별 입장객의 숫자가 실시간으로 방송되고 있었다. 관람객들을 각 출입구별로 분산시키기 위한 아이디어인 것 같았다.

중국 정부에서는 5월 1일부터 10월 31일까지 6개월간 개최되는 상하이엑스포 기간 중 총 7,000만 명의 입장을 예상하고 있었는데, 한 달 평균 1,100만 명이 넘는 인원으로 하루에 거의 40만 명이 입장해야 가능한 숫자였다. 통계에 의하면 평일은 20만, 휴일은 30만 명 정도가 입장하는 것으로 나타났는데 중국의 특성상 방학 중에 학생들이 집중적으로 관람할 수 있도록 정책적 조치를 취하면 가능할 것 같기도 하였다.

박람회장에 들어가기까지 안전 검색이 철저하였다. 몇 단계의 검색을 거친 후 안으로 들어갈 수 있었다. 박람회장은 사람도 사람이지만 평지에 건설한 멋진 건물과 특색 있는 각국의 전시관이 아주 새로웠다. 식당이나 각종 편의시설, 자원봉사자들의 활동 등이 좋아보였다. 다만 순환버스 승하차장에서 반대편으로 갈 수 있는 인도가 거의 마련되지 않아서 많은 사람들이 차도를 지나야 하는 것이 아쉬웠다.

한국관을 관람하기 위해서는 두 시간을 기다려야 했다. 미국이나 일본, 유럽의 다른 유명 국가의 경우도 마찬가지였다. 수십 개국의 전시관을 하루 만에 다 둘러본다는 것은 불가능한 일이어서 몇 개만 지정해서 보기로 하였다. 한국관과 북한관은 반드시 참관하고, 나머지 국가는 줄이 길지 않아 시간이 소요되지 않는 국가만 들어가기로 말이다.

주최국인 중국관을 들어가 보려고 하였으나, 안내원의 말에 의하면 중국관에 들어가는 입장권을 받기 위해서 새벽 5시부터 사람들이 줄을 서서 받아갔기 때문에 하루 입장권이 바닥나서 볼 수 없다고 하였다. 먼저 한국관을 찾았다. 한국관에는 뉴욕에서 활동 중인 설치 미술가 강익중 씨의 작품인 아트픽셀 38,000개와 우리 고유의 한글을 주제로 한 42,000개의 LED(발광 다이오드)가 설치되어 있었다. 항공사 승무원을 연상하게 하는 산뜻한 색상의 복장을 한 남녀 안내원들은 아주 상냥하고 좋은 매너로 관람객들을 맞이하였다. 한국인들은 거의 보이지 않았고 중국인들이 대부분이었는데 전광판에 한국인 연예인들이 나오자 젊은 남녀들이 사진을 찍으며 좋아하였다. 여기서도 한류 열풍을 느낄 수 있었다. 한국관은 첨단 전자 장비를 이용한 여러 가지 것들이 마련되어 있었다. 관내 야외에서는 시간마다 한국고유의 음악이나 풍물놀이가 각기 다른 프로그램으로 연주되고 있었다.

한국관을 나와서 북한관으로 갔다. 북한관은 5분 정도 기다려 입장했는데 한국인 관람객이 많았다. 외부의 규모와 내부 장식이 한국관과 확연히 비교될 정도로 초라했다. 벽에는 평양 시가지가 대형사진으로 확대되어 전시되어 있었고, 그 앞에는 붉은 횃불을 꼭대기에 달고 있는 주체사상탑의 축소모형이 있었다. 'Paradise for People(인민의 낙원)' 이라는 영문이 씌어진 벽면 앞에는 흰 비둘기를 날리고 있는 어린이들의 순백색 조형물이 전시되

1. 한국관   2. 북한관   3. 베트남관   4. 알제리관   5. 에스토니아관

폴란드관

러시아관

고 있었다. '인민의 낙원'에서 많은 사람들이 굶주림에 시달리고, 정치적 자유를 박탈당한 채 살아가며, 권력의 부자세습이 3대째 이루어지려 한다니……. 참 안타까웠다. 북한의 기념품 판매대에는 세련된 복장과 지성미가 풍기는 안경 쓴 남성이 우표 등을 팔고 있었는데 많은 한국인 관람객들이 기념우표를 구입했다. 북한관을 나오면서 왠지 마음이 무거웠다. 아마도 갈라져 있는 동족에 대한 연민 때문이리라.

다음으로 그리 복잡하지 않은 이란관으로 갔다. 이란관의 볼거리 중에는 이란의 양탄자가 있었는데 좋은 제품은 가로세로 2m 정도의 제품이 수천만 원이나 했다. 특히 정교한 그림으로 양탄자를 만들어 액자에 전시해 놓은 것에 많은 관심이 갔다. 90cm×60cm 크기의 그림 양탄자 액자 중 가장 비싼 것은 3년이 걸렸다는 30만 위안(5,700만 원)짜리 액자였다. 소요기간도 기간이지만 양탄자로 저렇게 정교한 작품을 만들 수 있다는 사실에 경탄을 금치 못했다. 양탄자를 두른 대형항아리도 눈에 띄었다. 이란관을 나와서 베트남관을 들렀다. 베트남관은 외부를 커피색 대나무로 독특하게 장식한 것이 이채로웠다. 작은 규모였지만 눈에 뜨이는 건물이었다.

인근의 아시아 각국 전시관의 외양을 둘러본 뒤 버스 편으로 유럽 광장으로 갔다. 그곳에는 유럽 각국의 전시관이 있었다. 아시아관도 그랬지만 유럽 각국의 전시관은 그들 나름의 예술성이 가미된 독특한 외관을 자랑하

 중국 대륙을 탐하다

터키관

이집트관

였다. 외부의 사진들을 찍은 뒤 아프리카 연합관으로 향했다. 몇몇 아프리카 국가들은 별도의 전시관을 세웠지만 대부분의 국가들은 연합관 내에 자국의 공간을 갖고 있었다.

저녁 식사 시간에 맞추어 엑스포 전시장을 나섰다. 8번 출입구로 나왔는데 그 규모가 엄청났다. 한 사람씩 들어가는 입구만 수십 군데가 넘었다. 중국인들의 대형성을 다시 실감할 수 있었다.

상하이의 사찰에 가다

징안쓰

상하이 도심에 자리잡은 징안쓰, 황금빛 지붕이 이채롭다.

버스 편으로 상하이 시내로 나갔다. 옥으로 만들어진 불상이 있는 위포 쓰로 가기로 하고 가는 길에 징안쓰(靜安寺)를 들르기로 하였다. 징안쓰는 지하철역에 절 이름이 붙여질 정도로 도심지에 위치한 유명한 사찰이었다. 원래 이 절은 중국의 삼국시대 오나라 때인 247년에 건립된 1,760년의 역사를 가진 사찰이라고 하는데, 우리네의 절과는 달리 고풍스러운 맛은 찾아볼 수 없고 휘황찬란한 황금색의 건물들만 자리 잡고 있었다. 아마도 절이 생긴 지는 오래되었지만 전부 새로 지은 것이라 그런 것 같았다. 이 절의 담벼락에 해당하는 공간에는 우리네 도심지의 절에서 불교용품이나 불교서적을 파는 것과는 달리 일반 상점들이 자리 잡고 있었다.

위포쓰

택시로 위포쓰(玉佛寺)로 갔다. 징안쓰에서 멀지 않은 곳에 있었다. 위포쓰는 1882년에 승려 혜근(慧根)이 버마(미얀마)에서 옥불 2기를 맞아들여 사원을 건조한 후 붙인 이름이라고 한다. 원래 이 절은 1882년에 상하이 강만진(江灣鎭)에 세워진 것인데 신해혁명(辛亥革命) 때 이곳으로 옮겨 중건했다고 한다. 토요일이라 그런지 수많은 남녀 신도들이 대웅전 앞에서 향에 불을 붙이기에 여념이 없었다. 남녀는 크고 작은 향다발을 들고 엄숙하고 진지한 자세로 동서남북의 사방을 향해 세 번씩 절을 하였다. 간절한 기도의 모습이었다. 대웅전 앞은 신도들이 피운 향의 연기로 자욱하였다. 이 절도 다른 절과 마찬가지로 많은 사람들이 무엇인가를 기원하는 붉은 끈을 곳곳에다 묶어놓았다. 대웅보전 내부의 모습은 여느 절과 다르지 않았다. 대웅보전 한 모서리에 대형 종이 있었는데 그 종의 아래에 가사를 걸친 부처님상이 자리하고 있었다. 지금까지 국내외의 여러 절을 다녀보았지만 종 아래에 부처님상이 자리하고 있었던 경우는 처음이었다. 부처의 가르침이 종소리에 녹아 멀리까지 가도록 하기 위한 배려인지도 모르겠다.

이 절의 상징인 옥불좌상은 대웅보전 뒤편의 옥불루(玉佛樓)에 있었다.

옥불좌상은 생각보다 크지 않았다. 백옥을 조각하여 만든 이 옥불좌상의 높이는 190cm, 폭은 134cm라고 한다. 일반인들이 접근할 수 없도록 나무로

1. 위포쓰 대웅보전
2. 18 나한상 조각
3. 종 아래에 가사를 걸친 부처님상
4. 옥좌불상

바리케이드가 쳐진 방에는 별도의 복장을 한 여성 관리인이 있었다. 이곳의 분위기는 대웅전보다도 엄숙하고 조용했다. 관람객이나 신도들도 많지 않았다.

위포쓰에서 특이한 점은 문수전과 지장전 내부에 있었다. 신도들이 불상을 향하여 경건하게 기도하는 모습은 다른 절과 차이가 없는데, 불상 바로 옆에 기념품 판매대가 죽 늘어서서 불을 환하게 밝히고 있는 점이 달랐다. 물론 이것이 중국 불교의 특징이라고 할 수도 있겠지만 종교가 세속화되어 있다는 느낌을 지울 수 없었다. 중국의 여러 사찰을 둘러 보면서 느낀 것은 중국 스님들은 참선에도 열심이지만, 불교 사찰을 잘 경영하여 돈을 버는 데도 열심인 것 같다는 것이다.

2005년도에는 위포쓰 스님 등 상하이 스님 18명이 사찰 경영, 종교 상품 판촉 등을 가르치는 불교 사찰 경영 MBA 과정에 등록해 수업을 받았다고 한다. 엄청나게 많은 수입을 올리는 위포쓰의 총 경리 창춘 스님은 신화통신에 "이번 과정을 통해 우리는 속세가 어떤 방식으로 경영되는지 배우려고 한다"고 말했다. 상하이 교통대학이 개설한 스님들을 위한 불교 사찰 MBA 과정은 사찰 경영, 종교 상품 판촉, 경제학, 회계학, 기업 전략 등을 가르친다. 하지만 중국 내에서는 불교의 상업화가 극심해 우려의 목소리가 높다. 한 실례로, 중국 저장성 성도이자 유명한 관광지 항저우시의 한 불교 탑은 최근 에스컬레이터, 엘리베이터, 유리, 강철, 콘크리트로 새로 재건돼 비난이 일었다. 또 유명한 허난(河南)성 소림사도 참선할 곳은 적고 돈을 벌기 위해 무술을 가르치는 것에 열심이라는 비판도 일고 있다.

(자료참고: 〈연합뉴스〉 2005. 9. 8.)

상하이 푸싱공원과 티엔쯔팡

집에서 점심식사까지 한 후 중산중로 인근의 푸싱공원(復興公園)을 산책하였다. 대도시 한가운데 이런 공원들이 곳곳에 있는 것이 부럽기만 하였다. 젊은 사람들도 있었지만 대부분이 나이든 노인들이었다. 공원 한쪽 공간에서는 40-70대의 남녀 수십 명이 각종 춤곡에 맞추어 번갈아 가며 춤을 추고 있었다. 비록 더운 여름이지만 모두가 진지하게 춤을 추는 모습이 아름다웠다. 때로는 남녀 간에 짝을 이루지 못한 사람들은 여성들끼리 춤을 추기도 하였다. 중국인들 대부분이 날씬한 이유는 음식 적게 먹기, 자전거 타기, 춤 추기 등에 있는 것 같았다.

이 공원에는 중국의 다른 곳에서는 볼 수 없는 특이한 석조상이 있었다. 마르크스와 엥겔스가 나란히 서 있는 화강석 조각이었다. 초기 자본주의 사회의 문제점을 날카롭게 비판하며 인간다운 삶을 살 수 있는 사회의 건설을 부르짖었던 두 철학자들. 근대 역사에서 하나의 획을 그을 수 있는 철학자임에는 틀림이 없다. 하지만 그들은 인간본성의 선한 면만을 순진하게 믿었을 뿐 다른 면이 있음을 간과한 잘못이 있다. 그들의 이론이 논리적으로는 참인지 모르겠으나 진리라고 보기는 어렵다. 그것은 사회주의권이 70년의 시험 결과 실패로 마감한 것이 잘 나타내주고 있다. 인간사회의 조화와 화합보다는 갈등과 투쟁을 중시한 것이 커다란 잘못이다. 공산주의의 이름하에 얼마나 많은 사람들이 죽어갔는가. 1917년 볼셰비키 혁명 이후 1980년대 중반까

1. 푸싱공원의 장미정원 2. 어떤 공간에서든 춤추는 것이 생활화된 중국인들
3. 마르크스와 엥겔스 조각상

지 무려 1억 명 가까운 사람들이 죽음을 당했다. 불완전한 인간이 만들어낸 실현가능성 없는 유토피아를 실현하기 위해서 인간의 이름으로 얼마나 많은 생명들이 한스럽게 삶을 마감했는가. 그러나 자본주의의 문제점을 비판하고 자본주의가 올바르게 나아갈 방향을 제시해주었다는 점에서 역사적으로 긍정적인 평가를 받을 만한 면이 있다고 할 것이다.

푸싱공원에서 얼마 멀지 않은 곳에 상하이의 또 다른 명물거리인 티엔쯔팡(田子坊)으로 갔다. 우리의 인사동과 비슷한 풍취를 가지기는 했지만, 현대적인 맛과 조화를 이룬 멋진 거리였다. 외국인 관광객과 멋지게 차려입은 젊은 남녀들이 좁은 골목길을 누비며 다니는 모습이 좋았다. 상하이의 미남미녀들은 이곳에 다 모인 게 아닌가 하는 착각이 들었다.

중국의 담배문화

항저우사대 유학생 문화행사 후 참석자들 모두가 학교식당에서 저녁 식사를 하였다. 식사 중 유학생들과 대화를 하던 중 담배와 휴대폰 이야기가 나왔다. 중국 대학생들은 휴대폰을 아주 비싼 것으로 쓰는 것을 자랑스러워하며, 담배도 고급을 선호한다고 하였다. 그들이 승용차를 고급으로 구입하는 것이나 별로 다른 것이 없다고 하면서 과시욕의 표현인 것 같다고 했다. 중국의 공공장소나 시내를 다니다 보면 많은 사람들이 흡연하는 모습을 볼 수 있는데, 이는 흡연인구가 다른 나라보다 훨씬 많다는 반증인 것 같다. 이제 중국도 경제 규모가 엄청나게 커졌으니만큼 국민 건강을 담보로 담배에 부과하는 세금을 과세수입에서 낮추는 것이 바람직할 것 같다.

임석준은 중국의 담배문화에 대해 '난징단신'에서 다음과 같이 언급하였다.

지난 번 단신에서 중국의 물가가 아주 싸거나 아주 비싼 U자형이라고 말씀드렸습니다. 단신을 읽은 독자께서 가격이 U자형이라는 것은 이중의 사회 구조를 반영하고 있는데, 못사는 사람도 살 수 있고 잘사는 사람에게도 나름의 만족도(과시욕, 동시부여 등등)를 주게 되는 이른바 "한 나라 안에 두 개의 바퀴가 돌아가는 구조"이며 이것은 어떻게 보면 "역설의 안정체제"라고 지적해 주셨습니다. 정말 날카로운 지적이라고 생각하며, 이를 대표하는 것이 담배가 아닌가 싶습니다.

한국과 미국의 담배 가격은 제품에 따라 크게 차이가 없지만, 중국에서 담배는 전형적인 U자형 가격구조를 형성하고 있습니다. 제가 슈퍼에서 조사했는데, 가장 싼 담배는 한 갑에 2.5위안하는 대풍(大豊)이며 가장 비싼 담배는 100위안의 슝마오(雄猫 –팬더)입니다. 동일한 진열대에서 무려 40배의 가격차가 나는 거죠. 이것은 어디까지나 일반 슈퍼에서 볼 수 있는 가격이고, 전문점에 가면 한 갑에 200위안(3만4천 원) 넘는 담배도 많습니다.

　중국은 담배천국입니다. 금연구역도 없고 간혹 있더라도 지키지 않습니다. 식당에서 피고, 택시에서 피고, 기차에서도 피고, 심지어 엘리베이터에서도 피는 사람을 보았습니다. 그래서 한국의 애연가들은 중국에 오면 흡연문화 하나만은 마음에 들어 합니다. 마침 담배이야기도 나오고 했으니, 오늘은 '담배문화 10선'이라는 제목으로 제가 관찰한 이야기를 써 볼까 합니다.

　본격적으로 분석에 들어가기 전에 배경설명을 하겠습니다. 지난 번 제가 속한 연구소에서는 2박 3일 동안 장쑤성 리양(溧陽)에 있는 8개의 진(鎭)정부를 방문하여 회의를 하였는데, 저도 동행할 수 있는 행운을 얻었습니다. 미국에서 유학할 때 3시간짜리 세미나 수업을 하면 처음에는 잘 들리다가도 약 1–2시간이 지나면 집중력이 떨어져 그때부터 먹통이 되곤 했는데, 중국에서의 회의는 오죽했겠습니까? 한 30분 지나면 중국어가 들리지 않습니다. 그리고 엄청 피곤합니다. 그렇다고 머리 박고 졸 수도 없고……. 그래서 저는 이곳에서 문화인류학자가 되기로 마음먹었습니다. 제인 구달(Jane Goddal)이 침팬지를 관찰하듯이 저도 이들의 움직임 하나하나를 세세히 관찰하며 노트에 기록합니다. 몇 시간 지나면 노트 몇 장을 가볍게 채우는데, 그러면 이들은 내가 중국어를 엄청 잘한다고 생각합니다. 제가 노트에 기록한 중국의 담배문화를 소개합니다.

1. 담배는 가격차가 크다

　가장 비싼 담배와 싼 담배의 가격차가 40배 이상이라는 것은 앞에서 언급한 내용입니다. 참고로 중국에서 가장 비싼 담배는 덩샤오핑이 애용했다는 雄猫 典藏版(Panda Classic)인데, 1갑에 무려 1,200위안(20만 원) 합니다. 개비당 1만 원!!! 장초 절대 환영 안 함.

2. 烟酒不分家

중국에서 술과 담배는 네 것 내 것 구분이 없는, 서로 나누어 피고 마시는 물건이라 생각합니다. 따라서 사람들 앞에서 담배를 피울 때는 반드시 상대에게 권합니다.

3. 날아다닌다

회의 중 담배를 테이블 너머로 휙 던지곤 합니다. 그러면 아무리 먼 거리라도 정확하게 상대방 테이블 위에 안착합니다. 그리고 이것을 예절이 없는 행동으로 생각하지 않습니다.

4. 공무원은 중화(中華)를 핀다

제가 2차례의 현지답사에서 15개 정도의 진(鎭)정부를 들러봤는데, 공무원들은 모두 한 갑에 60위안(우리 돈 1만 원) 정도 하는 중화(中華)를 폈습니다. 그 비싼 담배를 어떻게 사서 피냐고요?

5. 買的人不抽, 抽的人不買

"사는 자는 피지 않고, 피는 자는 사지 않는다"라는 말이 있듯이, 담배를 사는 사람은 아무도 없습니다. 이들이 피는 담배는 모두 공금으로 조달합니다. 그러니 그 비싼 중화 담배를 모두 몇 모금 안 빨고 끕니다. 모두 장초이죠.

6. 중국에서는 담뱃값을 올려도 금연을 유도할 수 없다

사서 피지 않으니까.

7. 담배는 선물(뇌물?)로 애용된다

우리가 양주 선물을 하듯이 중국 사람들은 담배를 선물로 합니다. 중국 사람들은 보통 쌍으로 선물하는데(담배는 두 보루), 한 갑에 100위안짜리 중화를 선물한다면 2보루에 2,000위안이니까 우리 돈으로 35만 원 정도. 장난이 아니죠. 한국에서도 30년이 넘는 고급술은 "사는 자는 마시지 않고, 마시는 자는 사지 않는다"는 원칙이 적용된다고 볼 수 있겠습니다.

우리도 어디까지 떡값이고 어디부터 뇌물인지 구분이 되지 않듯이, 중국에서도 담배가 뇌물이 되곤 합니다. 제가 들은 이야기인데, 어떤 사람들은 담배의 tobacco를 빼고 그곳을 100위안으로 채워서 선물한다고 하더군요. 그럴 경우, 1갑에 2,000위안 1보루 선물하면 2만 위안이 되네요.

8. 담배는 곧 현금이다

높은 자리에 있는 분들은 연말연시에 담배 선물이 주체할 수 없을 정도로 많이 들어와서 이를 암시장에 내다 팔기도 한다고 합니다. 제가 있는 난징에서는 관료들이 많이 사는 龍江에 이런 담배를 전문적으로 거래하는 곳이 있다고 합니다.

9. 안 피는 사람도 가지고 다닌다

저희 팀이 리양에서 2박 3일 동안 8개의 지방정부를 다니면서 현지조사를 하였는데, 이때 현지조사를 안내한 중국 공무원은 담배를 피우지 않는 사람이었습니다. 그러나 타인에게 권하기 위해서 어김없이 중화 담배를 가지고 다니더군요.

10. 안 피는 사람도 핀다

담배는 서로 인사하는데 사용되는 매개이기 때문에 경우에 따라서는 피지 않는 사람도 피게 됩니다. 저도 사회적 압력에 굴복하여 저녁식사 자리에서 한 대를 폈는데, 한 모금 빨았지만 타르 함량이 워낙 높기 때문에 목구멍을 넘기지 못했습니다.

(참고로 한국 담배를 선물로 주면 안 됩니다. 너무 약해서 중국인들은 필 수 없습니다.)

제3부 중국의 백미

황산, 장쑤성

　"황산(黃山)을 보기 전에는 산의 아름다움을 논하지 말라", "다른 산들을 모두 유람한 뒤에 마지막으로 황산을 보라." 중국인들이 황산에 대해 흔히 하는 말이다. 황산은 과연 그랬다. 필설로 형용하기에 한계를 느끼는 산의 여왕 황산. 물론 인근에 있는 장시성(江西省)의 산칭산(三淸山)도 그 기묘함에서는 황산에 뒤지지 않지만, 미국의 옐로스톤 국립공원이 전 세계 국립공원의 장점만을 모아놓은 곳이라고 한다면, 황산은 신비감과 아름다움이 곳곳에 어우러진 동양미가 흘러넘치는 선경(仙境)의 결집체였다.

황산, 그리고 인연

아침잠을 설쳐가며 새벽같이 일어나 6시 5분경 학교 정문 앞에 나가니 버스가 도착해 있었다. 버스를 타고 가면서 바깥풍경을 사진으로 담기 위해 맨 앞에 앉았다.

고속도로 변의 농촌 가옥의 지붕에는 거의 예외 없이 태양열 발전기 혹은 집열기가 설치되어 있었다. 특이한 것은 2009년 4월 학회 참석차 장시성을 여행하면서 자주 보았던 논밭 혹은 구릉 위의 묘지를 이곳 저장성에서는 볼 수 없었다는 점이다. 아마 성(省)별로 법이 달라 그런 것 같았다.

버스는 황산 시내를 거치지 않고 바로 11시 10분에 황산 입구의 탕코우(湯口)에 도착하였다. 일행 중 일부와 함께 '황산동원대주점(黃山東苑大酒店)'이라는 여관에 짐을 풀었다. 항저우에서 여기까지 오면서 보니 중국도 좀 부풀리기를 좋아하는지 '大'字를 붙이기에는 부적절한 교량에도 전부 '大'字를 붙였는데, 이 여관도 특급호텔이란 의미의 '大酒店'을 붙여놓았다.

내 옆자리에 있던 청년과 자연스럽게 인사를 하게 되었다. 그는 저장대학 경영학과를 나와 현재 초상은행(招商銀行; China Merchant Bank) 항저우 지점에 근무하고 있는 천요우위(陳若愚)라는 청년이었다. 서로 명함을 교환하자 비로소 나에 대한 경계심을 푸는 것 같았다.

면으로 간단히 식사를 한 후 오후에 명함을 교환했던 그에게 전화를 했다. 이곳에 처음 왔는데 혹시 오후에 무슨 계획이 있느냐고 물으니 그는 식사 후 등산을 할 계획이라고 했다. 실례가 되지 않는다면 따라가도 좋으냐고 물으니 좋다고 하면서 식사를 마치고 난 후에 전화를 준다고 하였다. 배낭에 물과 간단한 먹거리를 챙겨서 여관 입구에 나섰다.

잠시 후 그가 왔다. 그의 안내에 따라 도착한 곳은 황산 입구로 가는 버스 정류장. 중국을 대표하는 명산이라 그런지 정류장은 상당히 큰 건물이었다. 미스터 천은 자신도 이곳이 처음이라고 했는데 어디로 간다는 별도의 계획이 있는 것 같지는 않았다. 여기서 황산 입구로 가는 버스 편은 두 개 노선이었다. 하나는 자광각(慈光閣)행이고 다른 하나는 운곡사(雲谷寺)행이었다. 우리는 자광각행을 탔다. 버스비는 1인당 13위안이었다. 버스는 부산의 금정산성을 오르는 길보다도 훨씬 구불구불한 도로를 20분 정도 달렸다. 도로의 좌우에는 나무가 우거져 있었다.

매표소 입구에서 입장권(門票)과 케이블카 탑승권을 끊었다. 학생증을 보여주니 도움이 될 것 같다고 하였다. 입장권 115위안, 케이블카 탑승권 80위안이었다(나중에 인터넷을 뒤져보니 입장권은 성인 기준 성수기 230위안, 비수기 150위안이었다). 황산에 오기 전 혹시 모르니 학생증을 가지고 가보라는, 다른 반 수강생의 조언 덕분이었다.

황산은 지난 4월에 올라 본 장시성(江西省)의 산칭산과 크게 차이가 없는 것 같았다. 다만 규모에서는 황산이 앞선다고 할 수 있으나 두 군데 다 세계문화유산으로 등록된 명산이었다. 10분 남짓 오르는 케이블카에서 바라본 가을의 황산은 아름다웠다. 미국의 국립공원들이 말 그대로 '그랜드' 하다면 중국의 명산들은 기기묘묘한 형상이었다. 친한 지질학 전공자의 말을 들으니 미국의 지질연대는 중국에 비해 어리기 때문에 아직 침식작용이 덜 이루어져 있는 상태이고, 중국의 산들은 오랜 세월 침식작용이 이루어진 결과 그런 형상을 나타낸다고 하였다.

금요일인데도 사람들이 제법 많았다. 1,810m 높이의 천도봉(天都峰)이 바

풍화작용을 통해 세월이 빚어낸 절경, 그래서 황산을 중국의 산 중의 여왕이라 했던가.

라다 보이는 영객송(迎客松) 부근까지 갔다가 그곳에서 시간을 보냈다. 가만히 보면 중국인들은 뜻글자의 장점을 충분히 활용하여 아주 적절한, 아니면 그럴듯한 이름을 붙이거나 표현을 하는 것 같다. 바위 옆에 자생적으로 자라난 소나무 한 그루가 있었는데, 그들은 이 소나무를 영객송(迎客松), 즉 '손님을 맞이하는 소나무'로 명명한 것이다.

마음 같아서는 앞에 보이는 천도봉까지 오르고 싶었으나 마지막 버스 시간까지 고려한다면 불가능하다는 미스터 천의 말에 그만두었다. 그의 여행에 조금이라도 방해가 될까봐 나는 미스터 천이 하는 대로 따라갈테니 조금도 염려하지 말라고 하였다. 그는 나에게 젊은 사람 못지않게 용감한 것 같다는 말로 응답했다. 나는 어릴 적부터 여행을 좋아해 이곳저곳을 많이 다녔다고 하니 그는 자기보다 내가 중국여행을 더 많이 한 것 같다고 했다.

오후 5시 30분, 통구로 내려가는 막차라는 안내원의 소리가 들렸다. 그와 나는 길을 물어가며 하산 길을 재촉했다.

미스터 천을 만난 것은 참 행운이었다. 여행의 참맛은 이렇게 생각지도 못한 인연을 만나는 것에 있는 것이 아닐까? 버스를 타고 오다 오늘 여행에 도움을 준 그에 대한 보답으로 저녁을 사고 싶다고 했다. 괜찮아 보이는 식당에 들어가 식사를 하고 서로 사진을 보내주기로 하고 헤어졌다.

황산에서 길을 잃다

5시 반에 일어나 짐을 챙겼다. 식당에서는 같이 왔던 여행객 일부가 벌써 내려와 식사 중이었다. 항저우에서 올 때 내 뒷좌석에 앉았던 두 쌍의 노인 부부도 식사를 마치는 중이었다.

현지 가이드는 외국인인 내가 신경이 쓰이는지 전화번호를 물었고 나는 중국어가 유창한 상하이 처제의 전화번호를 일러주면서 가이드의 전화번호를 적었다. 그녀는 식사를 마친 노부부에게 외국인인 나를 신경 써 달라고 당부했다.

운곡사(雲谷寺)로 가는 버스정류장은 걸어서 5분 거리에 있었다. 토요일이라 그런지 정거장에서부터 단체여행객들로 인산인해였다. 검색대에 모든 짐을 통과시키고 한참을 기다려 가이드로부터 입장권과 케이블카 탑승권을 받았다.

수많은 등산객들에 치여 우여곡절 끝에 케이블카에 오른 나는 창밖의 풍경에 금세 매료되었다. 70이 넘어 보이는 노인네들은 '퍄오량!(漂亮!; '아름답다'는 의미의 감탄사)'을 연발했다. 충분히 그럴 만한 풍광이었다. 수백만 년 동안 침식작용이 만들어낸 자연의 조화를 어찌 인간의 언설로 나타낼 수 있을까. 바위 사이로 씨앗이 싹을 틔우고, 그 좁은 틈에서 우람하게 자라고 있는 소나무를 보니 절로 탄성이 나왔다. 바위가 아무리 강해도 생명의 힘을 이겨내지 못하는 법. 그래서 도가에서는 가장 부드러운 것이 가장 강한 것이라고 강조하지 않았던가.

케이블카는 우리 일행을 백아령(白鵝嶺)에 내려놓았다. 어제 케이블카를 타고 올라간 옥병루에서 전해(前海)를 보았다면, 오늘은 동해(東海)를 보고 걸어서 천해(天海)와 서해(西海)를 보게 된 것이다. 어디에서 이런 일망무제(一望無際)를 경험할 수 있을까. 변화무쌍한 것이 황산의 날씨라는 소문이 있어서 운해(雲海) 속의 봉우리들을 혹시나 볼 수 있을까 기대했는데, 구름 한 점 없는 날씨 덕에 각기 산색을 달리하며 겹겹이 펼쳐진 아스라한 자연을 볼 수 있는 것도 보통 행운이 아니었다.

오랫동안 계단을 오르내리던 나는 황산기상대에 다다랐다. 1,860m 고지에 위치한 황산기상대는 특이한 모양새를 한 채 자리 잡고 있었다. 거기서는 전해, 동해, 천해, 서해를 사면팔방으로 내려다 볼 수 있었다.

그런데 문제가 생겼다. 사람들이 식사 후에 우리가 가는 길로 모여들기 시작한 것이었다. 모든 여행 프로그램이 그렇게 짜여있던 걸까? 겨우 몇 사람이 지나갈 수 있는 길을 상행과 하행으로 나누어 철책을 넘지 않으면 반대편으로는 갈 수 없게 되어 있었다. 처음에는 몇 걸음씩 걸을 수 있다가 나중에는 남녀 구분 없이 모든 사람이 몸을 밀착한 채 끝이 어딘지도 모르는 곳을 향해 반 발자국씩 밀려가는 형국이 지속되었다. 방앗간에서 가래떡을 만들 때처럼 말이다. 그런 틈에 나와 동행했던 노인분들도 어디론가 사라져 버렸다. 그런 모습을 보며 재미있어 하다가도 한 시간 가량 그렇게 밀려나가다 보니 어떻게든 이곳을 벗어나고픈 생각밖에 들지 않았다.

나는 어제 그쪽 방향을 대충 보았기 때문에 이렇게 기를 쓰고 볼 필요가 없다는 생각으로 줄이 느슨한 틈을 타서 옆으로 나왔다. 기다리고 있다가 우리 일행이 오면 되돌아갈 심산이었다. 20분가량이 지났는데도 나와 같은 여행사의 모자를 쓴 사람들은 한 사람도 오지 않았다.

혼자 이런저런 궁리를 한 끝에 가이드 몇 사람이 모여 이야기를 나누고

1. 황산 입장객으로 붐비는 운곡사 입구 2. 특이한 외양의 황산기상대

변화무쌍한 황산의 기암괴석

있는 곳으로 갔다. 지도를 들고 내가 갈 곳을 설명하니 사람들이 저렇게 줄을 서 있는 곳을 계속 따라가야 케이블카를 탈 수 있는 옥병매표소가 나온다는 것이었다. 아뿔싸! 이미 저쪽으로 가는 것을 포기하고 줄에서 이탈했는데 난감했다.

그렇게 시간은 몇 시간이 지나가 버렸다. 여전히 줄은 밀렸지만 케이블카가 사람을 실어 나르는지 반 발자국씩 아주 조금씩 앞으로 나아갔다. 내리막이 되자 밀리는 것이 풀리고 사람들 사이에 약간의 틈이 보여 그 사이로 재빠르게 움직였다. 우리가 어릴 때 우스갯소리로 '틈사이로 막가!' 라고 했던 말을 50 중반이 되어서야 온몸으로 경험할 줄 어찌 알았으랴! 어쨌든 시간을 줄이는 데까지 줄여보았지만 좁은 오르막길에서는 밀착상황이 지속되었다. 그러다 겨우 나와 함께 다니던 노인분들이 케이블카를 타고 내려가는 것을 볼 수 있는 곳까지 이르렀다. 한 시간을 더 기다리다 가까스로 케이블카에 올라 하차 후 뛰다시피 자광각까지 내려갔으나 일행이 보이지 않았다. 그보다 훨씬 아래에 있는 황산온천 주차장에 가서야 가이드를 만날 수 있었다. 헐떡거리며 내려간 주차장 입구에서 가이드가 난감한 얼굴을 하고 나를 알아보았다. 5시 차인데 왜 이렇게 늦게 왔느냐고 말하는 것이었다. 처제에게 전화를 하여 바꾸어 주었다. 요지는 황산발 항저우행 버스는 5시 10분 차가 막차이고 기차도 없기 때문에 자고 가야 한다는 것이었다. 아니 관광버스로 왔는데 5시 10분 차가 막차라니? 그도 그렇지만 나와 함께 다녔던 노부부들과 인사도 한 마디 못 나누고 이별하게 된 것이 아쉬웠다. 나를 챙겨주던 그 인정 많은 노인이 나를 걱정할 것 같은 생각에 오히려 미안한 마음이 들었다.

8시가 되어서야 가이드는 가자며 다른 가이드들과 주차장으로 향했다. 그녀는 나에게 약간 미안한 표정을 지으며 어제 저녁에 머문 그 여관에 데려다 주었다. 별 생각이 다 들었지만 이런 경험도 여행의 멋진 추억이 될 수 있다는 생각에 웃을 수 있었다. 낙천적인 성격은 이럴 때 도움이 되는 것 같다.

시내 곳곳에 사통팔달로 크고 작은 물길이 뚫려 있어 동양의 베니스라 불리는 쑤저우(蘇州). 2천여 년 전 항저우 일대의 월나라와 **쑤저우** 일대의 오나라 사이의 크고 작은 사건을 통해 오월동주(吳越同舟), 와신상담(臥薪嘗膽) 같은 고사를 만들어 낸 역사도시 쑤저우. 비록 상하이에서 나타나는 현대적 화려함과 항저우의 섬세한 아름다움은 기대할 순 없지만, 맑은 물과 고운 복사꽃, 수많은 찻집과 서점, 수로를 구석구석 미끄러지며 흘러가는 조각배의 여유로움과 서화예술의 거리가 산재한 기품있는 도시가 쑤저우이다.

타이후(太湖)의 호반도시인 **우시**(無錫)는 3,000년 전부터 주석산지로 알려졌던 곳이라고 하는데, 한나라 때부터 2,000년 동안 모두 파내어 버려서 그 후부터 주석이 없는 도시인 우시라 불리게 되었다고 한다.

난징(南京)은 베이징, 시안(西安), 뤄양(洛陽), 카이펑(開封), 항저우와 함께 중국의 6대 고도(古都)의 하나라고 한다. 난징은 중국의 오(吳)·동진(東晋)·제(齊)·양(梁)·진(陳)·남당(南唐)·송(宋)·명초(明初)·태평천국(太平天國)·신해혁명(辛亥革命) 때 이곳을 도읍으로 정해 십조도회(十朝都會)라 불리는 곳이다.

역사와 예술의 조화를 이룬 장쑤성

스쯔린

쑤저우의 4대 정원이라고 하면 송나라 시대의 창랑정(滄浪亭), 원나라 시대의 스쯔린, 명나라 시대의 쥐정위엔(拙政園)과 류위엔(留園)을 일컫는다고 한다. 모두 세계문화유산으로 등록되어 있는 이 정원들 중 스쯔린(獅子林)은 원대 말의 고승인 천여선사(天如禪師)

스쯔린 사찰

가 스승인 중봉화상(中峰和尚)을 기념하기 위해서 만든 사찰이라고 한다. 천여선사는 중봉스님이 수행했던 저장성 티엔무산(天目山)의 사자암(獅子庵)과 비슷하게 꾸미기 위해 사자모양의 돌을 많이 이용해 절을 지었는데 후에 정원으로 바뀌면서 스쯔린으로 불리게 되었다고 한다. 이 정원을 따라서 회랑이 있는데 이곳에는 송대의 4대 서예가로 꼽히는 황정견, 소식의 글 등이 새겨진 60여 점의 비석이 있었다.

스쯔린 관람 후 우리는 다른 관광객들과 함께 주차장에서 32인승 버스로 갈아탔다. 쑤저우 시내에서 식사를 한 다음 쑤저우의 운하를 관광하기 위해 선착장에 갔다. 운하의 물은 황토 빛깔로 우중충했지만 흐린 물에서도 고기가 무는지 곳곳에서 나이 든 사람들이 낚시를 하고 있었다. 자세히 살펴보니 낚싯대는 길고 가는 것을 썼고 물고기의 입질이 예민하거나 잔챙이들이 많은지 부력이 낮은 찌를 쓰고 있었다.

판먼경구

쑤자우 운하를 20분가량 달린 관광선은 우리를 판먼경구(盤門景區) 입구에 내려놓았다. 판먼(盤門)은 기원전 514년에 창건되었지만 개수를 거듭하여 원나라 때 재건한 것이 남았다고 한다. 이곳은 쑤저우 옛 성벽 중에서 완벽하게 보존된 하나밖에 없는 수륙 성문으로 2개의 물길과 3개의 육지 위의 문이 옹성(甕城)과 합쳐진 모양을 하고 있었다. 또한 쑤저우 옛 성벽 남서쪽에 자리 잡은 판먼은 서광탑(瑞光塔), 오문교(吳門橋), 판먼성루(盤門城樓)로 유명한 판먼삼경(盤門三景)의 하나로 꼽힌다.

원래 판먼은 지금으로부터 약 2,500년 전인 기원전 514년에 오왕(吳王) 합려(闔閭)의 명에 의해 오자서(伍子胥)가 오나라의 성읍으로 건설한 것으로, 원래 8개의 성문이 있었으나 지금 남아 있는 것은 판먼이 유일하다. 원나라 말기(1351)에 수리 공사를 거쳤으며 그 이후로 명·청 시대에도 수리가 이루어졌고 성루는 1986년에 다시 재건된 것이다. 그럼에도 불구하고 현존하는 판먼은 송나라 시대의 그림과 대조해 보면 그 총체적 배치와 건축구조가 원말명초(元末明初)의 모습을 그대로 간직하고 있다. 판먼을 가장 잘 보는 방법은 바로 성벽 북쪽의 석판 언덕길을 통해 성벽을 오르는 것으로 이렇게 하면 육지 문과 수문, 성의 전체 모습을 모두 조망할 수 있다.

1

2

3

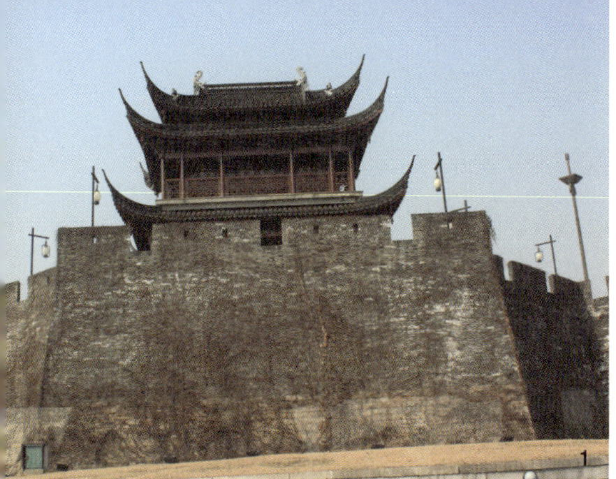

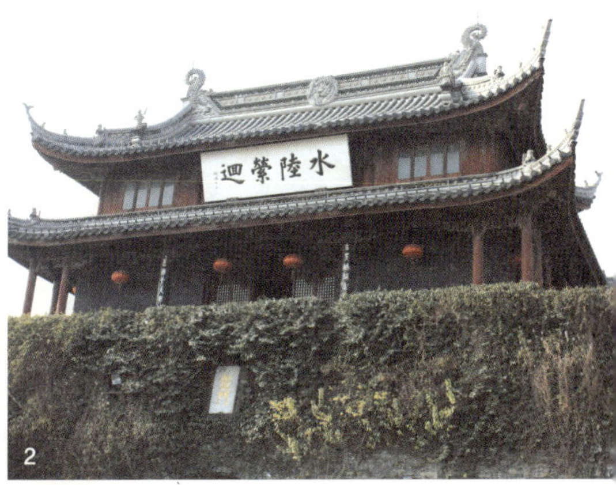

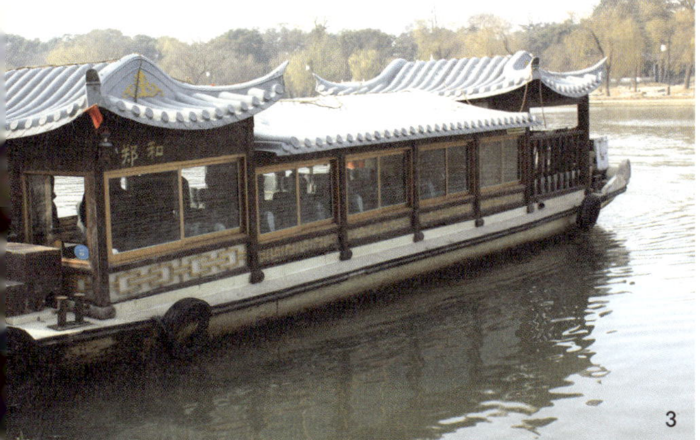

1. 쑤저우 운하가의 판먼 성곽
2. 판먼 삼경의 하나인 판먼성루
3. 쑤저우 운하관광 선착장
4. 판먼경구의 인공호수 정원

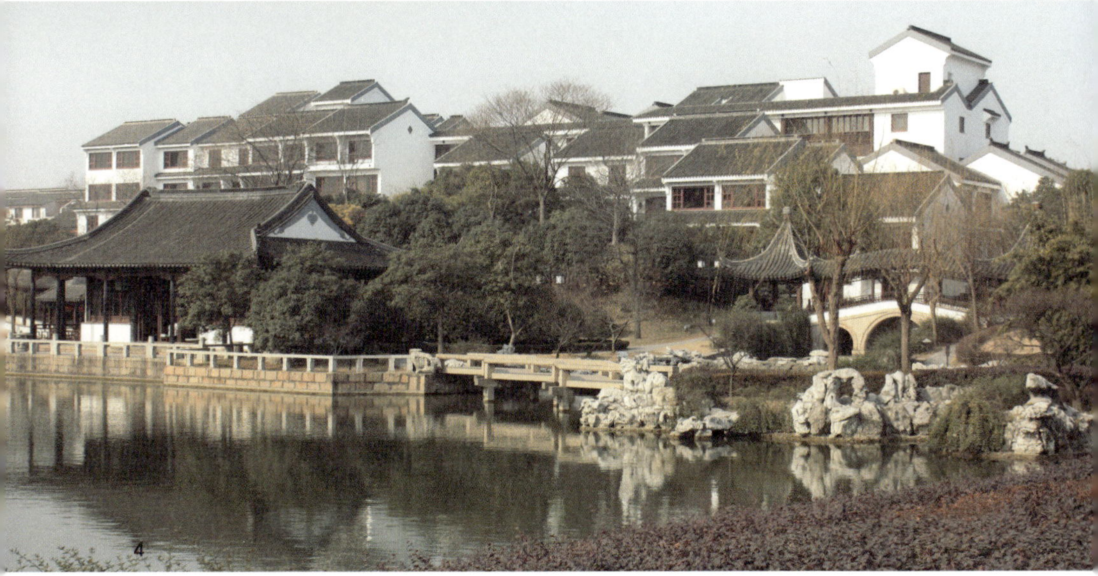

4

육성문(陸城門)은 내외의 2중으로 되어 있으며, 내문과 외문 사이에 옹성을 축조해 수백의 군사를 숨길 수 있게 되어 있다. 수성문(水城門)은 육성문과 인접하여 역시 내외 2중으로 되어 있다. 수륙문에는 모두 갑문이 설치되어 있어 갑문을 들어올리거나 닫아서 왕래하는 사람과 배들의 운행을 통제하고 성을 방어하는 데 사용하였다. 판먼은 1963년에 쑤저우시 문물보호단위, 1982년에는 장쑤성 문물보호단위로 지정되었다.

(자료출처 : http://blog.naver.com/asfreeas/40048594566)

판먼경구의 입구에 들어서니 우리나라 강화도의 초지진에서 볼 수 있는 구식 대포 7~8문이 포문을 한쪽 벽으로 향한 채 늘어서 있었다. 자세히 보니 벽에는 우리나라와 중국의 관광지에서 활쏘기나 던지기로 터트리는 풍선들이 붙어 있었는데 이 대포들은 풍선을 향해 쏘는 놀이용 대포여서 한참이나 웃었다. 판먼경구는 잔디밭과 인공호수로 잘 꾸며진 호젓한 정원이었다.

한산쓰

판먼경구를 나와 한산쓰(寒山寺)에 들렀다. 한산쓰는 6세기 초 남조시대 양나라 천감(天監) 연간(年間)에 지어진 1,500년이 넘는 역사를 가진 임제종 사찰로 원래 명칭은 묘리보명탑원(妙利普明塔院)이었다. 당나라 시대 때 고승 한산자(寒山子)가 이 절에서 주석한 후에 절의 이름이 한산쓰로 바뀌었다고 한다. 또한 한산쓰가 이름을 떨치게 된 것은 당나라 때의 유명시인 장계(張繼)가 지은 「풍교야박(楓橋夜泊)」이란 시에 한산쓰가 등장하면서부터라고 한다.

장계가 장안에 과거시험을 보러 갔다가 고배를 마시고 고향으로 돌아가다가 그가 탄 배가 풍교 부근의 정박지에서 하룻밤을 머물렀다. 적막한 밤중에 한산쓰의 종소리가 아련히 들려오자 장계는 수심에 가득 찬 자신의 심정과 함께 시 한 편을 지었는데 그는 이 한 편의 시로 유명 시인의 반열에 올

1500년의 역사를 자랑하는 한산쓰▲
중국인들의 기원을 담은 붉은 리본▶

랐다고 한다. 장계의 시에 등장하는 종은 일본에 포교하러 간 둘도 없는 친구 습득(拾得)을 위해 제작된 것으로, 한 번 울리면 수명이 10년 연장된다는 소문 때문에 얼마간의 돈을 내고 종을 치려는 사람들이 줄을 잇고 있다고 한다.

楓橋夜泊(풍교에서 밤에 배를 대다)

張繼(장계)

月落烏啼霜滿天(달 지자 까마귀 울고 하늘 가득 서리 차가운데,)
江楓漁火對愁眠(강가의 단풍 고깃배의 등불도 시름겨워 잠 못 든다.)
姑蘇城外寒山寺(고소성 밖 한산쓰,)
夜半鐘聲到客船(한밤중의 종소리 객선까지 들려오네.)

한산쓰 대웅보전 입구의 2m가 넘는 향로와 크고 작은 관상수에는 수많은 중국인들이 자신의 기원을 담은 붉은 리본을 나뭇가지가 부러질 정도로 많이 매달아 놓았다. 중국의 사찰을 방문해 보면 어느 절이든지 향을 태운 뿌연 연기가 온 절을 뒤덮고 있고, 적지 않은 사람들이 곡진히 합장하며 기도를 드리는 모습을 볼 수 있는데 여기도 예외가 아니었다. 그것이 유일신 교이든 다신교이든 아니면 미신이든 간에 종교에서는 기복적인 요소가 빠질 수는 없는데 중국의 불교도 예외는 아니었다.

바오언쓰(報恩寺)

한산쓰를 본 후 오우위엔(耦園) 대신 바오언쓰로 방향을 돌렸다. 바오언쓰는 약 1700년의 역사를 지닌 사찰로 쑤저우에서 가장 오래되고 가장 큰 사찰이라고 한다. 원래 이곳은 삼국시대 오나라의 황제인 손권(孫權)의 어머니 오태부인의 저택으로 지어졌는데 '통현사(通玄寺)'라고 불리다가 당나라 때 개원사(開元寺)로 이름이 바뀌었다. 그 후, 954~959년에 재건되어 지금의 이름으로 불리기 시작했다.

바오언쓰의 베이쓰타

바오언쓰 본당 옆에 향을 피우는 곳이 있어 자세히 보니 중국의 절에서 지금까지 보아왔던 50~70cm 내외의 향이 아니라 굵기가 야구 방망이만 하고 길이는 2m가 족히 넘는 대형 향이 타고 있었다. 사진을 찍고 돌아서는데 20대 중반으로 보이는 젊은 여성이 가이드의 안내에 따라 자기 키의 1.5배는 되어 보이는 대형 향을 들고 오는 모습이 보였다. 겨우 향에 불을 붙이고는 두 손으로 철봉을 쥐듯이 양손에 향을 들고 대웅전을 향해 몇 번이나 절을 하는 모습을 보았다. 그 광경을 보면서 큰 향을 들고 기도를 드려야 소원이 성취된다든지, 초파일을 맞아 절에 많

대형 향에 불을 붙이고 두 손으로 철봉을 쥐듯 향을 들고 있다.

은 돈을 들여 큰 등을 달아야 복이 온다는 생각은 성(聖)과 속(俗)이 서로 야
합된 결과라 생각했다. 절 안에 있는 향 판매대의 그림을 보니 아까 그 여
성이 들고 있었던 향은 가장 크고 비싼 것으로 값이 380위안이나 되었으니
우리 돈으로 7만 원이 넘는 것이었다.

바오언쓰에는 76m 높이의 9층 팔각탑인 베이쓰타(北寺塔)가 있는데 강남
최고의 고탑인 이 탑은 나무 계단으로 되어 있었다. 창건시에는 11층이었던
이 탑은 송나라 때 벽돌과 목재를 이용해 8각 9층으로 개조되었다고 한다.
각 층마다 나무계단을 타고 9층까지 올라갈 수 있도록 설계된 이 탑을 오르
는 데는 상당한 다리 힘이 필요했다. 꼭대기까지 올라가 360도를 빙 돌아가
며 밖을 내다보니 쑤저우의 전경이 한눈에 들어왔는데 검은 기와지붕에 흰
색 벽칠을 한 집들이 특이하게 와 닿았다.

우시

쑤저우 여행을 마치고 열차편으로 우리는 17시 21분에 쑤저우역을 출발
하여 30분 만에 우시역에 도착하였다. 다른 지역을 거쳐 오는 열차라 그런
지 제법 많은 사람들이 있었다.

우시역 입구엔 여행사 남자직원이 마중을 나와 있었다. 그는 우리에게 "묵
을 호텔은 외국인의 투숙을 거부할 가능성이 있다"고 말하면서 여권이 없다

고 하라고 일러주었다. 우리가 묵은 민펑따죠우뎬(民豊大酒店)이라는 3성급 호텔은 역에서 그리 멀지 않은 곳에 있었다. 호텔 입구에서 안내원은 프런트 데스크에 자기 주민증으로 신분증을 보여주었다. 그는 일인당 예치금으로 100위안씩을 내라고 하면서 내일 아침에 키를 반납하면 돌려준다고 하였다. 수속을 마친 후 그는 우리에게 내일 아침 8시 30분까지 호텔 입구로 나오라고 하면서 아침 식사는 1인당 5위안을 프런트 데스크에 내면 먹을 수 있다고 하였다.

호텔에 짐을 푼 뒤 우시의 명동이라 할 수 있는 시내로 나갔다. 우시의 중심가는 연초라 그런지 가로수에 걸쳐놓은 전구들이 반짝거렸다. 시내의 조명들은 연초의 들뜬 분위기를 연출해내고 있었다.

싼궈청

8시 30분, 우리 일행은 싼궈청(三國城)에 도착했다. 입구의 성문이 항저우의 쑹청(宋城)보다 큰 것 같았다. 싼궈청은 1993년 중국에서 크게 히트한 CCTV의 84부작 TV드라마 〈삼국연의〉의 세트촬영장으로 드라마 종영 후 일반에 공개되었다. 35만㎡의 넓은 부지에 삼국시대의 건물들과 유비, 제갈공명, 조조, 손권 등의 돌조각상들이 곳곳에 재현되어 있었는데 그 조각들은 마치 살아 있는 것처럼 섬세하였다.

10시에 인근 전용 경기장에서 기마공연이 있었다. 기마공연의 이름은 〈삼영전여포(三英戰呂布)〉로 여기에서 가장 인기 있는 프로라고 한다. 15분 정도의 비교적 짧은 공연이었지만 말을 타고 벌이는 각종 무술 시범과 눈앞에서 벌어지는 유비 3형제가 여포와 대결하는 재연 장면이 실감났다. 어찌 그렇게도 말을 잘 타는지 기마술이 놀라울 정도였다. 태호의 정박장에는 삼국지의 영웅들 이름을 붙인 검붉은 색의 목선들이 있었다. 우리 일행은 제갈호에 올랐다. 선내에서 몇 사람의 배우가 중국 전통 연극을 대략 15분간 공연하여 관람할 수 있었다.

1. 싼궈청 입구   2.3. 기마공연〈삼영전여포〉   4.5. 용의 두 아들 규룡 조각상

싼궈청은 지금도 사극 촬영장으로 이용되고 있는데 중국의 영화와 TV드라마는 물론 해외에서도 촬영을 위해 많이 찾는다고 한다. 우리 드라마 〈대조영〉, 〈주몽〉, 〈해신 장보고〉 등도 이곳에서 촬영됐다는 후문이다. 도착해 얻은 관광자료를 보니 30분에서 한 시간 간격으로 싼궈청 내 곳곳에서 정기공연이 이루어지고 있었다. 이곳은 시간 여유를 가지고 천천히 보는 것도 괜찮을 것 같았다.

싼궈청을 나오며 안내원에게 입구 좌우에 돌로 커다랗게 조각된 각각 뿔이 하나와 둘이 달린 사자와 비슷하게 생긴 괴상한 동물이 무엇이냐고 물으니 그녀는 웃으며 용의 두 아들이라고 하였다.

위안터우주공원

점심 식사 후 관광버스는 싼궈청 인근의 위안터우주(黿頭渚)공원으로 향했다. 이 공원의 이름은 타이후 북쪽 끝에 자라머리 모양으로 돌출되어 있다고 해서 붙여졌다고 한다. 원래 '원(黿)'이란 동물은 거북이를 닮은 전설의 동물이라고 한다. 버스에서 내려 잠시 걸어 들어가니 태호가절(太湖佳絶)이라 암각된 대형 석비가 있었다. 20세기 중국의 저명학자 궈모뤄(郭末若)가 "태호의 절경은 원의 머리에 있다(太湖佳絶處畢竟在黿頭)"고 극찬한 것을 기념하여 만든 것이라고 한다.

안내원은 정해진 시간에 출발하는 관광선을 탈 것인지, 아니면 1인당 20위안을 더 내서 별도의 관광선으로 타이후 내의 선도(仙島)를 구경할 것인지를 물으며 정기 관광선은 선도에 가지 않는다고 말했다. 우리 일행은 추가 비용을 들여 부정기선을 타기로 하였다. 부두에는 비슷비슷한 크기의 부정기선이 여러 척 정박해 있었다. 그런데 150여 명이 승선할 수 있는 관광선은 부두 끝에서 제법 멀리 떨어져 있는 선도를 향해 제법 빠르게 항해하였다. 멀리서 보니 황금색으로 번쩍이는 대머리의 커다란 노인상이 미소를

1. 위안터우주공원 내 선도의 노자상
2. 20m는 넘어 보이는 채색된 대형와불
3. 대형 옥황상제 조각상

지으며 좌정하고 있었고, 산꼭대기에는 몇 층으로 건축된 대형 탑이 보였다.

배에서 내려 가까이 다가가서 보니 황금색의 노인상 앞에 '노자상(老子像)'이라고 쓰여 있었다. 노자상뿐만 아니라 선도에 있는 조각처럼 생긴 모든 상들은 아무리 만져보고 두드려보아도 바위를 쪼아서 만든 작품이 아니었다. 길이가 족히 20m는 넘어 보이는 채색된 대형와불, 돌로 정교하게 조각한 것 같은 각종 보살상 모두가 특수 플라스틱으로 제조된 작품이었다. 중국인들의 예술미에 찬탄하지 않을 수 없었다. 절에 모셔져 있는 부처상, 보살상과 다름없었다. 우리는 선도의 산책로를 따라 섬의 정상에 위치한 탑이 있는 곳으로 발걸음을 옮겼다. 아래에서 보니 탑은 사진으로 담을 수

짜오티엔꽁 입구의 뇌성문

없을 정도로 높고 거대하였다. 건물 안을 들여다보니 면류관을 쓴 임금형상을 한 어마어마한 대형 조각상이 서 있었다. 입구에 옥황상제상이라고 새겨놓았다. 계단을 따라 옥황상제상의 머리 부분까지 올라갈 수 있었다.

탑을 내려와 섬 둘레에 만들어진 오솔길을 따라 걸었다. 중국 전체지도에 항저우의 시후는 나타나지 않지만 타이후는 표시될 정도로 넓은데 앞을 주시하노라니 마치 바다와 다름이 없었다. 섬 아래쪽에 보이는 물가 풍경은 민물호수라기보다는 마치 태종대의 바닷가를 연상시킬 정도로 바위가 침식되어 있었고, 약간의 파도가 치고 있었다.

짜오티엔꽁

다음 날 아침 처음 도착한 곳은 짜오티엔꽁(朝天宮)이었다. 짜오티엔꽁은 명 시대에 왕족들의 교육기관이었다고 한다. 소규모 궁궐 크기의 이곳엔 공자사당인 부자묘(夫子廟)가 있으나 보수공사 중인지 푸른 천으로 둘러쳐져 있었다. 우린 부자묘 앞의 대형 공자 입상을 보는 것으로 만족해야 했

부자묘 남쪽 110m 길이의 조벽, 만인궁장

다. 짜오티엔꽁의 좌측 건물은 난징시박물관이었다. 박물관 내부는 그렇게 크지 않았다. 난징시의 역사와 명나라 역사, 수천 년 전의 난징출토 유물과 복제품인 혼천의(渾天儀) 등이 상설 전시되고 있었다. 짜오티엔꽁의 본관은 박물관으로 활용되고 있었는데 요즘은 인도 아소카 왕국 특별 유물전이 열리고 있었다. 순금으로 만든 정교한 불교보물 아육왕탑(阿育王塔)을 비롯한 고대 인도의 불교유물들이 특별 전시되고 있었는데 나로서는 이런 진귀한 보물을 보게 된 것이 행운이었다.

부자묘

이곳의 부자묘(夫子廟)는 남쪽 진회하의 가장자리에 위치해 있고, 11세기 송나라 시대에 지어졌다. 명나라 초, 중앙 고등교육기관인 국자감이 되었다가 청나라 시대에는 강녕현과 상원현의 현학(縣學), 즉 지방 교육기관이 되었다. 그 후 전쟁으로 인해 여러 차례 훼손되어 현재의 건물은 청나라 말기인 1869년에 중건한 것이다.

짠위엔의 정원

짠위엔의 선인봉과 인공폭포

부자묘는 진회하의 강물을 그대로 둔 채 이를 반지(泮池)로 삼고 남쪽에는 110m 길이의 조벽(照壁)이 있었다. 이 벽을 일컬어 '만인궁장(萬仞宮牆)'이라고 하는데 이것은 공자의 학문이 측량할 수 없을 정도로 크고 높다는 것을 상징하는 것으로 후대 사람들이 공자의 학문과 인격을 숭앙하는 의미가 있다.

부자묘는 중국의 육조시기에서부터 청나라 때까지 줄곧 난징 시내의 번화한 중심거리에 있었다. 현재에도 부자묘의 양쪽으로 시장, 상점, 음식점, 수공예품 전문점들이 즐비하게 늘어서 있어 많은 사람들이 왕래하는 거리로 자리 잡고 있었다.

부자묘의 외곽을 간단히 살펴보고 난 후 안내원은 번화한 거리를 우리를 걸어서 식당으로 안내하였다. 식당으로 가는 도중 대형 바퀴의 인력거에 손님을 태우려 호객하는 전통 의상의 인력거꾼이 보였고, 흥정이 끝났는지 밝은 얼굴로 인력거를 끌고 걸음을 바삐하여 내달리는 인력거꾼도 보였다.

짠위엔

부자묘 관광 후 부근에 있는 짠위엔(瞻園)으로 갔다. 난징성 부자묘 서쪽에 있는 이곳은 난징의 유명 정원 중의 하나로, '선인봉(仙人峰)'이라는 석산을 볼 수 있다. 산이라기보단 정원에 만들어 놓은 인공의 조경 암석과 나무, 흙더미로 만든 것 같은 선인봉 앞에는 맑은 연못이 있고, 북쪽에는 인공폭포가 있어서 더운 여름철이면 그 안의 정자에 앉아 시원하게 자연을 즐길 수 있도록 해 놓았다. 둘러보니 조경된 수목이나 화초를 볼 때 겨울을 제외한 다른 계절에는 즐길거리가 많을 것 같았다.

짠위엔 내 곳곳의 건물을 둘러싸고 있는 담장에는 검은 바탕에 흰 글씨를 음각으로 새긴 크고 작은 석비(石碑)들이 부착되어 있었다. 그 중에서 유독 유리로 겉을 감싸서 풍화를 방지하려는 비가 있었다. 붓으로 휘갈겨 쓴

태평천국 역사박물관 입구

것이었는데 무슨 의미인지를 알 수 없어서 함께 있던 중국인 관광객에게 물어보니 '호(虎)' 자를 한 번에 쓴 것으로 국보급 유물이라고 하였다.

태평천국 역사박물관

짠위엔 곁에 바로 붙어 있는 태평천국(太平天國) 역사박물관은 중국에서 유일하게 태평천국과 관련된 박물관으로 1850년 금전에서의 봉기부터 1864년 천경 함락에 이르기까지 온갖 자료가 전시되어 있었다. 태평천국(太平天國, 1851-1864)은 중국 청나라 말기에 홍수전(洪秀全)이 세운 기독교 신정(神政) 국가이다.

박물관으로 사용되고 있는 명나라 시대의 이 건물은 원래 명을 건국한 주원장이 황제가 되기 전에 사용했던 오왕부(吳王府)였는데, 이후 개국공신 서달(徐達)에게 주어져 정원으로 바뀌었다. 또 청대에는 건륭제가 이곳을 짠위엔이라 명명했고, 태평천국 시대에는 양수청(楊秀淸)이 왕부로 삼았던 곳이기도 하다.

벽에는 태평천국의 난에 대해서 칼 마르크스, 쑨원, 마오쩌둥의 말이 게시되어 있었다. 태평천국의 난에 대해서 사회주의 국가인 중국과 다른 나

바이루조우공원 입구

라의 혁명가들이 예찬하는 이유는 민중의 질곡을 해소하려는 민중지도자
들의 혁명적 삶과 의식을 높이 사려는 데 있는 것 같다. 이러한 생각은 '모
순은 투쟁에 의해 해소된다'는 마오쩌둥의 모순론의 현시대적 반영이라고
풀이할 수 있을 것이다.

태평천국박물관 내에는 반란군들이 쓰던 무기와 왕래 서신, 난징 함락
후 사용하던 옥쇄와 곤룡포 비슷한 관복들이 전시되어 있었다. 박물관 전
시내용의 전반적인 분위기에서 모순에 저항하는 민중과 혁명정신에 대한
찬양을 읽을 수 있었다. 마오쩌둥의 중화인민공화국이 성립된 이후 덩샤오
핑의 개혁개방정책을 추구해 오면서 자본주의 경제와 사회주의 중앙집권
제를 따르는 중국이 빈부격차와 정치적 자유의 문제가 민중의 중요한 문제
로 제기되어 언젠가는 폭발할 경우에도 태평천국의 난을 적극 찬양할 수
있을지에는 의문이 생겼다.

바이루조우공원

관광버스는 인근의 바이루조우(白鷺洲)공원으로 향했다. 백로방주(白鷺芳
洲)공원으로도 불리는 이곳은 입구의 안내표지판을 보니 도심공원치고는

상당히 넓었다. 바이루조우공원의 입구에는 이백의 유명한 시 「등금릉봉황
대(登金陵鳳凰臺)」의 몇 구절을 써 놓은 문이 자리하고 있었다.

登金陵鳳凰臺(금릉봉황대에 올라)

李白(이백)

鳳凰臺上鳳凰遊(봉황대 위에 봉황이 노닐다가)
鳳去臺空江自流(봉황 떠나니 누대는 비어있고 강물만 흐른다)
吳宮花草埋幽徑(오나라 궁궐의 화초는 황폐한 길에 묻혀 있고)
晉代衣冠成古丘(진나라 고관들은 낡은 무덤 다 되었네)
三山半落靑天外(삼산의 봉우리는 푸른 산 밖으로 반쯤 솟아 있고)
二水中分白鷺洲(두 강물은 나뉘어 백로주로 흐른다)
總爲浮雲能蔽日(하늘에 떠도는 구름 해를 가리어)
長安不見使人愁(서울 장안 보이지 않으니 마음에 근심이네)

　　이 시는 권력의 무상함을 나타내고 있는 유명한 작품으로 오늘날까지 많
은 사람들의 입에 오르내리고 있는 시다. 이백은 치열한 권력다툼의 세계에
서 밀려난 후 황제의 주위에 몰려있는 간신배들로 인해 암울한 정치가 계속

됨을 한탄하고 있다. 옛 봉황대에서 권력을 누리던 사람들이 지금은 모두 '무덤' 을 이루고 있으나 산천은 인간세상과 상관없이 유구하기만 하다. 그렇지만 이에 아랑곳하지 않고 장안 권력자들은 허망한 권력을 좇고 있고, 간신배들이 임금의 판단을 흐리게 하고 있는 것이 안타깝기만 하다는 것이다.

공원 내의 잔잔한 호수는 방문객으로 하여금 마음의 평안을 가져다주는 듯 했다. 호숫가의 대형식당과 수상공연장은 날씨 좋은 저녁 무렵에는 많은 사람들로 붐빌 것 같았다. 9층 높이의 백로탑을 지나 절 입구에 다다랐다. 다른 중국의 절에 비해 그리 크지 않은 사천왕상이 아직 채색을 하지 않았는지 아니면 완성된 것인지 모르겠지만 눈과 얼굴의 일부분만 채색되어 있었다. 중국의 절을 다니다 보면 한국과 일본의 절과는 달리 부처와 보살이 천주교의 성모마리아상처럼 망토의 느낌을 주는 옷을 걸치고 있다는 점이 특이했는데 이 절도 마찬가지였다.

중화문

우리를 태운 관광버스는 명나라의 웅대함을 느낄 수 있는 중화문(中華門)으로 향했다. 중화문은 서울의 남대문처럼 도심 한가운데 자리 잡고 있었다. 중화문은 명대에 있었던 13개의 성벽 중에서 가장 규모가 크고 웅대한 명나라 도성의 정남문이다. 길이 128m, 폭 118.5m, 총면적이 15,000평방미터에 달하는 정남문은 군사방어를 위해 지어진 것으로 세로로 긴 직사각형의 4중문으로 구성되어 있었다. 또 문마다 상하로 열 수 있는 천척갑(千斥閘)이라는 문이 달려 있어 완전히 닫을 수 있게 해 놓았고, 문 내부에는 병사 3,000명이 몸을 숨길 수 있을 정도의 27개 장병동(藏兵洞)이 있었다고 한다.

수백 개의 계단을 따라 성벽 위에 올라가 보니 난징 시내의 일부분이 눈에 들어왔다. 성벽의 폭은 소형 승용차가 방향을 틀어 회전할 만한 정도로

중산릉 입구

넓고 견고하였다. 중화문은 위에서 설명한 대로 몇 겹의 문이 중첩되어 외침에 방어할 수 있도록 견고하게 제작되어 있었다. 성문 위의 동굴처럼 생긴 터널은 용도가 바뀌어 기념품점, 한자로 제작연대를 써놓은 중국 역대의 크고 작은 각종 기와가 전시된 박물관으로 활용되고 있었다. 특이해 보이는 그곳에 들어가 보니 맨 안쪽에 황금색을 칠한 대형 옥황상제상을 모셔놓고 있었는데 연이어 태운 향냄새가 통풍이 되지 않아 머리가 아플 정도였다.

중산릉

오늘의 마지막 방문지는 청나라를 멸망시키고 중화민국을 세운 쑨원(孫文)의 중산릉이었다. 능은 쭝산(鐘山)의 중턱에 위치하였는데 능문을 지나 아래에서 올려다 본 중산릉은 거대하였다. 마치 중국인들의 거대성을 보는 것 같았다. 이곳은 1926년부터 1929년까지 약 3년에 걸쳐 완성되었는데, 넓이가 6.6km, 길이가 7km로 총 면적이 20여 km²에 이른다고 한다. 중산릉의 앞에는 커다란 반원형의 광장이 있고, 광장에 쑨원 선생의 동상에 서있다. 또 중산릉으로 오르는 참배로의 계단은 392개나 되고, 계단 도중에는 황금빛의 단지가 장식되어 있었다. 계단을 다 오르면 제당이 있고 그 뒤에 묘실이 있

난징중산릉에서 내려다 본 경치

는데, 묘실의 흰색 대리석으로 만든 쑨원의 와상은 그의 신체 사이즈와 거의 비슷한 크기인 것 같았다. 지하에는 관이 모셔져 있다고 한다. 참배객들이 둥근 테라스 위에서 선생의 대리석관을 내려다 볼 수 있게 설계되어 있었다. 입구에는 사진을 찍을 수 없다는 안내문이 있었다. 중국의 국부로 불리는 쑨원(孫文)은 안중근 의사가 이토 히로부미를 암살하였을 때 '(안중근의) 공은 삼한을 덮고 이름은 만국에 떨치나니, 백세의 삶은 아니나 죽어서 천추에 빛나리' 라 극찬하며 그를 존숭한 바 있다.

1925년 3월 국민혁명이 한창일 때 베이징에서 쑨원이 폐암으로 서거한 뒤인 1927년 6월, 쑨원의 장례가 국민정부 치하의 난징에서 국장으로 행하여지고, 이곳 난징 교외 자금산록에 그 유체를 매장하였다. 국민당 정권이 대만으로 패주한 뒤, 타이페이에 중산릉을 만들었으나 그곳은 물론 진짜가 아니며, 이곳 난징 중산릉이 진짜 쑨원선생의 능이라고 한다. 능에서 내려다 본 경치는 참으로 장관이었다. 일망무제라는 어휘는 이럴 때 써야 할 것 같았다. 마치 미국 서부 록키산맥에 있는 킹스 캐년의 산록에서 내려다보는 광활함과 비슷한 느낌이 들었다.

중산릉을 본 후 빠른 걸음으로 쑨원기념관을 찾았다. 기념관은 중산릉에서 20분 남짓, 부지런히 걷지 않으면 안 될 정도로 먼 거리에 있었다. 3층의

총통부 정문

기념관은 생각보다 컸다. 입구에 쑨원의 대형 동상이 자리 잡았고, 중산이 태어나서부터 유학시절, 신해혁명 활동기, 중화민국 건국, 폐암으로 사망할 때까지의 사진과 여러 가지 기록, 그의 친필과 그가 사용하던 물품 등이 체계적으로 정리되어 전시되고 있었다.

총통부

우리는 버스를 타고 '총통부(總統府)'로 향했다. 총통부가 유명 관광지인지라 이미 많은 사람들이 있었다.

이곳은 중화민국 국민정부가 난징을 수도로 삼고 있을 때의 총통부이다. 중화민국 국민정부는 이 건물을 1927–1937년, 1945–1949년 동안 사용했는데, 중국 공산군이 1949년 4월 23일 난징에 입성하고 하루 후인 4월 24일 중공군이 총통부를 접수하자, 국민정부가 대만의 타이베이로 수도를 옮긴 혁명의 역사가 깃든 곳이다.

토요일 오후라 그런지 총통부 곳곳마다 많은 관광객들로 북적였다. 태평천국의 홍수전이 앉았던 황금빛의 옥좌, 신해혁명의 주역 쑨원과 관련된 각종 자료들, 쑨원이 황포군관학교 교장을 지낼 때 썼다는 25cm 길이의 '중정검(中正劍)'이 전시되어 있었다. 임칙서, 이홍장, 원세개 등 청말 민국초

1. 쑨원이 사용한 중정검   2. 홍수전이 앉았던 황금빛의 옥좌
3. 회담 중인 청나라 말기 권력자 이홍장과 홍콩 총독 풀리(Puli)

유명 인물들의 기록과 사진도 볼 수 있었다. 총통부를 몇 시간 만에 속속들이 보는 데는 한계가 있었지만 총통부가 갖는 역사성과 그 속의 근대 중국 역사를 더듬어 볼 수 있어서 좋았다.

난징대학살기념관

둘째 날 아침, 우리는 당초 계획했던 명태조 주원장의 능에 가지 않고 다른 곳을 가기로 하였다. 그곳은 난징대학살기념관이다. 13억 중국인의 한이 서린 곳, 인간 잔학의 극치가 나타났던 이 곳, 30만의 무고한 영혼들이 아직까지 구천을 떠돌고 있다는 역사의 현장이었다. 입구에는 죄 없이 죽은 어린자식의 시체를 들고 하늘을 향해 절규하는 망연자실한 엄마의 대형동상이 있었고 맨 아래에는 흰 글씨로 당시의 상황을 전하는 글귀가 적혀 있었다.

"영원히 되살아날 수 없이 억울하게 죽은 아들, 산 채로 땅에 묻혀 정녕코 살아날 수 없는 남편, 강간당한 채 비탄에 몸서리치는 아내, 아 하늘이여…"

이 동상뿐만 아니라 난징대학살의 잔혹상을 침묵으로 웅변해주는 조각상들이 입구에 자리잡고 있었는데 그 중에 또 하나 눈길을 끄는 것은 살해당한 후 널브러져 있는 시체 위에 엄마의 죽음을 모른 채 젖을 빠는 젖먹이와 그 옆에 앉아 두 다리를 뻗은 채 울고 있는 아이의 동상이었다. 갑자기 눈시울이 뜨거워졌다. 30만 명의 숭고한 생명을 쥐 잡듯 앗아간 인간들. 그들은 아직도 반성은커녕 이 만행을 부인하고 있다고 한다. 아, 정녕 신은 존재하는가?

1937년 12월 13일, 난징대학살이 시작되었다. 1937년 노구교사건을 빌미로 시작된 중일전쟁에서 파죽지세로 몰려오는 일본군에 베이징, 상하이, 난징 등 대도시까지 점령되고 말았다. 일본군에게 점령된 후 1938년 1월까지 불과 6주 동안 세계 역사상 유래 없는 살육이 난징 땅에서 자행되었다. 수만 명의 중국 젊은이들이 가축처럼 묶여 도시 외곽으로 끌려간 후 총탄세례를 받았고, 총검 훈련의 연습물이 되었으며, 가솔린 세례를 받은 후 산 채로 태워지기도 했다고 한다. 당시 60만의 난징 인구 중 30만이 학살당했으며, 대부분의 부녀자들이 겁탈 당했다고 하니 그 비극과 참상을 어찌 형용할 수 있겠는가.

기념관 광장의 자갈밭 위 한켠에 세워진 대형 십자가 석상에는 난징대학살의 기간이 선명하게 새겨져 있고, 그 뒤의 검은 돌로 만들어진 담벼락에는 학살당한 사람들의 숫자가 각국의 언어로 쓰여 있었다. 이곳을 찾아오는 세계 각국의 방문객들에게 무언의 슬픔을 전달하려는 것이었다.

지난 2007년 12월 13일 일제의 대학살 70주년 기념일을 맞아 난징대학살 기념관은 18개월의 공사 끝에 재개관했다고 한다. 공사비 3.28억 위안(당시

엄마의 죽음을 모른 채 젖을 빠는 젖먹이와 그 옆에 앉아 두 다리를
뻗은 채 울고 있는 아이의 동상▲

난징대학살 기간이 새겨진 십자가 석상▶

환율로 한화 약 410억 원)이 투입된 기념관은 과거보다 3배나 넓은 2만5000 ㎡에 달한다. 기념관에는 3500여 점의 사진과 3300여 점의 문물, 13곳의 현장복원 장면이 전시되어 일제의 만행을 다각도로 재현했다. 특히 만인갱(萬人坑)에서 발굴된 수천 점의 유골은 일본군이 난징 점령 이후 가한 대학살의 참혹함을 생생히 증명하고 있다. 추모장과 묵념실뿐만 아니라 평화공원이 새로이 조성되었다. 기념석상에서 당시 쉬중린(許仲林) 장쑤성 정치협상회의 주석은 "난징대학살은 2차 세계대전 중 발생한 나치 독일의 홀로코스트(유대인학살)와 더불어 인류 최대의 참혹한 비극이었다"고 말했다. 쉬 주석은 "중·일 관계는 국교정상화 이래 35년간 전면적인 협력과 발전을 이뤄왔다"면서도 "소수이긴 하지만 일본 내에는 여전히 역사적 사실을 왜곡하고 난징대학살을 부정하면서 중·일 관계의 건강한 발전을 해치는 우익세력이 존재한다"고 지적했다. 또한 당시 주청산(朱成山) 난징대학살기념관 관장은 "오늘 거행하는 기념식엔 두 가지 목적이 있다"면서 "첫째는 오늘날 사람들에게 결코 잊어서는 안 될 역사적 진실을 되돌아보게 하는 것이고, 둘째는 전 세계를 향해 인류의 영원한 평화를 호소하기 위한 것"이라고 말했다.

(자료참고: http://www.ohmynews.com/NWS_Web/view/)

1. 화강석판에 하나하나 음각된 죽은
   사람들의 이름
2. 대학살과 관련된 여러 가지 자료 파일
3. 〈동경일일신문〉에 실린 100인 목베기
   경쟁의 두 일본군 소위

　　기념관의 또 다른 한쪽 담벼락에는 화강석판에 죽은 사람들의 이름이 하
나하나 음각되어 있었다. 평화의 광장에는 평화의 종과 함께 '和平'이라는
글자가 새겨진 높이 10여 미터의 검은색 기단 위에 한손에 어린 아이를 안
고 한손에는 평화의 상징인 비둘기를 들고 있는 여인의 동상이 있었다.

　　기념관 내부에는 대학살과 관련된 여러 가지 자료와 사진, 그리고 생존
자들의 증언이 담긴 영상물이 있었다. 그 중 특히 나의 관심을 끄는 것이
세 가지가 있었는데 하나는 확대 사진 중 일본신문에 보도된 기사요, 둘은
벽면에 일목요연하게 꽂혀있는 희생당한 사람들의 개별적 파일들이었고,

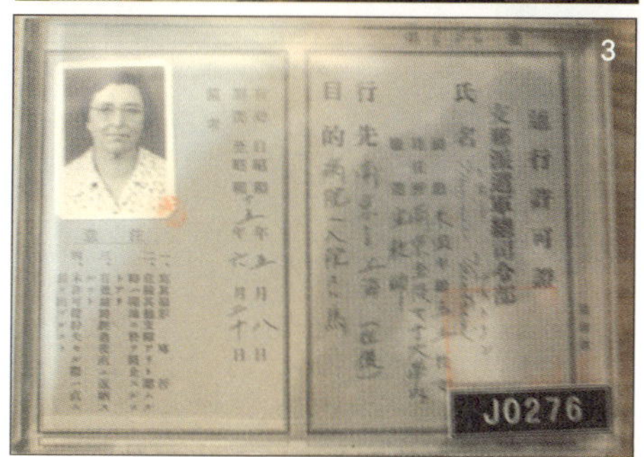

1. 난징판 쉰들러! 미니 보트린
2. 난징판 쉰들러 존 라비의 사진과
   목조각상
3. 보트린의 통행허가증

셋은 난징판 쉰들러들의 사진이었다.

난징대학살 기간 중인 1937년 12월 14일자 〈동경일일신문(東京日日新聞)〉에는 두 손을 앞으로 모아 일본도로 땅을 짚고 있는 두 명의 소위 사진과 함께 이런 기사가 크고 작은 제호로 실려 있었다. "100인 목베기 경쟁의 두 장교", "100인 목 베기의 신기록 세워", "무카이(向井) 106명 대 노다(野田) 105명", "두 소위들의 연장전"……. 당시에 군인이나 기자, 더 나아가 대부분의 일본인들이 상상할 수 없는 일을 벌인 것이었다. 아, 신은 진정 존재하는가?

중국판 쉰들러, 존 라비가 살았다는 옛집

기념관의 다른 전시실 벽에는 '전사불망, 후사지사(前事不忘, 後事之師 ; 지난 일을 잊지 말아 다가올 일의 가르침으로 삼자)'라는 커다란 흰 글씨가 있었다.

기념관의 또 다른 전시실에는 난징판 쉰들러들의 사진이 전시되어 있었다. 그 중에 나의 눈길을 끄는 독일 남성과 미국 여성이 있었다. 그들의 이름은 존 라비(John Rabe)와 미니 보트린(Minnie Vautrin)이었다.

라비는 독일 지멘스사의 간부로 난징에서 일하고 있었는데 중일전쟁이 격화되자 '난징안전구역 국제위원회 대표'로 일하게 되었고, 보트린은 그의 밑에서 일하던 여성이었다. 난징대학살 때 많은 중국인을 죽음으로부터 벗어나게 했던 라비는 1934년에 난징에 학교를 세우는 데 필요한 기금을 마련하기 위하여 독일의 나치당과 관계를 맺게 되었는데, 그가 나치당 간부로 있었다는 사실로 인해 어려움을 겪다가 1946년 6월에야 나치의 악몽에서 벗어날 수 있었다. 라비의 이런 선행은 1995년 8월 중국계 미국인으로 난징대학살에 관해 글을 쓰려던 아이리스 장이라는 여성에 의해 발굴되었다. 그녀는 난징대학살 관련 역사자료를 뒤적이던 중 독일 사업가 라비의 이름이 자주 등장하고 있는 데 주목하여 라비에 관한 자료를 추적한 결과 그가 난징판 쉰들러라는 사실을 밝혀냈고, 아이리스 장은 라비의 일기를 토대로 『난징의 레이프(The Rape of Nanking)』라는 책을 중국과 대만, 미국에서 펴냈다.

미국 일리노이주에서 태어난 보트린은 1912년 일리노이 대학을 졸업하자 선교사 겸 교사로 중국에서 일을 시작했다. 그녀는 위험을 무릅쓰고 난징대학살 기간 동안 수천 명의 중국 여성과 아동을 구해내거나 보호했으며, 대학살이 끝난 후에도 진링여자대학(金陵女子大學, 현재 난징사범대학의 전신) 캠퍼스에서 무주택 여성들과 어린소녀들에 대한 구호활동을 지속하였다. 이런 보트린이었지만 1941년 5월 질병으로 고통 받던 그녀는 자살로 생을 마무리하였다.

우리는 인근에서 점심식사를 한 뒤 택시 편으로 중국판 쉰들러, 존 라비가 살았다는 옛집을 들렀다. 시내 중심가 난징대학교 옆에 있는 그 집은 보수공사를 거쳐 기념관으로 변해 있었으며, 난징대학에서 관리하고 있었다. 이곳에는 라비의 출생과 행적, 지멘스사에서의 활동, 난징에서의 국제안전기구 대표로서의 활동과 그의 행적을 가교로 한 독일과 중국의 우호관계 등에 관한 사진과 많은 자료들이 전시되어 있었다. 아울러 보트린의 업적과 활동에 관한 사진과 기록들도 볼 수 있었다.

제4부 천혜의 항구 도시 **홍콩**,
운하의 도시 **샤오싱**

• •

홍콩은 번잡했다. 모두가 바빴다. 그리고 좁았다. 영국 직할 통치령에서 중국으로 이관된 지 10여 년. 마카오와 더불어 1국가 2체제의 특별행정구로 지정되어 오늘에 이르고 있지만 아무래도 중국의 정치문화에서 자유로울 수 없는 땅 홍콩. 홍콩 섬의 야산을 하이킹하며 내려다보니 홍콩은 풍광이 아름다웠다. 크고 작은 섬들이 곳곳에 그림처럼 솟아있고, 내만이 깊숙이 들어와 있어서 천혜의 항구로는 그만이었다. 당시의 서구 열강들이 다른 지역을 제쳐두고 왜 이곳을 청나라에 요구했는지 알 만하였다. 비록 과거보다는 못하지만 아시아의 금융 중심지로, 관광지로 중국의 보석 역할을 하는 홍콩. 한번쯤은 가볼 것을 권하고 싶은 곳이 홍콩이다.

홍콩에서 만난 인연

선전항공 소속의 항공기는 14시 15분, 선전(深圳) 공항에 도착하였다.

공항 안내데스크에서 안내받은 K568번 버스를 타고 40분 남짓 도심을 통과해 도착한 로후역 광장은 아주 넓었다. 홍콩으로 들어가는 관문이자 개혁개방의 상징으로 최근에 급속한 발전을 한 도시라는 소문이 맞는 것 같았다.

중국에서 육로를 통해 홍콩으로 가려는 사람들이 많았다. 몇 단계의 절차를 거친 후 탄 홍콩행 KCR은 서울의 지하철보다 느린 편이라 50분 후 노선의 종점인 홍함(紅磡)역에 내릴 수 있었다.

홍콩에 도착한 나는 지도를 통해 숙소인 아이비 하우스를 찾아갔다.

짐을 풀어놓고 서라벌 식당으로 갔다. 식당은 숙소에서 도보로 2분 거리였다. 만나기로 한 이진수 교수가 식당 앞에서 기다리고 있었다. 25년 만에 보는 얼굴이었다. 너무 반가웠다. 어릴 때의 그 모습이 그대로 있었다. 이 교수의 부인과 두 딸은 이미 와 자리에 앉아 있었다. 잠시 후 홍콩에서 중견기업을 운영중인 김운영 회장이 부인과 소련인 친구를 동행해 들어왔다. 김 회장은 어제 미국에서 귀국하여 얼굴에 피로한 기색이 역력하였지만, 내일 괜찮으면 친구도 사귈 겸 등산을 함께 하자고 제안해왔다. 흔쾌히 승낙한 나는 내일 9시에 미라호텔 앞에서 만나기로 하고 저녁식사 후 헤어졌다.

혼자 숙소 부근을 돌아다녀보니 홍콩은 무척이나 붐비고 좁았다. 사람들이 모두 바빠 보였다.

홍콩섬 등산

아침 9시 30분, 김운영 회장이 숙소로 나를 데리러 왔다. 오늘 등산지역은 홍콩섬이고 세 시간 정도의 일정이라고 하였다. 버스 정류장에 도착하니 함께 산행할 몇 분들이 와 있었다. 김장교 교수와 홍콩에서 크고 작은 사업을 하는 교민들이었다.

버스를 기다리는 동안 이진수 교수에게 홍콩 현지에 대한 이야기를 들을 수 있었다. 그가 사는 아파트는 28평정도로 한 달에 16,000홍콩달러(230만 원)의 월세를 낸다고 하면서 학교에서 매월 10,000달러를 보조해주고 있다고 했다. 홍콩은 좁은 도로에 비해 소통이 잘 된다고 하자 인구대비 자가용 보급률은 20%정도로 주차비가 너무 비싸기 때문이라고 했다. 물론 대중교통이 잘 되어 있어서 큰 불편함은 없다고 한다. 빈부격차에 대해서도 이야기 했는데, 그럼에도 불구하고 서민들의 불만이 적은 것은 부자들이 세금을 많이 내어 서민들의 사회복지비로 많이 지출되기 때문이라고 하였다.

우리 일행은 홍콩섬의 동쪽을 일주하는 이층 버스를 탔다. 산 중턱에서 내려 등반길에 올랐다. 그렇게 높은 산이 아니기 때문에 힘은 많이 들지 않았다. 산줄기를 타고 발걸음을 옮기며 보니 제법 많은 사람들이 산행을 하고 있었다. 활엽수로 울창한 산줄기에서 내려다보는 경치는 또 다른 맛이 있었다. 284m 높이의 세코(石澳, Shek O)산정에서 바라보는 360도의 경관은 사방의 느낌이 각각 달랐다.

등반을 마치고 식사를 한 우리는 인근의 세코비치에서 기념 촬영을 한 후 대부분 버스정류장에서 헤어졌다. 김장교, 이진수 교수, 유머가 넘치는 '청년' 이자 '정복(正服) 소위' 인 박종주 사장, 그리고 나 5인이 김운영 회장

홍콩 지인들과 함께 홍콩섬 등산

의 차를 탔다. 이 교수와 박 사장은 먼저 하차하고 연배가 비슷한 세 사람만 침샤추이 사우나장으로 갔다. 김 회장은 오늘 주하이(珠海)로 넘어가 거기서 자고 내일 공장을 구경하자고 하였다. 회사일로 눈코 뜰 새 없는 중견기업의 CEO인 김운영 회장이 며칠 동안 나를 데리고 다니고 있으니 감사하기도 하고 미안하기도 했다.

사우나는 제법 붐볐다. 김 회장의 주선으로 마사지를 처음 받아보았는데 괜찮았다. 등산을 하고 난 후라 두 시간 정도 사우나를 하고 마사지를 받고 나니 몸이 개운하였다. 김 회장과 나는 주하이행 부두로 갔다.

지앙먼 실버스타, 농장과 온천

자고 있는데 김 회장이 방으로 들어왔다. 김 회장은 새벽같이 일어나 한국의 한 홈쇼핑에 출시한 자사제품의 판매상황을 보았다고 하였다. 김 회장은 몇 시간 동안에 큰 매출이 생겨서 소위 '대박' 났다고 싱글벙글하였다.

실버스타 공장을 방문하여 공장 내부와 일요일에도 바쁘게 돌아가고 있는 생산라인을 둘러보았다.

아침 식사를 마치고 김운영 회장의 주방기구 생산 공장을 방문했다. 공장 정문의 경비직원들은 회장이 가도 아무 표정이 없이 손만 흔들어 댔다. 이 공장은 스테인리스 등 특수 금속으로 만든 프라이팬, 냄비 같은 여러 가지 주방기구를 생산하는 공장이었다. 공장벽에는 'BORAM(寶林)'이라고 써 있었다. 딸의 이름을 딴 공장이었다. 연간 전 세계에 3,000만 달러의 수출을 하는 회사로 500명이 넘는 현지인들이 일하고 있었다. 그런 이유에서인지 지앙먼(江門)시 당국은 김 회장에게 명예시민증을 수여했다고 하였다.

김 회장과 함께 여기서 생산되는 각종 제품들의 전시장으로 가 보았다. 대형 강의실 크기의 6개 전시실에는 광택이 나는 여러 가지 기능의 부엌용 품들이 자리를 하고 있었다. 김 회장의 말에 따르면 자기 공장은 세계 10대

바쁘게 움직이고 있는 홍콩 시내

생산 공장의 규모에 들며 자체 브랜드의 각종 제품 수출액이 전체의 60%를 차지한다고 하였다. 이역만리 객지에 나와 이렇게 맨손으로 피땀 흘려 대형 생산 공장을 이루어 낸 김 회장에게 경외심이 들 정도였다. 공장 안을 둘러보니 공장은 이쪽 끝에서 저쪽 끝이 보이지 않을 정도로 규모가 컸다. 일요일임에도 불구하고 생산 공장은 계속 가동되고 있었다. 공장에서 필요한 각종 기계는 여기서 직접 생산하여 조달하고 제품을 담을 포장 박스도 여기서 직접 생산한다고 하였다. 이곳엔 제품 생산 후 남는 스테인리스 강 부스러기 등을 전부 모아 재생해서 사용할 수 있는 공장도 있었다. 공장 한편에는 김 회장이 공장에 왔을 때 기거할 수 있는 간이 숙소가 있었다. 거의 모든 종업원들은 공장 내 숙소에서 가족단위로 생활한다고 하였다.

홍콩의 야경을 품고

김 회장의 공장을 둘러본 후 돌아온 홍콩. 오늘은 모처럼 나 혼자만의 시간을 가지고 홍콩 시내를 구경했다.

처음 찾아간 곳은 홍콩 예술관이다. 규모가 큰 편은 아니었지만 깨끗하게 정비된 예술관이었다. 4층은 올해 90세가 된 오관중(吳冠中)의 회고전이 열리고 있었다. 작품의 곳곳에서 노화백의 예술적 경륜이 묻어나는 것 같았다. 3층에서는 기원전에서부터 현대까지의 중국 역대 도자기전이 열리고 있었는데 다른 지역에서 보지 못한 특이한 작품들이 많았다. 2층에는 주로 환경과 관련된 영상 작품과 설치미술이 전시되었고, 1층에는 중국 고대의 금 공예와 금 장식예술품 및 옥, 칠보 등의 예술품이 전시되어 있었다. 1층의 전시물들은 고가의 금 장식품이라 그런지 사진을 찍지 못하게 하였다.

나는 쫑환(中環)행 스타페리를 타고 홍콩섬으로 갔다. 채 10분도 걸리지 않았다. 버스를 타고 세계에서 가장 길다는 미드레벨 에스컬레이터(The Mid-Levels Escalator)를 타보기로 하였다. 이 에스컬레이터는 도심지에서 주민들이 사는 산 중턱까지 계속해 수백 미터 올라가는 것이 아니라 중간 중간 끊어져 다시 올라가는 형식으로 설계된 것이었다. 20-30m 길이의 에스컬레이터가 끝나는 지점엔 옆으로 빠지는 길이나 아파트, 사무실, 주점이

홍콩의 수변공원

세계에서 가장 긴 미드레벨 에스컬레이터

나 가게 등이 있었다. 그렇게 토막토막 난 에스컬레이터가 모두 20개로 총 길이가 792m나 되었다. 이것은 이 지역주민의 이동수단으로 출퇴근 시간에 맞추어 오전 6시부터 10시까지는 아래로 내려가고, 10시부터 24시까지는 위로 올라가는 형식으로 운영되었다. 마지막 에스컬레이터의 끝에 도로가 나왔다. 나는 시내로 내려가는 소형버스를 탔다. 내려오다 보니 그 소형버스에는 다른 지역에서는 볼 수 없던 경고문이 있었다.

> "당신의 안전을 위하여 공공소형버스에 있는 안전띠를 착용하세요. 이에 따르지 않는 승객들은 최소 5,000홍콩달러의 벌금이나 3개월의 구류에 처해질 수 있습니다."

소형버스가 산비탈을 오르내리기 때문에 브레이크 파열이나 전복사고가 났을 경우 큰 사고로 이어질 수 있어 시민들에게 안전띠 착용을 강력히 촉구하는 경고 메시지였던 것이다.

나는 이 교수를 만나 식사 후 홍콩섬 쪽의 야경을 감상할 수 있는 해변 산책로를 거닐었다. 바람이 불고 날이 제법 싸늘했다. 산책로 바닥엔 홍콩 출신 유명배우들의 손바닥이 새겨진 청동판이 있었다. 관광객들은 사진을 찍느라 바빴다. 홍콩섬의 야경은 아름답기는 했지만 그 화려함과 규모는 상하이보단 못했다. 아마도 홍콩이 중국에 반환된 이후 바뀐 듯하였다. 소화도 시킬 겸 이 교수와 대화를 하며 숙소까지 걸어갔다. 도심이 좁아서인지

홍콩 야경을 품에 안고

10분도 채 걸리지 않았다. 이 교수를 보내고 다시 20분 정도 산책을 하며 사진을 찍기도 했다. 국제적인 도시인 홍콩의 도심지 상가에서도 재물신을 모시고 향을 사르며 음식물을 공양하는 모습을 볼 수 있었다.

홍콩 한인상공인회와 빅토리아 피크

오늘은 김운영 회장을 만나 홍콩 한인상공인회 행사에 들른 후 홍콩섬의 빅토리아 피크로 올라갔다. 꼬불꼬불한 좁은 도로를 한참이나 올라간 곳에 산 정상까지 아파트와 빌라, 개인주택들이 들어서 있었다. 지금은 더 이상 건축허가가 나지 않기 때문에 '부르는 게 값'인 개인주택이 많다고 하였다. 전망이 좋은 아파트는 50평에 1,000억 원 정도한다고 하니 이곳의 상황을 이해할 수 있었다.

정상에서 홍콩 시내를 내려다보니 빌딩 사이에 매들이 빙빙 돌며 날고 있었다. 빌딩 숲 사이에서 살고 있는 매. 도시에 적응이 된 것인지, 그 모습이 흥미로웠다. 정상을 내려오다 천수만 해변도 들렀다. 홍콩의 모래사장은 규모가 부산의 해변처럼 크지는 않았지만 아기자기한 맛이 있었다. 모래를 만져보니 곱지는 않았으나, 백사장에서 자라고 있는 수십 년 된 아열대 수

1. 수변공원에서 본 홍콩항
2. 천수만 해변

목이 특이하였다.

홍콩의 천안문 사태 추모집회

김 회장이 일을 보는 동안 홍콩교민회에서 발행하는 각종 자료들을 보았다. 2009년 6월 4일 홍콩섬 빅토리아공원에 15만 명의 군중이 운집했다는 기사가 눈에 띄었다. 공원에 들어가지 못한 5만 명까지 합하면 20만 명이 모인 대형군중집회였다. 그 행사는 1989년 6월 4일 베이징 티엔안먼 광장에서 발생한 민주화 시위 때 발생한 사망자 추모집회였다. 기사에는 1989년 5월 21일 베이징 시내 포스터와 전단에 쓰여진 시가 소개되어 있었다.

"나는 꿈이 있어요.
나는 꿈이 하나 있어요.
민주주의의 꽃이
언젠가 지천으로 피어나는 꿈이지요.
나는 꿈이 하나 있어요.
자유의 깃발이
독재의 칼날을 녹슬게 하는 꿈이지요."

나는 지금도 천안문 광장에서 시위진압 탱크에 홀로 맞서며 온몸으로 저항하던 한 젊은이의 모습을 잊을 수가 없다. 그가 살아있는지 아니면 죽었는지 알 수가 없다.

그 시위는 중국 정부의 입장에서 보면 분명 반정부 시위였지만 시민들의 위치에서 보면 자유를 향한 몸부림에 틀림이 없었다. 비록 민주주의라는 것이 정형화된 것은 아니지만 기본적으로 인간에게는 정치적 자유를 누릴 권리가 있고 자신의 의사를 표현할 기본적 인권이 있다.

1989년 6월의 천안문 시위는 정치적 자유에 대한 중국 지식인들의 의사표시였다. 중국에서 생활하다보면 많은 사람들과 대화를 나누게 되는데 각 계각층의 사람들에게서 정치적 자유에 대한 강한 열망을 몸으로 느낄 수 있다. 중국 국민들이 피를 흘리지 않고 정치적 자유를 누릴 수 있는 기회가 올 것으로 믿고 있다. 어떤 조직이든 오래되면 반드시 문제가 생기는 것은 필연적이다. 나는 덩샤오핑이 중국의 경제를 부흥시켰듯 중국의 지도자들이 미래에 대해 현명하게 대처할 것으로 믿는다. 임석준은 '난징단신'에서 중국 사회의 민주화 수준에 대해 다음과 같이 언급했다.

중국을 다녀가신 분들은 수이비엔(隨便) 문화를 접했을 것이라 생각합니다. 수이비엔은 "편한대로", "마음 대로"라는 의미인데, 옆에 사람이 있든 없든 신경 쓰지 않고 아무 데나 쓰레기/오물 버리기, 빨간 불인데도 길 건너기, 장소를 안 가리고 시끄럽게 떠들고 담배피우기, 돈 과시하기 등등 다양한 형태로 나타납니다. 저는 중국 사람들의 무질서와 방종에 가까운 행위들이 민도가 낮기 때문이라고 생각하였고, 경제발전을 하고 여유가 생기면 곧 사라질 것이라 생각하였습니다. 우리도 비슷한 경험을 하였으니까요.

그런데, 제 생각으로는 수이비엔이 상당기간 지속될 것 같습니다. 왜냐하면 이것은 과도기적 현상이라기보다는 공산당의 고도의 '정치적 통제'와 관련이 있지 않나 생각되기 때문입니다.

중국 사회는 타인의 행위에 대해서 신경을 쓰지 않기 때문에 상당히 '자유롭다'라는 것을 느꼈습니다. 그런데, 이것은 정치적으로 주어지는(허용되는) 자유가 아닌가 생각됩니다. 즉, 정권에 도전하고 비판할 수 있는 세력을 형성할 수 있는 연계적 자유(associational freedom)는 용납하지 않는 대신, 백성들끼리 마음대로 치고받고 할 수 있는 원자화된 자유(atomic freedom)는 최대한 허용하고 있다는 것이지요.

저는 경제성장과 민주주의는 상관관계가 높다고 믿는 사람입니다. 따라서 경제성장에 도움이 되는 개혁개방과 정보통신기술의 보급은 중국을 민주주의 방향으로 유도할 수밖에 없다고 생각했죠. 그런데, 중국이라는 나라는 세계화를 선별적으로 받아들이는 능력이 매우 뛰어난 것 같습니다. 즉, 세계화의 요소 중에서 경제성장에 도움이 되는 정보는 받아들이되 정치발전에 도움이 되는 정보는 매우 효과적으로 걸러내고 있다는 느낌입니다.

중국의 인터넷 통제 기술이 어느 정도 발달했냐고요? 일단 당을 비판하는 내용이나 소수민족의 독립을 장려하는 사이트는 접속이 안 되는 것은 기본입니다. 또한 검색사이트에서 특정한 단어를 함께 검색하면 먹통이 됩니다. 예를 들어, 티베트(Tibet), 독립(independence), 자유(freedom) 등의 단어를 개별적으로 치면 검색이 되는데, 이들 단어를 함께 치면 (ex. Tibet + freedom) 바로 먹통페이지가 나옵니다. 또한 네티즌끼리의 수평적 네트워크를 가능하게 하는 사이트는 접속이 되지 않습니다. 대표적으로 유튜브(www.youtube.com)와 페이스북(www.facebook.com)을 들 수 있죠.

물론 차단 기술이 완벽한 것은 아니며 '뜻하지 않은 희생자'도 있습니다. 예를 들어, 한국의 CJ mall과 GS shop은 모두 접속이 가능한데, 유독 Interpark는 접속이 제한되어 있습니다 (제 생각에는 inter라는 용어 때문이 아닌가 싶습니다).

제 관찰이 옳다면 중국의 민주화는 경제성장과 반드시 비례하지는 않으며, 민주화가 이루어진다고 하더라도 매우 지체될 것입니다. 1970-80년대 검열기술이 조악하여 타임지(Times)가 통째로 먹칠되거나 뜯겨서 배달되곤 하던 우리의 '순진한 권위주의 국가' 시절이 생각나네요. 비가 오면 생각나는 그 사람은 중국의 지도자에 비하면 너무 순수했다고 할까요?

홍콩공원

광저우로 떠나는 날, 마지막으로 이 교수를 만나 점심을 하기로 한 시간까지 여유가 있어서 시내를 둘러보기로 했다. 홍콩공원은 지하철로 한 정거장만 가면 되는 가까운 곳에 있어 목적지를 그곳으로 정했다.

식물원에는 인근의 유치원에서 온 꼬마들이 선생님의 인도를 받으며 올망졸망 구경을 나왔다.

홍콩공원은 그리 크지는 않았지만 아기자기하게 잘 꾸며져 있었다. 이 공원은 평지에 자리한 것이 아니라 구릉을 적절히 이용한 도심 속의 공원이었다. 2만 4천 평의 부지에는 식물원, 조류원, 미술관 등 다양한 볼거리들이 많았다.

아열대 지역이라 식물원과 조류원에는 우리나라에서 볼 수 없는 다양한 식물과 조류들이 있었다. 다양한 모습의 고층빌딩이 공원을 둘러싸고 있는 모습도 이채로웠다. 조류원의 새들을 감상할 수 있도록 만들어진 30m 높이의 전망대 위에 오르니 공원이 한눈에 들어왔다. 전망대 옆에 8인의 흉상이 있어서 자세히 보니 2003년 중국과 홍콩을 강타했던 '중증급성호흡기증후군(沙士, 사스; SARS)'의 치료팀으로 활약했던 의료진 중에서 감염되어 사망한 의사들의 것이었다. 남을 치료하다 생을 마감한 의사들의 모습을 보니 괜시리 마음 한켠이 뭉클해졌다.

광저우에서의 하루

광저우의 아침도 여느 도시와 같이 분주하였다. 항저우와 달리 자전거 전용도로가 거의 없어 많은 사람들이 차도로 다니고 있었다.

싱하이 음악홀

차는 먼저 주강(珠江) 삼각주 가운데 하나인 이사도(二沙島)로 갔다. 지도를 보니 수십만 년 동안 쌓여서 만들어진 섬들이 주강하구에 여럿 있었는데 가장 큰 것은 길이 20km 폭 10km가 넘는 삼각주가 부도심을 형성하

중국혁명기 음악가 시싱하이를 기념한 싱하이 음악홀

고 있었다. 그 삼각주는 광저우시의 여러 구 가운데 하나인 해주구(海珠區)로 이름 붙여져 있었다.

이사도에는 중국공산당 정치협상회의 광둥성 건물과 광둥성 미술관과 체육관 등 중요 건물들이 위치해 있었다. 우리는 광둥성 미술관과 바로 옆에 위치한 싱하이(星海) 음악홀의 외관을 보러간 것이다. 싱하이 음악홀은

바이윈산공원 입구

우리의 제기차기와 비슷한 놀이를
즐기고 있는 사람들

중국 혁명기간 동안에 활동했던 광저우 본적의 혁명음악가인 시싱하이(洗星海; 1905-1945)의 이름을 딴 것이었다. 그는 마카오의 가난한 배 수리공의 아들로 태어났고, 중국 해방 역사를 담은 '황하대합창', '중국광상곡' 등 많은 곡을 남긴 인물로, 러시아 모스크바에서 40세에 요절한 음악가로 중국인들의 존경을 받고 있었다.

바이윈산공원

다음 방문지는 바이윈산(白云山) 국가급 풍경 명승구였다. 평일인데도 많은 사람들이 있었다. 올라갈 때는 전기관광차, 내려올 때는 케이블카를 탔다. 바이윈산 산정공원에는 양자강 삼협댐 건설현장에서 가져왔다는 15톤 무게의 화강석이 전시되어 있었다.

산정에서 도심지를 내려다 보니 대기오염 때문인지 안개 때문인지 자욱하여 잘 보이지 않았다. 이 공원의 곳곳을 둘러보지는 않았지만 중국의 다른 풍경구와 비교해 볼 때는 별로 특색이 없는 관광지여서 조금 아쉬웠다.

케이블카를 타고 내려오는 도중 멀리 높은 빌딩이 보이기에 관광안내원에게 물으니 1997년에 준공된 391m 80층 높이의 시틱 플라자(Citic Plaza)로 세계 10위 안에 든다고 하였다.

황포군관학교

우리는 또 다른 주강 삼각주인 장주도(長洲島)로 향했다. 차에서 내리지 않은 채 카페리를 10여 분간 타야했다.

그곳에는 중국인들의 말로 세계 4대 사관학교 가운데 하나였던 황포군관학교(黃浦軍官學校)의 옛터가 있었고, 옛 건물이 그대로 복원되어 있었다.

황포군관학교

황포군관학교는 1924년 6월 중국국민당 지도자 쑨원이 세운 군사학교로 정식 명칭은 중국국민당 육군군관학교이지만, 광저우의 황포(黃浦)에 있어 보통 황포군관학교라고 불린다. 학교를 세우는 과정에서 소련파 고문이 참여하여 경비를 원조해주고 무기를 제공했다. 신삼민주의의 관철을 주된 목적으로 하여 군사 및 정치 인재를 배양했다. 주로 혁명군으로 구성된 황포군관학교 학생들은 제국주의와 봉건군벌이 중국에서 차지하고 있는 통치적 지위를 무너뜨리고 국민혁명의 완성을 목적으로 했다. 한국인 학생들은 보병과에 집중되어 졸업 후 중국국민혁명 참가 및 독자적인 한국독립운동을 전개했고, 이념에 관계 없이 모두 항일무장투쟁과 광복군 지도자들로 활동했다. 아울러 1930년대의 조선혁명 군사정치 간부학교와 성자군관학교(星子軍官學校) 등 한국독립운동 군사학교의 운영에도 큰 영향을 주었다.

(자료출처 : 다음 백과사전)

황포군관학교 옛터의 입구에는 해군 위병소가 있어 사진을 찍으려 하자 제지하였다. 이곳이 중국 해군기지 가운데 하나라 그런 모양이었다. 황포군관학교 입구 안팎에는 수백 명의 초중등학교 학생들이 목에 혁명의 상징인 붉은 손수건을 맨 채 자리하고 있었다.

언뜻 생각하기에 의미 있는 국가유적지인 만큼 조용하고 경건할 줄로 알았는데 전혀 뜻밖의 경우도 볼 수 있었다. 학생들이 마구 뛰어다니고, 떠들

고 하는 것도 그렇지만 대단히 유감스러웠던 것은 이곳에 근무하는 직원들의 것으로 생각되는 속옷들이 빨랫줄에 널려있었다는 점이다. 쑨원, 장제스, 저우언라이 등 역사적 인물들이 머물다 간 자리에 남녀속옷들이 널려있다니 좀 실망스러웠다. 한 신문기사에서 본 것처럼 부속건물을 나이트클럽으로 만든 것이나 속옷을 널어놓은 것이나 무슨 차이가 있는가…….

위에시우공원

마지막으로 관광안내원은 우리를 시내 중심가에 있는 위에시우(越秀)공원

위에시우공원의 선녀상 부도

으로 안내하고 떠났다. 그 공원은 광저우에 들르면 반드시 와볼 만한 곳이라는 생각이 들 정도로 잘 꾸며져 있었다. 걸어서 다니기에는 하루정도 시간을 가져야 할 정도로 규모도 컸다.

이 공원의 상징물은 오양석상(五羊石像)과 선녀상이었다. 오양석상은 옛날 다섯 신선과 벼 이삭을 입에 문 다섯 마리의 양이 광저우에 내려와 벼농사를 퍼뜨려 굶주린 사람들을 구제하였다는 전설에서 만들어진 석상이라고 한다.

동쪽에 있는 공원정문 입구에서 광복정과 해원정을 둘러보고 광저우박물관 앞을 지나오니 서쪽 출입구가 나왔다. 출입구 쪽에는 아열대 식물이 자라고 있는 호수가 있었고 많은 시민들이 산책을 나와 있었다.

광저우-항저우 침대열차

광저우역에 도착하니 말 그대로 인산인해였다. 매표소는 말할 필요도 없고 대기실도 마찬가지였다. 많은 중국인들이 장거리 여행을 하는지 가방과 짐들을 많이 가지고 있었다. 50분 가까이 대기실에 줄서서 기다린 후에야 열차에 오를 수 있었다. 열차 출입문 입구에서 제복을 입은 여승무원들이

광저우발 닝보행 쾌속열차와 여승무원

쾌속열차의 VIP룸에 속하는 연와 침대칸 내부

표를 체크하며 서 있었다. 열차는 오후 3시 24분 정각에 광저우역을 출발하였다. 앞으로 19시간을 달리는 열차였다. 약간의 호기심과 우려, 그리고 기대감이 교차하는 순간이었다. 여승무원 둘이 한 조가 되어 객실마다 돌아다니며 기차표와 신분증을 일일이 확인한 후 기차표와 환표증을 교환해주었다.

연와 칸은 9개 객실이 있었는데 한 객차에 36개의 침대가 있었다. 옆의 경와 칸을 둘러보니 객실 문이 없고 한 공간 당 양측에 3개씩 6개의 침대가 있었는데 생각보다 깨끗하였다. 잠시 후 2층 내 침대칸으로 올라갔다. 맞은편 침대에서 40대로 보이는 남성이 식사 중이었다. 하단 침대의 젊은 부부 한 쌍과 대화를 하게 되었다. 분위기가 무르익어 아래로 내려가 네 사람이 마주보며 이야기를 했다. 호리호리한 체격에 큰 키를 가진 여성은 컴퓨터를 전공하였다고 했다. 아래 침대의 부부로 보이는 사람들은 광저우에 사는 쫑쮜엔핑(鍾建平, 30세)과 떵쉬후이(鄧旭慧, 30세)였고, 윗 침대의 사람은 항저우에 사는 허닝둥(何寧東, 45세)이었다. 그들은 나에게 이것저것을 많이 물었다. 나의 전공과 연봉이 얼마인가, 나의 소득 수준은 한국인 직장인 중에서 상위 몇 %에 속하는가에서부터 한국의 정치적 자유에 이르기까지 다양하였다. 그들은 한국의 양당제에 대해 관심이 아주 많았다. 자기들은 아직도 공산당 1개 정당만이 통치하고 있다고 하였다. 15년 전만 해도 연와 칸은 당 간부만 탈 수 있었지만 지금은 바뀌어 좋아졌다고 하면서 지금의 북한은 과거의 중국을 보는 것 같다고 하였다.

쫑쮜엔핑이 열차 내에 비치된 잡지인 《상하이 철도(上海鐵道)》를 보다가 우리나라의 낙안읍성을 소개하는 기사가 실려 있다며 보여주었다. 낙안읍성의 고즈넉한 초가집 수십 채와 그곳의 토속음식이 사진과 함께 소개되어 있었다. 한국은 아직 여행해보지 못했다고 하던 그들은 기사 내용 중 이순신 장군에 관한 부분을 보여주면서 누구냐고 묻기에 임진왜란 중 우리나라의 유명한 해군 제독이라고 일러주었다. 19시간의 장거리 이동이 힘들 것이라 생각했지만 예상치 못한 인연의 끈이 닿아 조금은 지루하지 않게, 조금은 덜 힘들게 하루를 보낼 수 있었다.

샤오싱(紹興)은 중국 고대 하나라의 성군이었던 우(禹)임금의 능이 있는 곳이자 춘추전국시대 월나라의 도읍이었던 곳이다. 아울러 혁명문학가 루쉰(魯迅), 중국의 유관순 누나라 불리는 여성혁명가 추진(秋瑾), 중국혁명초기 교육자이자 현대 중국사에서 중요한 시기인 1916−26년에 베이징대학교 총장을 지냈던 차이위안페이(蔡元培)의 고향이자 공산주의 혁명가 저우언라이의 흔적이 남아있는 역사도시이다. 중국 춘추시대 월(越)나라 왕 구천(勾踐)이 오(吳)나라 왕 부차(夫差)에게 원수를 갚고자 항상 쓸개를 방 안에 걸어놓고 쓴 맛을 맛보면서 복수심을 불태우고, 마침내 부차를 멸하고 이전의 회계(會稽)에서의 수치를 설욕하였다는 고사 와신상담(臥薪嘗膽)의 땅이 지금의 샤오싱이다. 샤오싱에는 9년 동안 홍수를 막기 위해 심혈을 기울여 끝내 치수 사업을 성공시킨 우(禹)임금의 능과 사당이 있으며, 중국의 냉필가 왕희지(王羲之)의 유적지인 란팅(蘭亭)도 있다. 시내의 곳곳에 크고 작은 운하들이 거미줄처럼 쳐져 동양의 베니스로 불리는 아름다운 도시이자, 주당들에게는 익히 알려져 있는 샤오싱주(紹興酒)의 본고장이 바로 샤오싱이다.

역사 속 인물들과 만날 수 있는 샤오싱

루쉰옛집

먼저 루쉰(魯迅)이 살았던 옛집에 갔다. 샤오싱 도심지에 있는 루쉰의 옛집은 그 규모가 상당히 큰 것으로 보아 조부 때부터 경제적으로 여유가 있었던 듯했다. 이 집은 그가 태어난 1881년부터 1898년까지의 17년, 1910년부터 12년까지 2년, 거의 20년을 살았던 집이었다. 그의 조부모가 살았던 집, 그의 스승이 살았던 집, 그가 기거했던 방과 침대, 그리고 공부방이 그대로 보존되어 있었다. 루쉰옛집 안쪽에는 2층 높이로 지어진 현대식기념관이 자리하고 있었는데 루쉰의 자필원고와 편지 등 600여 점의 자료들이 여러 개의 공간으로 나뉘어 전시되었다. 1전시실은 그의 유년·소년시대의 사진과 그가 보던 책자들, 2전시실은 그가 일본 센다이 유학전문학교에 유학하던 전후의 시절, 3전시실은 그가 좌익작가의 대표로 혁명사업에 투신하던 시절, 4전시실은 그가 상하이에서 활동하던 시절, 5전시실은 그가 사망한 후의 전집 발간 등 여러 가지 사업관련 물품들이 전시되어 있었다. 특히 마오쩌둥이 '신민주주주의론'에서 그의 혁명정신에 대하여 평가해 놓은 내용이 벽면에 전시되었고, 최근의 장쩌민 전 총서기와 주룽지 총리 등 국가 지도자들이 다녀간 사진 등도 게시되었다.

루쉰옛집   루쉰이 다니던 학교 싼웨이 수디엔

루쉰옛집 맞은편에는 루쉰이 공부하던 학교인 싼웨이 수디엔(三味書店)이 있었는데 거기에는 그의 스승의 사진과, 그가 앉아서 공부하던 자리 등이 그대로 보존되어 방문객을 맞이했다.

루쉰(魯迅)은 중국의 소설가로 본명은 저우수런(周樹人)이다. 1902년 22세 때 일본에 유학하여 8년에 걸쳐 도쿄와 센다이(仙台)에 체류했다. 그는 일본 체류 중 '무지한 국민은 체격이 아무리 훌륭하고 건장해도 바보같은 구경꾼밖에 되지 않는다'고 생각하고 중국 국민들에게 필요한 것은 그들의 정신을 변화시키는 것이며 그렇게 하는 데에는 문예가 가장 적당한 수단이라고 판단했다.

1909년에 그는 일본유학을 청산하고 귀국하여 항저우, 샤오싱 등에서 교사생활을 했다. 1911년 혁명으로 청조가 쓰러진 후 고향 선배이자 새 정부의 교육부를 관장하던 차이위안페이(蔡元培; 1868-1940)의 초청으로 교육부 관리로 임용되었다. 그는 중국 봉건사회를 2,000년 이상이나 윤리·사상적으로 구속해오던 '유교'의 권위를 새로운 민주 중국의 앞길을 방해하는 것으로 생각하고 국민의식 속에서 민주와 과학을 추진하기 위해 유교주의를 격렬하게 비판·공격했다. 중국의 장래를 위해 새로운 사람은 유교로부터 해방되어야 한다는 것을 주장한 것이다. 그리하여 그는 현실의 보수적 습속을 통렬하게 비판·공격한 것이다.

1. 첸위엔의 정자와 연못
2. 중국인의 기복신앙을 엿볼 수 있는 첸위엔의 회랑
3. 4. 육유의 석상과 육유기념관

그는 국민당 정부의 파쇼정치 강화와 함께 출범한 '중국좌익작가연맹'의 발기인이 되었고, 국민당 정권의 민중탄압에 따라 성립된 '민권보장동맹(民權保障同盟)'에 가담했다. 그 이후에도 지속적인 사회활동과 집필활동 속에서 폐병에 걸려 1936년 56세의 나이로 병사했으며 이때 학생과 시민 조문객은 1만 명에 이르렀다고 한다. 당시 그의 관을 덮은 것은 '민족혼'이라는 검정 글씨가 쓰여진 흰 천으로서 상하이 시민대표가 증정한 것이었다. 그는 '만국공묘(萬國公墓)'의 한 구석에 안치되었다.

(자료참고: 다음 백과사전)

첸위엔

루쉰의 옛집에서 가까운 거리에 첸위엔(沈園)이 있는데 이곳은 중국의 여느 도시에서나 볼 수 있는 정원의 하나였다. 이곳에는 송대 대시인이었던 육유(陸游)의 기념관이 있었다.

남송시기 우국시인 육유의 가슴 아프고 시린 사랑이 깃들어 있는 곳이 첸위엔(沈園)이다. 육유는 사촌 누이인 당완과 결혼했지만 아들부부의 행복을 시샘한 시어머니의 구박으로 헤어지게 된다. 하지만 육유는 그녀를 몰래 이웃마을에 숨겨두고 자주 찾곤 했다. 그것도 얼마 못가 어머니에게 들키게 되고, 육유는 결국 어머니의 명을 거역 못해 새로이 장가를 들게 된다. 그걸 본 당완도 다른 남자에게 재가를 하게 되고, 수년 후 육유는 이곳 첸위엔에서 구경 나온 당완부부를 만나게 된다. 사랑했으나 함께 해로할 수 없었던 두 사람……. 사랑했던 애인을 생각하며 써 보낸 시가 이곳 첸위엔에 새겨져 있다.

釵頭鳳(차두봉)

陸游(육유)

紅酥手,(그대 고운 손,)
黃藤酒,(보내온 황등주,)
滿城春色宮牆柳。(성안에는 봄색 가득, 버드나무 너울거렸지.)
東風惡,(동풍이 사나워,)
歡情薄,(야박해진 정,)
一懷愁緒, 幾年離索,(쓰라린 마음안고 헤어진 지 그 얼마였나?)

錯! 錯! 錯!(아! 착잡하고! 착잡하다!)

春如舊,(봄은 옛과 같은데,)
人空瘦,(사람은 공연히 여위어,)

涙痕紅浥鮫綃透。(눈물흔적만 비단손수건에 붉게 비치네.)
桃花落,(복숭아꽃 지고,)
閑池閣,(연못 정자 조용한데,)
山盟雖在, 錦書難託,(옛 맹세는 여전해도 비단편지 부치지 못하네.)

莫! 莫! 莫!(아! 막막하고! 막막하다!)

(자료참고: http://blog.naver.com/sohoja)

둥후

둥후(東湖)는 샤오싱 중심지에서 동쪽에 자리 잡은 인공호수이다. 원래는 돌산이었는데 한나라 시대부터 돌을 캐내기 시작하여 2,000년 동안 채석되면서 만들어진 거대한 암벽과 깊은 구덩이에 끌어들인 물이 절경을 만들어 낸 곳이었다. 짧은 기간 동안에 인위적으로 조성된 곳이라도 오랜 시간이 지나 자연의 영향을 받으면 자연스러움이 가미된 절경이 된다는 것을 느낄 수 있는 공간이었다. 그 높이가 수십 미터가 넘어 보이는 깎아지른 절벽은 마치 미국 로키산맥에 있는 자이언(Zion) 캐년 국립공원의 암벽을 연상시켰다. 호수의 깊이는 5-30m가 된다고 하였다. 바로 옆의 운하는 황하의 물색이었는데 이곳은 푸른 물에 물고기가 노는 호수로 변해 있었다. 사공이 손과 발로 노를 저어 떠다니는 배가 있는 호수, 사공의 고단한 삶이 그들의 발바닥에서 그대로 드러나는 삶의 현장이었다.

란팅

란팅(蘭亭)에는 「난정기」가 새겨져 있다. 동진(東晉) 영화(永和) 9년(353) 3월 3일, 작자 왕희지가 당시의 명사인 사안(謝安), 손작(孫綽) 및 조카 왕응지

샤오싱 중심지에서 동쪽에 자리 잡은 인공호수 둥후

(王凝之), 왕헌지(王獻之) 등 40여명과 함께 경치가 빼어났던 저장성 샤오싱의 난저산(蘭渚山) 란팅에서 연회를 베풀고 곡수(曲水)에 띄운 술잔을 마시면서 시를 지었다고 한다. 뒤에 왕희지가 그 시들을 모아 한 책으로 만들고 그 서문을 지었는데 이것이 천하에 제일 잘 쓴 행서 「난정집서」로 알려져 내려온다. 전해 내려오는 이야기에 의하면 당시 왕희지가 술기운이 한창 오를 즈음 빠른 붓놀림으로 이 서문, 28줄 324자를 단숨에 썼는데 이들 글자 중에 중복된 글자는 변화를 주어 똑같은 모양으로 쓰지 않았으며 아주 뛰어나게 잘 썼으므로 역사상 가장 아름다운 글씨로 추앙받게 되었다. 그리하여 이 글씨는 당나라 때까지 내려와서 당태종이 가장 아꼈는데 그가 죽으면서 유언에 의하여 그 글씨를 순장하게 되어 그만 진본 「난정집서」는 세상에서 찾아 볼 수 없게 되었다고 한다.

永和 九年 歲在癸丑 暮春之初 會於 會稽山陰之蘭亭 修禊事也 群賢畢至 少長咸集.

永和 9年(353년) 歲在 계축년 暮春 초순에 회계 산음현의 난정에서 모이니 계를 닦는 일이었다. 여러 현인이 모두 이르고 젊은이와 어른이 모두 모였다.

此地 有崇山峻嶺 茂林脩竹 又有淸流激湍 映帶左右 引以爲流觴曲水 列坐其次 雖無絲竹管絃之盛 一觴一詠 亦足以暢敍幽情

이곳에는 높은 산, 가파른 고개가 있고, 무성한 숲, 긴 대나무가 있고, 또 맑은 물과 격류하는 여울물이 좌우에 비추며 띠처럼 둘러 있으므로, 이것을 끌어다 流觴曲水를 만들고 차례대로 벌려 앉으니 비록 絲·竹으로 만든 관악기와 악기의 성대함은 없으나 술 한 잔을 들고 詩 한 수를 읊는 것만으로도 그윽한 정을 펴기에 충분하였다.

是日也 天朗氣淸 惠風和暢 仰觀宇宙之大 俯察品類之盛 所以遊目騁懷 足以極視聽之娛 信可樂也

이날 천기가 맑고 惠風이 화창하였다. 광대한 우주를 우러러보고 品類의 무성함을 굽어 살피니, 사방으로 이리 저리 바라보고 회포를 멋대로 달려 눈과 귀의 즐거움을 지극히 할 수 있어 참으로 즐길 만하였다.

「난정기」 비문

夫人之相與俯仰一世 或取諸懷抱 悟(晤)言一室之內 或因寄所託 放浪形骸之外 雖趣舍萬殊 靜躁不同

사람이 서로 더불어 살아감에 혹은 자신의 회포에서 취하여 한 방 안에서 서로 이야기 하고 혹은 마음에 의탁한 바를 따라 形骸의 밖에 방랑하기도 하니, 비록 나아가고 멈춤이 만 가지로 다르고, 고요함과 시끄러움이 똑같지 않으나

當其欣於所遇 暫得於己 快然自得 曾不知老之將至 及其所之旣倦 情隨事遷 感慨係之矣

그 만나는 바에 기뻐하여 잠시 자기 마음에 흡족함을 당해서는 快然히 自得하여 일찍이 늙음이 장차 이르는 줄 모르다가 가는 바의 흥취가 이미 권태를 느껴 情이 일에 따라 옮겨가면 感慨가 뒤따른다.

向之所欣 俛仰之間 以(已)爲陣迹 尤不能不以之興懷 況 脩短隨化 終期於盡 古人云死生亦大矣

그리하여 조금 전에 기뻐하던 것이 고개를 숙였다 드는 사이에 이미 옛 자취가 되어 버리니, 더더욱 이 때문에 감회를 일으키지 않을 수 없었다. 더구나 〈사

람은〉 장수하거나 단명하거나 간에 조화에 따라 끝내는 다 없어지고 마니, 옛 사
람이 이르기를 '死生이 또한 크다' 하였다.

豈不痛哉 每攬昔人興感之由 若合一契 未嘗不 臨文嗟悼 不能論之於懷

어찌 애통하지 않겠는가. 매양 옛 사람들이 감회를 일으킨 이유를 보면 마치
한 문서를 맞추는 듯이 부합하니, 일찍이 옛 사람의 글을 대하고서 서글퍼하고
한탄하지 않은 적이 없으나 이것을 마음속에 깨달을 수가 없다.

固 知一死生爲虛誕 齊彭 殤 爲妄作 後之視今 亦 猶 今之視昔 悲夫

진실로 死生이 하나라고 한 것은 虛誕한 말이요, 70살을 산 彭祖와 殤을 똑같
다 한 것은 망령된 일임을 알겠다. 후세에 지금을 봄이 또한 지금에 옛날을 보는
것과 같을 것이니, 슬프다.

故 列敍時人 錄其所述 雖世殊事異 所以興懷 其致一也 後之覽者 亦將有感於
斯文

그러므로 이 자리에 있는 사람들을 차례로 쓰고, 그들이 지은 글을 기록하니,
비록 세대가 다르고 일이 다르나 감회를 일으킨 이유는 그 이치가 마찬가지다.
후세에서 이것을 보는 자 또한 이 글에 장차 감회가 있을 것이다.

(자료참고: http://daum.net/gna)

왕희지는 「난정집서」에 쓰기를 "이곳에는 높은 산 험한 고개에 울창한
숲과 키 큰 대나무가 있으며 또 맑은 시내의 거세게 흐르는 물줄기가 있어
서 사방에 비치고 둘러 있다"라고 하였다. 그리하여 역대의 문인 묵객들이
다투어 구경을 오게 되었고 '난정'에 대한 아름다운 이야기는 널리 전하여
지게 되었다. 그리하여 이곳의 자연경관도 아울러 유명해졌다.

「난정집서」는 천고에 전해지며 칭송되어 지금까지 내려 왔는데 왕희지
서법의 예술성은 아주 높아 그 이전 시대의 각종 서체를 모두 정통하였을
뿐 아니라 새 시대에 알맞은 일종의 문체를 새로 만들어내어 완전하고 정
리된 격식의 체계를 갖추었으므로 후세에 끼친 영향이 가장 컸다. 그리하

여 후인들은 그를 '서성(書聖)'으로 추앙
하는 것이다.

지난 수천 수백 년 동안 역대 문인들
은 헤아릴 수 없을 정도로 많은 「난정집
서」의 임모본을 남겼으며 이 임모본은
또 부단히 중국서법예술의 전통이 되어
새로운 경지를 자꾸 창조해 나가게 되었
다. 이런 것들로 인하여 이 '란팅'이 서
법 성지가 된 것이다. '아지비(鵝池碑)'는
삼각형의 석조 건축으로 비석 위에 '아
지' 두 자가 쓰여 있는데 전하는 바에 의
하면 이것도 왕희지의 부자가 같이 썼다
고 하여 '부자비(父子碑)'라고 일컫는다.

명필 왕희지와 그의 아들 왕헌지가 함께
쓴 '아지'와 아지비, 위아래 글자체가 확
연히 다르다.

이들 부자는 또 동시대에 저명한 서법가라는 이유로 이 비의 값어치가 백
배를 더하게 되었다. '란팅'은 규모가 그리 크지 않으나 우아한 풍치는 평
범하지 않다. 왕희지가 거위를 매우 좋아하였다는 전설에 따라 현재 이곳
란팅의 연못인 '아지'에는 몇 마리 흰 거위를 기르고 있다.

이 '난정비(蘭亭碑)'는 '소난정'이라고도 일컬으며 사방형 벽돌로 건축하
였는데 고아하고 소박하다. 정자 가운데의 비각(碑閣)에 음각된 '난정(蘭亭)'
두 자는 강희 37년 청나라 강희제의 글씨인데 문화혁명 기간에 홍위병들이
파괴하여 글자가 부스러졌다. 가슴 아픈 일이다.

이곳 '란팅'은 고풍스러운 동산과 숲으로, 왕희지의 서법으로 쓴 글씨로
명성을 크게 떨치었다. 이리하여 여기는 평범한 숲의 동산이 아니고 역대
서법가들이 성지로 알현하는 곳이 되었다.

이곳에는 '유상정(流觴亭)'이라는 정자가 있었다. 이 정자는 란팅 풍경구
중 주요 건축물 중의 하나로 청나라 시대에 건립되었는데 돌아가면서 조각

중국 최고의 명필 왕희지를 그리워하며 청나라의 강희제가 쓴 '난정' 글씨와 난정비

왕희지와 문인들이 포석정처럼 흐르는 물가에 둘러앉아 술을 마시고 시를 읊었다는 유상곡수

강희제와 건륭제의 글이 새겨진 어비정

된 목조 창문이 달렸고 그 밖으로 회랑이 둘러 있는데 고아한 향기와 색상
이 풍긴다.

(자료참고: http://kr.blog.yahoo.com/cmh1022)

안쪽으로 들어가니 산을 배경으로 자리 잡은 '어비정(御碑亭)'이 있었다.
이 정자는 17세기 청나라 강희제 때 세워진 높이 12.5m의 8각형 비각으로
그 속에는 대형 비석이 있었다. 이 비석은 높이 6.86m, 폭 2.64m, 무게가 약
18톤이나 되었다. 강희제가 이곳을 방문하여 「난정집서」 전문을 써 놓은 비
문이 앞면에 있고 뒷면에는 그의 손자인 건륭제가 이곳을 방문한 후 느낀
감회를 쓴 글이 자리하고 있었다.

제5부 高道 위에서 古都를 만나다
쿤밍, 따리, 리장

쿤밍(昆明)은 맑고 화창했다. 나의 여행시기가 봄철이라 그런 점도 있었겠지만 중국의 동부 해안지방과 중서부의 대도시에서는 생각할 수 없는 맑은 공기와 강한 햇빛이 인상적이었다. 해발고도가 2000m에 가까워서 그런지 위도는 낮아도 결코 무덥지 않은 상춘(常春)의 도시가 쿤밍이었다. 중국남부 미얀마, 라오스, 베트남과의 접경지가 윈난성(雲南省)이라 그런지 그 수도인 쿤밍에는 남방문화의 특성이 많이 나타났다. 이 지역에는 중국에서 가장 다양한 소수민족이 살고 있어서인지 곳곳에서 울긋불긋한 전통 복장을 한 사람들이 자주 눈에 띄었다.

738년부터 윈난에서는 남조(南詔)라는 강력한 나라가 일어나 가까이에 **따리**(大理)라는 도시를 세웠다. 9세기 초에 따리는 남조의 수도가 되었고, 937년에는 남조의 뒤를 이어 윈난 지역의 지배권을 장악한 따리 왕국의 수도가 되었다. 따리의 뒤를 이은 후리(後理)는 1094년에 세워져 몽골족이 이 지역을 정복한 1253년까지 존속했다.

쿤밍에서 버스로 6시간. 해발 2500m가 넘는 고개를 넘어 가느라 모든 이가 지칠 대로 지쳐 있었지만, **리장**(麗江)은 산 넘어 고개 넘어 둘러볼 만한 가치가 충분한 고도(古都)였다. 미국의 라스베이거스처럼 리장도 밤의 도시였다. 그러나 라스베이거스가 환락의 도시, 거대한 첨단의 '이벤트'성 빛의 도시라면, 리장은 고고한 풍격을 지닌 우아한 빛의 도시였다. 800여 년 전 남송시대부터 조성된 거리와 명청대의 건축물이 아직도 즐비한 리장. 시대적 격절을 넘어 그 속에서 현재를 살고 있는 주민과 외지에서 찾아온 방문객의 진솔한 대화가 곳곳에서 이어지는 곳이 리장이었다. 만약 그럴 수만 있다면 이곳을 몽땅 사서 고이 간직하고 싶을 정도였다. 여기서 얼마 멀지 않은 곳에 있는 옥룡설산은 그야말로 리장의 보석이었다. 하지만 '높은 산은 자신의 자태를 결코 쉽게 드러내지 않는다'는 말처럼 가까이에서 그 장대함을 볼 수 없어서 아쉬움이 컸다.

상춘(常春)의 도시 쿤밍

하늘에서 내려다 본 윈난성과 쿤밍(해발 1,860m)의 토질은 거의가 황토인지 붉은 색으로 덮여 있었다. 개발바람이 불어서인지 곳곳의 산이 파헤쳐진 모습이 안타까울 정도였다. 쿤밍의 날씨는 우리의 초가을과 비슷하여 쾌적했고 청명한 하늘이 인상적이었다.

추이후공원과 바이족

추이후공원으로 가는 길에 바이족(白族) 여성들이 밝은 분홍빛 장식을 한 바이족 특유의 모자와 붉은 꽃으로 수놓은 밝은 흰색의 상하의 차림에 붉은 가운을 입고 다니는 모습이 눈에 띄었다. 아마도 바이족 여성의 정장차림인 것 같았다. 전에도 들은 적이 있었지만 바이족 여성들은 대부분 큰 키에 평균을 넘는 미모를 간직하고 있었다. 사진을 찍으려 하자 밝은 모습으로 미소를 보내주었다. 추이후공원은 그리 크지 않았는데 많은 사람들이 공원을 왕래하였다. 호수 주위의 벤치에 앉아 빵 조각을 던져주니 야생 오리 몇 마리가 모여들었다. 서로 먼저 먹으려고 다투는 모습도 보였다. 공원의 전체분위기는 유원지와 비슷했다. 공원을 한 바퀴 돌고 나와 시내 중심가로 나갔다.

1. 전통 복장을 한 바이족 여성
2. 추이후공원 정문
3. 번화한 모습의 쿤밍 시내

쿤밍 시내

길을 몰라 머뭇거리자 지나가던 중국인 중년부부가 친절히 중심가의 위치를 일러주었다. 버스를 타고 도착한 곳은 우리나라의 명동과 같은 번화가였다. 많은 사람들이 왕래하였다. 길 한켠에는 의자가 하나씩 나란히 놓여있었고 그 뒤에는 흰 가운을 입은 남성들이 서 있었다. 혹시 시내 한 중심가에도 길거리 이발사가 있는지 유심히 지켜보니 일부 의자에서는 사람들이 앉아서 안마를 받고 있었다. 맹인들이 집단으로 모여서 안마를 해주고 있었던 것이다.

윈난성의 고도 따리

버스는 4,000m
의 높은 산들이 줄
지어 있는 창산(蒼
山) 중턱의 '천룡팔
부영시성(天龍八部
影視城)'으로 갔다.
창산은 해발 4,122m
가 넘는 높은 산인
데도 정상에는 눈
이 없었다. 남부지
역이라 눈이 녹고

송나라 궁성 일부를 재현한 영화세트장 천룡팔부영시성 정문

없는 것 같았다. 산봉우리에는 바람에 흘러가는 구름이 잠시 머무르고 있
었다. 이곳은 우시(無錫)의 초, 위, 오나라 궁성을 재현해 놓은 싼궈청(三國
城)처럼 송나라의 궁성 일부와 거리를 재현해 놓은 전통 영화세트장이었는
데 많은 관광객들로 붐비었다. 하지만 나는 오히려 그 많은 사람들의 다양
한 표정에 눈길이 갔다.

충성쓰 삼탑

버스는 부근의 국가중점보호 문물인 충성쓰 삼탑(崇聖寺 三塔)으로 갔다. 창산 자락에 위치한 이 유적은 중국 남방에서 가장 오래되고 웅장한 전통 건축물이었다. 베이지 색 계통의 삼탑은 멀리서도 눈에 띄었다. 이 불탑들은 836년 남조국 시대에 건립된 것으로 창건 당시 충성쓰는 많은 가람이 자리한 거대 사찰이었는데 지진과 전쟁으로 파괴되고 모든 건물이 소실되었지만 이 불탑 3개만 남았다고 하였다. 중앙의 주탑은 높이 69.13m의 16층 사각형 불탑이며, 같은 높이와 모양을 한 좌우의 두 탑은 42.19m의 10층 8각형이었다. 삼탑 뒤편에는 거대한 충성쓰가 자리 잡고 있었다.

내가 그동안 다녀본 사찰 중에서 이렇게 넓은 지역에 엄청난 규모의 건물들이 배치된 사찰은 본 적이 없었다. 제대로 찬찬히 보려면 하루는 족히 걸릴 듯한 거대 사찰이었다. 사찰관광차를 타고 지나쳐버리기에는 너무나 다양한 볼거리들이 많았다. 이곳에는 중국의 불교사찰 중 가장 큰 북이 있고 또 높이 2미터 길이 117미터의 목각도 있다고 한다. 따리의 상징인 충성쓰 삼탑은 중국에 유명한 불탑 중 하나로 송대 따리국 때에 세워진 것으로 알려져 있다. 제일 큰 대탑은 천심탑이라 불리는데 주변의 고탑 2개가 나란히 서 있다. 1996년 따리에서 일어난 지진으로 현재는 약간 기울어져 있다. 최근에는 이 3개의 탑을 복구하면서 680여 건의 유물이 발견되었는데, 지금까지도 따리국을 알리는 가장 중요한 자료로서 보관되고 있다고 한다.

(자료참고: www.hapt.co.kr)

충성쓰 삼탑 입구의 안내게시판에 소개된 내용을 요약하면 다음과 같다.

충성쓰 삼탑 문화관광지 면적은 1000무(畝=200평)로 20만 평(667,000m²)이다. 국무원에서 처음으로 공포한 전국 중점 문물보호 단위이자 국가 중점 풍경 명승지이다. 충성쓰는 당나라 개원연간에 세워졌고, 송나라 때 전성기에 들어섰다.

▲충성쓰 삼탑 문화유적지 안내도
◀1200년이 지난 충성쓰 삼탑

그 중 삼탑, 건극대종, 우동관세음상, '불도' 편액, 삼성금상 오대 중기가 유명하다. 9명의 따리국 국왕이 충성쓰에 출가해서 수행한 적이 있는 남조 따리국의 유명한 왕가 사원이었다. 청나라 함풍제(1851-1861), 동치제(1862-1874) 연간 충성쓰는 전쟁 및 자연재해의 피해를 당해 유일하게 삼탑만 남게 되었다. 충성쓰는 역대 조대의 풍격, 불교의 조각예술 및 화려한 단청으로 전국에서 제일 화려하고 큰 불교 사원 중의 하나로 되었다. 599개의 동으로 만든 불상, 법기는 장엄하고 웅대하다. 백족 나무조각 '장성온화불상첩'은 진품으로 불린다.

이 절의 규모와 거대성은 보는 이를 압도할 정도였다. 삼탑의 뒤편에는 남조건극대종루(南詔建極大鐘樓)가 있고, 그 뒤편에 우동관음전(雨銅觀音殿)이 우뚝 서 있었다. 이를 지나면 '불도(佛都)'라고 쓴 편액이 걸린 충성쓰의 정문이 대궐문처럼 우뚝하게 솟아 있다. 이를 지나면 천왕전(天王殿)이 나오고, 그 뒤편으로 미륵전(彌勒殿)이 이어진다. 미륵전 앞 좌우에는 재신전(財神殿)과 약사전(藥師殿)이 자리 잡고 있었다. 미륵전을 지나면 관음전(觀音殿)이 이어지고, 이어서 충성쓰의 핵심 건축물인 대웅보전(大雄寶殿)이 베이징의 천안문 같은 위용으로 자리 잡고 있었다. 대웅보전 좌우에는 나한당(羅漢堂)이 자리 잡고 있다. 대웅보전 안을 들여다보니 때마침 황색 승복을 입은 여러 스님들이 무슨 내용인지 모르지만 의식을 행하고 있었다. 대웅보

불교의 조각예술 및 화려한 단청으로 중국에서 제일 화려하고 큰 사찰의 하나인 충성쓰
1. 남조건극대종루 2. 충성쓰 정문 3. 우동관음전 4. 관음전 5. 대웅보전 6. 대웅보전 불교의식

전의 뒤에도 몇몇 건물들이 있었으나 승차시간 때문에 발길을 돌리지 않을
수 없었다.

충성쓰는 평지가 아니라 창산의 산자락에 자리 잡고 있어서 산 중턱에
있는 사찰의 맨 위쪽에서 보면 아래를 굽어보고 모든 건물들이 좌우 대칭
을 이루고 있는 대찰(大刹)이었다. 대웅보전을 위시한 모든 건물들의 규모는
베이징 고궁박물원(古宮博物院)에 버금가는 대형이었는데 중국인들의 '대형
지향성'을 여실히 느낄 수 있었다.

충성쓰 관람을 마치자 4시 40분, 버스는 리장으로 향했다. 따리시는 우리
로 치면 광역시에 해당하였는데 따리 중심지는 창산 아래에 바다같이 드넓
고 푸른 얼하이(洱海)를 내려다보고 있었다. 국도 좌우에는 비옥한 논밭이
펼쳐져 있었는데 드문드문 아직 수확하지 않은 보리밭이 눈에 띄었다. 바
이족 농촌 사람들이 괭이로 밭을 일구거나 소나 경운기로 땅을 가는 모습
들이 보였다.

밤의 도시 리장

리장 입구의 고도는 2,330m, 리장(麗江) 옛 시가지(舊城)의 고도는 2,370m였다. 쿤밍이나 따리, 리장이 위도 상으로는 열대지방과 가까움에도 날씨가 우리의 가을과 같은 것은 이렇게 고도가 높아서 그런 것이었다. 공기가 맑고 일사량이 많아서 그런지 이 지역의 모든 꽃들은 그 빛깔이 아주 선명하였다.

어둠을 밝힌 밤의 리장 옛 시가지

은은한 조명으로 언덕의 어둠을 밝힌 밤의 리장 옛 시가지는 미국의 라스베이거스와 비견될 정도로 많은 사람들로 붐볐고, 상점과 술집들이 모여 있었다.

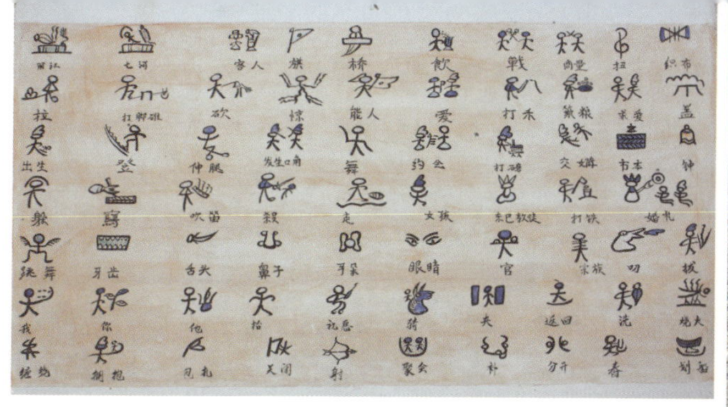

동파문자▲

동파곡 비석▶

동파곡의 나시족 전통 복장의 여인▼

동파곡

동파곡(東巴谷)은 옥룡설산을 가는 중간에 있어 우리는 먼저 동파곡으로갔다. 그곳은 나시족(納西族)의 문화를 보존한 관광지였다. 동파곡은 옥룡설산이 바라다 보이는 산자락의 계곡에 자리 잡고 있었다. 계곡이라고 해도 내 시계에 나타난 해발 고도는 2,555m였다. 그래서인지 호흡이 약간 어려웠다. 입구 벽에는 동파문자로 쓰여진 글들이 게시되어 있었다.

동파문자(东巴文)는 중국 윈난성의 나시족이 사용하는 상형문자이다. 한자를 빼면 천 년이 넘는 역사가 있어 현재도 쓰이고 있는 단 하나의 상형문자이다. 상당히 추상화된 한자에 견주어 문자 모양이 나타내고자 하는 사물의 본 모습에 가깝게 그려내고 있어 그림문자에 가까운 특징을 보여 준다. 이집트 신관문자, 수메르 쐐기문자와 같이 뜻을 나타내는 부분과 음을 나타내는 부분으로 나뉜다. 나시족은 동파문자 외에 한자의 영향을 받은 음절문자인 게바 문자와 로마자에 바탕한 철자법등 세 가지 정서법이 있다. 나시족의 종교경전이자 백과사전인 동파경에 쓰인다.

(자료출처: http://enc.daum.net/dic100/)

나시족 사람들이 간단한 전통 공연을 보여주기도 하고 현악기를 연주하

옥룡설산 빙하

며 노래를 불러주기도 하였다. 이들은 도교적 민간 신앙에 불교적 색채가 가미된 종교를 갖고 있는지 집집마다 작은 불단을 만들어 두었다.

옥룡설산

한 시간 남짓 동파곡을 둘러본 후 옥룡설산으로 향했다. 옥룡설산 입구까지 도로 좌우에는 제법 높은 산들이 자리 잡고 있었고 그 중간에는 넓은 평원이 펼쳐져 있었다. 동파곡에서부터 버스는 비스듬한 경사도로를 따라 30여 분을 달렸다. 옥룡설산의 품속으로 찾아들어가는 것이었다. 옥룡설산 입구의 대형 주차장에는 이미 많은 버스들이 도착해 있었다. 주차장 한편에 자리한 옥룡설산 출입구 건물 입구에는 옥룡설산의 빙하에서 해발 2,750m까지 굴러 내려온 커다란 바위가 전시되어 있었다.

우리는 옥룡설산 중턱으로 오르는 케이블카 탑승장까지 가는 버스를 탔다. 차창 밖의 경관을 잘 볼 수 있도록 제작된 유리창이 커다란 버스였다. 여기서부터는 가무잡잡한 피부의 나시족 남성 관광안내원이 우리를 안내하였다. 버스는 구불구불한 계곡을 지나 케이블카 탑승장 입구에 이르렀

옥룡설산이 한눈에 보이는 남월곡, 수천 년의 세월이 다랭이 논 같은 연못을 만들어 냈다.

다. 빙하가 깔려 있는 계곡의 위쪽에는 구름이 짙게 깔려 있었다. 해발 3,208m에 위치한 평원인 원산핑(雲杉坪)까지 트레킹 코스로 오르든가 아니면 전기차를 타든가 하는 두 가지 방법이 있었다. 우리 부부는 일행과 함께 전기차를 타기로 하고 표를 구입했다. 20명 정도가 타는 소형의 개방 전기차를 타고 원산핑까지 오르는 길은 그렇게 멀지는 않았다. 군데군데 전기차의 교행을 위한 공간을 제외하고는 1차선으로 만들어진 콘크리트를 따라 오르는 맛도 그런대로 좋았다. 자연 그대로의 삼림이 전개되었고, 거의 모든 수목들에는 푸른 이끼가 잔뜩 끼어 있었다.

원산핑은 산자락에 위치한 넓은 평원이었다. 평원의 가운데에는 몇 마리의 말들이 풀을 뜯고 있었다. 평원의 둘레에 나무판을 깔아 바닥을 보호할 수 있도록 조처한 후 난간을 만들고 40−50분 남짓 돌아볼 수 있도록 만들어 놓은 것이 좋았다. 이 평원의 해발고도가 3,000미터가 넘다보니 제법 쌀쌀하였고 숨쉬기도 약간 어려웠다. 맑은 날 원산핑에서 바라보는 옥룡설산의 주봉 산쯔조우(扇子徒)는 장관이라고 하는데 구름이 끼어 볼 수 없는 것이 안타까웠다. 5,596m 높이의 산쯔조우는 옥룡설산의 주봉으로 주위에 12개의 고봉을 거느리고 있다고 하였다. 빙하하천인 바이수허(白水河)를 지나치며 옥룡

리장에서 본 옥룡설산 정상, 그러나 가까이가서는 구름에 가려 볼 수 없었다.

설산의 아름다움이 한눈에 보이는 남월곡(藍月谷)에 전기차가 도착하였다. 미국 워싱턴주 레이니어 산을 갔을 때 보았던 빙하하천과 거의 흡사한 모습이었다. 그러나 물이 지하로 스며들었는지 이곳의 빙하하천은 물이 흐르지

빙하에서 해발 2,750m까지
굴러 내려온 커다란 바위

해발 3,200m에 자리잡은 평원, 원산핑

않았다. 에메랄드 빛깔을 가진 깊지 않은 호수는 방문객의 마음을 흔들기에 충분하였다. 호수에 비친 풍광을 보니 남월곡이라는 이름 그대로 쪽빛 호수에 달이 비치는 계곡임에 틀림없었다. 일부 관광객들은 호수 아래 개울가에서 야크를 타고 사진촬영에 바빴다. 옥룡설산의 산봉우리를 끝내 보지 못한 아쉬움은 망원렌즈로 정상부근의 빙하를 찍는 것으로 달래야 했다.

따리고성

다음 날 점심식사 후 따리의 옛 거리인 따리고성(大理古城)에 도착하였다. 따리고성도 나름대로 아름다움과 옛 거리의 품격을 갖추고는 있었으나 리장고성보다는 못하다는 느낌을 받았다. 시간 반 정도 거리를 걷다보니 바이족 전통 복장을 한 여성들이 많이 눈에 들어왔다. 사진을 찍으려고 하면 부끄러운지 양산으로 얼굴을 가리기도 하고 외면하기도 하였다. 오늘이 일요일이라서 곳곳마다 사람이 물결쳤다. 중국이 아직 주민을 위한 휴게시설

따리고성

이나 위락 시설이 충분히 마련되지 않아서 그런지 너무 많은 주민들이 거리로 몰려나온 것 같았다.

초웅

따리고성에서 출발한 버스는 두 시간 남짓 달려 초웅(楚雄)에 도착하였다. 초웅에 오는 동안 도로 좌우의 논과 밭에서 보리를 수확하고, 모내기도 하고, 밭갈이 하는 농부들이 있었는데 대부분이 곡괭이를 들고 일을 하는 모습이 이채로웠다.

따리에서 초웅으로 가는 고속도로는 과거 우리의 누더기 고속도로를 연상케 할 정도로 노면상태가 좋지 않아 불편하였다. 초웅의 입구에는 완전히 관광객 전용 도시인 '이인고진(彝人古鎭)'이 조성되어 있었다. 호텔에 여장을 풀고, 저녁식사 때는 이족의 전통 공연을 관람할 수 있었다. 화려하고 다양한 복장을 한 이족 남녀들이 보여주는 전통 공연을 보며 호숫가에 앉아 이족의 전통 음식을 맛보는 것도 좋은 경험이었다. 그들의 춤은 스페인의 춤과 많이 닮은 것으로 보아 수백 년간 동남아 일대를 지배했던 스페인의 문화적 영향을 받은 듯하였다.

모든 참석자들이 '이인고진'의 입구에 마련된 이족의 제사행사 재현 공

1. 초웅 이인고진의 민속촌
3. 이족의 전통 공연
2. 4. 전통 복장을 한 이족여성들

연에 참석하였다. 마을의 안녕을 비는 이들의 제사의식은 가면이나 허리에 두른 마른 풀로 만든 복식으로 볼 때 남방 해양문화의 영향을 받은 것 같았다. 행사의 마지막엔 광장 가운데 공간에다 캠프파이어 준비를 해 놓고 관람객들이 1위안씩을 주고 산 몇 자루의 나무에 불을 붙여주었다. 그것을 캠프파이어 자리에 던진 후 모든 참가자들이 불을 중심으로 가수의 노래에 맞추어 앞사람의 어깨에 손을 올리고는 좌우로 빙빙 돌며 함께 노래를 불렀다. 한밤의 축제는 그렇게 1시간 정도 계속되었다.

쓰린

오늘은 쿤밍으로 가는 길에 점심 식사를 하며 이(彝)족의 남녀 무용수들이 펼치는 전통 공연을 볼 수 있었다. 윈난성의 소수민족들을 다 보지는 못

1. 감탄사가 절로 나오는 쓰린과 호수
2. 전통 의상을 한 이족 관광안내원

했지만 우리가 본 바이(白)족, 나시(納西)족, 이족 사람들은 남녀 모두 피부도 희고, 눈과 키도 적당히 크고, 밝고 상냥하며, 잘생긴 얼굴들이 많았다. 우리가 일반적으로 그들에 대해 갖고 있는 '남루한 의복을 입고 초가형태의 가옥에서 초라하게 살며, 작은 키에 가무잡잡한 피부를 한 사람들일 것'이라는 추측은 잘못된 편견인 듯싶었다.

오후 3시 30분에 출발한 우리는 90km 떨어진 쓰린(石林)에 도착하였다. 쓰린은 세계문화유산의 하나였다. 쓰린 입구에서 우리를 인계받은 여성 관

자연이 빚어낸 걸작품 쓰린의 기암괴석

광안내원은 이족의 전통 복장을 하고 있었다. 싸니(撒尼)족이냐고 물으니 자기는 '이족 싸니인'이라고 대답하며 부끄러운 표정을 지었다.

안내를 받으며 곳곳을 둘러보니 자연의 신비로움에 감탄사가 절로 나왔다. 어느 사람의 '왜 우리나라에는 이런 독특한 자연유산이 없고 중국에만 있는가'라는 말이 충분이 이해되었다.

쓰린 이족 자치현에 있는 쓰린은 지금으로부터 약 2억 8,000만 년 전까지는 해저에 있었다고 한다. 해저의 석회암 층이 해수와 탄산가스에 의해 침식되고 지각변동에 의해 다시 융기한 후 긴 시간에 걸쳐 풍화됨으로써 뾰족한 칼이 대지에 무수히 솟아난 것 같은 경관을 이루고 있는 곳이 쓰린이다. 쓰린에는 기암괴석이 널리 분포되어 있으며, 특이한 봉우리가 숲을 이루고 있고, 거대한 돌기둥들이 우뚝 우뚝 솟아 있었다.

(자료참고: 네이버 백과사전)

제6부 자연의 신비로움
구이린, 양쉬, 우루무치

....

구이린(桂林)은 중국의 유명한 관광도시인 동시에 역사도시이다. 광시장족자치구(廣西壯族自治區) 동북부에 위치해 있고, 아열대 기후에 속해서 기온이 온화하며 연평균 기온은 19℃ 정도이고 인구는 약 50만 명이다. 구이린이라는 명칭은 이곳이 옛부터 계수나무가 많은 지역으로 '계수나무 꽃이 흐드러지게 피는 곳'이라는 의미를 담고 있다. 구이린은 중국 강산에서도 보석 중의 보석으로 여겨지는 곳으로 독특한 카르스트 지형과 아름다운 리장(漓江)이 조화를 이루어 세계적으로 유명한 관광지를 이루고 있다. 또한, "산청(山淸/맑은 산), 수수(水秀/빼어난 물), 동기(洞奇/기이한 동굴), 석미(石美/아름다운 돌)"가 모두 어우러져 중국은 물론 외국에까지 뛰어난 자연풍광으로 이름을 알리고 있다.

(자료참고 : http://kr.gxta.gov.cn/guilin.html, http://www.chinasai.com/link, http://blog.naver.com/mountinfo/)

양쉬현(陽朔縣)은 광시장족자치구 동북부에 있으며, 싱안(興安) – 구이린 – 양쉬 풍치지구를 형성하는 중요한 지역이다. 구이린에서 60km 떨어져 있는 작을 마을로 2000년의 역사를 가지고 있다. 예로부터 "중국 안에서 구이린의 경치에 겨룰 만한 곳은 없고, 구이린 안에서 양쉬에 버금갈 마을은 없다"라는 말이 있을 정도로 그 아름다움을 비길 데 없는 곳이다. 구이린보다 양쉬가 더 볼 만하다고 말하는 사람들이 많다. 다분히 전원적이고 목가적인 분위기를 풍기는 이곳은 여행객들이 기념품을 사거나, 지역의 별미를 맛보기에 최고의 장소이다.

(자료참고 : http://kr.gxta.gov.cn/yangshuo.html)

자연의 신비 속으로 구이린

구이린 천산공원

아침 8시 승합버스를 타고 천산암(穿山岩)으로 향했다. 이 동굴은 구이린의 도시 중심에서 약 3.5km 떨어져 있는 천산공원 내에 있었다. 천산공원은 구이린시의 동남쪽에 자리잡고 있는데, 구이린시에서 산과 물이 어우러진 공원 중의 하나라고 한다. 공원에는 천산(穿山)과 탑산(塔山)이 있으며, 리장의 지류인 소동강이 그 사이를 굽이굽이 흘러 지나간다. 천산의 산기슭에는 천산암(穿山岩), 천암(穿岩), 월암(月岩) 등이 있고 산꼭대기에는 천산정자가 있었다. 천산암은 천산 산반(山半)에 있는 특이한 용암동굴인데, 총길이가 1,531미터, 넓이가 3-5미터, 면적이 0.96ha라고 한다. 이 동굴은 3,400만 년 전에 형성된 것으로 추정되는데, 1977년에 발견되어 알려지게 되었다. 동굴 안에는 아름답고 찬란하면서도 기묘한 종유석, 돌 죽순, 돌기둥, 돌 커텐, 돌 방패 등이 있으며 보기 드문 돌 나뭇가지도 있었다.

(자료참고: http://cafe.daum.net/lovetour1004/NHcE/)

자연이 만들어낸 기기묘묘한 종유석, 얕은 호수 등에 조명이 비추면서 신비감을 더했다. 이 동굴 내에서 도를 닦았다는 도인들의 사진도 전시되

고 있었다. 동굴 내의 움푹
파인 곳에는 여지없이 도교
의 여러 상들이 조각되어 자
리 잡고 있었다. 우리나라에
는 신앙으로서의 도교가 거의
소멸되었는데 중국에서는 여
행지마다 살아있는 종교로서
자리하고 있었다. 동굴의 한
켠에는 대형 술항아리가 놓여
있었다. 아마도 동굴의 온도
가 술이 발효되기에는 최적의
조건이기 때문인 것 같았다.

관암동굴의 화려한 종유석

관암동굴

관암동굴은 내가 한국에서 본 여러 곳의 동굴과는 규모와 아름다움에서
비교할 수 없을 정도였다.

동굴의 입구는 매우 넓고 높았다. 거대하고 기묘한 바위와 종유석, 석
순, 석주 등이 보는 사람들에게 경탄을 불러일으키기에 충분하였다. 오전
에 보았던 천산암과는 비교가 되지 않을 정도였다. 우린 폭포수 쏟아지는
입구로 들어갔다. 엄청난 수량의 폭포수가 귀가 멍할 정도의 소리를 내며
쏟아지고 있었다. 어떻게 동굴 안에 이런 폭포가 있는지……. 자연의 섭리
가 아니면 만들어 낼 수 없는 오묘함의 극치라고 할 수 있을 것이다. 여행
을 하다 이런 풍광을 목격하게 되면 우리 인간이 얼마나 보잘 것 없는 존
재인지를 자주 느끼게 되곤 한다. 폭포의 신비감을 뒤로 하고 수십 걸음을
옮기니 동굴 안에 호수가 있었다. 그냥 호수가 아니라 수십 명이 탈 수 있

1. 관암동굴 안의 수정같이 맑은 물이 흐르는 폭포 2. 관암동굴 안의 호수와 사공
3. 관암동굴 종유석   4. 관암동굴 안의 술항아리들

는 배들이 여러 척 정박해 있을 정도로 넓은 호수였다. 일행은 배에 올랐다. 배의 난간에는 개개인이 동굴 안을 비춰볼 수 있도록 손전등이 매달려 있었다. 관암동굴의 거대함과 신비함에 감탄을 금치 못했는데 동굴 안 호수에서 배까지 타다니! 아무튼 멋진 여행이었다. 뱃사공은 2인 1조였다. 후미의 사공은 노를 젓는 것이 아니라 낮은 마력의 모터로 속도를 조절하고 있었고, 뱃전의 사공은 배의 충돌과 관광객의 안전사고를 방지하기 위해 호수 동굴 벽에 설치된 줄을 당기거나 동굴 벽을 노로 밀치기도 하였다. 동굴 호수의 물은 수정같이 맑고 투명하였다. 손바닥으로 한 움큼 쥐고 마셔보고 싶은 생각이 간절했다. 손전등을 호수 바닥에 비추니 얕은 곳은 바닥의 크고 작은 돌들이 보였고 주변엔 모래톱이 있었다. 모든 관광객들

1. 가무극 〈가선유삼저〉 2. 세계최고의 쿵푸 유단자가 눈꺼풀로 양동이를 들어올리는 모습
3. 장족의 전통 복장

은 숨소리까지 죽여 가며 동굴 호수를 미끄러지듯 흘러가는 배 위에 앉아
자연의 신비에 감탄하고 있었다. 동굴 호수를 5분 남짓 전진하자 정박장이
나왔다. 정박장 입구의 또 다른 동굴에는 휘황찬란한 조명을 한 '별천지'
가 전개되고 있었다. 필설로 형용할 수 없는 아름다운 기암괴석과 공간! 아
마 내로라하는 문객도 이곳의 아름다움을 문장으로 나타내는 데 어려움이
크리라! 한참이나 절경에 취해있던 일행은 동굴 내에 건설된 전기 코끼리

열차를 탔다. 천천히 달리는 코끼리 열차에서 보는 동굴의 절경은 새로운 느낌이었다.

두 시간 남짓한 동굴 관광을 마치고 모노레일을 타고 밖으로 나왔다. 동굴 내부를 관람하며 아마도 이 부근이 전부 이와 비슷한 지형으로 되어있을 것이라고 생각되었다. 그렇다면 관암동굴보다 더 기괴한 동굴이 인간의 손길을 거부한 채 곳곳에 발견되지 않고 있을지도 모른다.

〈가선유삼저〉

롱후를 지나온 우리는 8시부터 시작되는 광시성의 소수민족인 장족의 민속 무용과 가무극인 〈가선유삼저(歌仙劉三姐)〉를 관람하였다. 1시간가량 진행된 이 프로그램에서 느낀 것은 베트남과 태국, 미얀마, 라오스 등과 지리적으로 멀지 않은 광시성 장족의 문화가 이들 국가의 민속 문화와 상당히 유사성을 띠고 있다는 점이었다. 아마도 지리적 근접성 때문인 것으로 생각되었다. 관람객들의 마음을 조이게 하고 많은 박수를 받은 공연은 세계최고의 쿵푸 유단자라고 하는 잘생긴 남성의 시범이었다. 다름이 아니라 양쪽 눈에 줄을 걸고 양동이의 물을 들어올리는 것이었다. 보는 사람의 마음을 졸이게는 했지만 수련을 하면 가능하다는 것을 보여주는 것이었다.

리장 유람선을 타고 양쒀를 향해

아침 7시 30분, 우리는 리장(漓江)행 유람선을 타기 위해 부두로 향했다. 이미 많은 관광객들이 도착해 있었다. 리장 유람선은 한 척만 출발하는 것이 아니라 전부 9척이 차례대로 부두를 떠났다. 부산의 태종대에서도 유람선이 최소 두 척 이상 가까이에서 함께 운항하고 있는데 아마 사고에 대비한 것이리라 생각됐다.

구이린의 쥐장부두(竹江碼頭)에서 도착지인 양쒀까지는 거리가 83km가량 되었다. 유람선은 크기가 거의 비슷하였는데 1층에 70명, 2층에 50명가량 앉을 수 있는 객실이 있었다. 승무원은 배가 출발하기 전에는 밖으로 나가지 말도록 했다. 목적지인 양쒀까진 4시간 남짓 걸린다고 했다.

리장 좌우의 경치는 말 그대로 선경이었다. 고깔처럼 오똑하게 솟은 산들이 멀리서 가까이에서 서 있는 풍광은 다른 지역에서는 결코 볼 수 없는 절경이었다. '한 폭의 동양화 같다' 라는 표현이 이 절경보다 더 적절하게 적용될 수 있을 곳은 없을 듯하였다. 리장과 주변의 수많은 산 사이에서 수천 년의 삶을 살아 온 중국인들. 수천 년 동안 중국의 시인묵객과 화가들은 이 절경을 그들만의 음성으로 노래했고 자신만의 필치로 화폭에다 옮겼을 것이다. 강변 곳곳에는 주민들의 빨래터가 있었다. 또 가마우지를 이용한 어업이 성행하는지 곳곳에 대나무 배를 타고 있는 가마우지들이 보였다. 유람선이 리장을 굽

중국 옛 시인과 화공의 마음을
사로잡은 리장의 절경

이굽이 돌 때마다 풍광이 달라졌다. 그 사이사이에 리장의 생선을 실은 배가 빠른 속력으로 다가와 배에다 실어주고는 물러나기도 하고, 많은 경험을 통해서 유람선의 속력을 계산한 대나무 뱃사공이 노를 저어 와 유람선에 배를 묶은 채 과일을 사라고 외치는 모습에서 치열한 삶의 모습을 읽을 수 있었다.

유람선에서 본 고깔산들은 한결같이 돌산이었다. 공항이나 관암동굴로 가는 구이린의 외곽지역에서 볼 수 있듯이 잘려나간 고깔산의 모습들도 모두가 돌산이었다. 그 돌산의 틈바구니에 자리를 잡은 풀과 나무들. 수천 년의 세월이 흐르면서 '부드러운 것이 강하다' 는 노자의 말처럼 풀과 나무에 의해 바위들이 부드러운 흙으로 바뀌어 있는 것은 아닐까?

유람선은 오후 한 시경에 양쉬부두에 도착했다. 부두에는 이미 많은 유람선과 크고 작은 배들이 정박되어 있었다. 부두는 말 그대로 인산인해였

대나무 배를 타고 위롱허(용을 만나는 개울)를 유람하였다.

다. 배에서 직업사진사에게서 찍은 사진을 찾는 사람, 물건을 흥정하는 사람, 자기 일행을 부르는 사람 등등 왁자지껄하였다. 부두 주위에는 새로 지은 멋진 호텔과 콘도들이 강을 따라 줄지어 있었다.

위롱허 대나무 배 유람

우리를 태울 승합차는 육로로 이미 양쉬에 도착해 기다리고 있었다. 관광 안내원은 우리가 차를 타자마자 어딘가를 향해 달렸다. 양쉬 도심을 지나 15분 후에 제법 폭이 넓은 개울에 도착했다. 대나무 배를 타는 개울가였다. 안내원은 2인 1조로 나뉘어 1시간 30분 동안 대나무 배를 타고 내려간다고 하였다. 나는 샌들을 신어서 그대로 탔고 아내는 다른 관광객들처럼 신발이 젖지 않도록 비닐봉지를 운동화에 덧씌우고 대나무 배 위에 올랐다. 30대 중반의 가무잡잡한 얼굴을 한 사공은 우리를 위해 대형 양산을 펴 주었다. 사공에게 물으니 이곳은 '위롱허(遇龍河)', 즉 '용을 만나는 개울'이라는 곳이었다. 정박장을 벗어나자 한두 명씩 태운 대나무 배들이 개울 위를 점점이 미끄러져 내려갔다. 대나무 배는 노를 젓는 것이 아니라 길이 5m 가량의 대나무를 개울바닥에 밀면서 나아가는 것이었다. 미끄러져가는 배 위에 앉

리장산수극장

은 채 개울에다 발을 담그니 아주 기분이 좋을 정도로 수온이 적절하였다. 개울의 군데군데에 관광객이 놀라거나 옷이 젖지 않을 정도의 낙차를 만들어 놓고 대나무 배가 거기를 통과해 내려갈 때 재미를 느낄 수 있도록 해 두었다.

〈인상 · 유삼저〉

우리가 머물 호텔에 들린 후 가이드가 말해준 시간에 맞추어 입구로 나갔다. 중국의 유명 영화감독인 장이머우(張藝謀)가 연출한 〈인상 · 유삼저(印象 · 劉三姐)〉라는 야외 공연을 보기 위한 것이었다. 입구에서 사람들이 망원경을 빌렸다. 망원경을 아내에게 주고 나는 카메라의 망원렌즈로 대신하기로 했다. 이 공연은 '중국리장산수극장(中國漓江山水劇場)'에서 진행되었다. 공연장 입구에는 많은 관광객들이 장사진을 이루고 있었다.

〈인상 · 유삼저〉는 5년 반 동안의 준비기간을 거쳐 탄생한 대형 수상 오페라로 〈투란도트〉를 연출한 바 있는 세계적인 영화감독 장이머우가 직접 연출하였으며, 구이린의 진경산수로 꼽히는 리장(2km)과 주변 산천지(12개 봉우리)를 그 무대와 배경으로 삼아 뛰어난 예술성과 광대한 규모를 자랑한다. "인상 · 유삼저"란

<인상 · 유삼저> 공연

"인상적인 유씨 집안의 셋째 딸"이라는 뜻으로 민간에 오랫동안 전해 내려오던 유삼저(劉三姐)설화를 바탕으로 꾀꼬리의 환생인 영민한 유 씨네 셋째 딸이 악독한 지주와 맞서 싸우고 결혼하는 과정을 엮어 장족(壯族), 묘족(苗族) 등 이 지역 소수민족의 문화를 약 1시간 정도 화려하게 펼쳐 보여준다. 이 공연은 야간에 진행되며 약 600여 명에 이르는 대규모 출연진과 더불어 화려한 갖가지 조명들이 산을 비추며 꿈의 전경을 연출해 관객을 압도한다. 광시 소수민족 문화에서 중국 전통예술분야 전반까지 아우르는 큰 스케일의 공연으로 중국 공연문화의 새 지평을 연 작품으로 평가받고 있다.

(자료참고 : http://kr.gxta.gov.cn/yangshuo.html)

이 작품은 리장과 주변의 고깔산을 배경으로 하여 시골 여성의 평범한 사랑을 예술적 경지로 승화시킨 50분 길이의 작품이었다. 가이드의 말에 따르면 이 작품에 등장하는 인원이 630명이고, 거의 매일 밤 좌석 3,000석이 다 채워지고도 입석으로 3,000명이 더 찾아올 정도라 했다. 이 작품의 감동은 우리가 영화관의 대형화면에서 느끼는 것과는 차원이 다른 것이었다. 항저우의 시후에도 <인상시후>라는 장이머우 감독의 작품이 매일 올려지는데 그것은 양숴의 <인상 · 유삼저>에 비하면 극히 작은 규모였다. 이 작품이 주는 감동은 마치 2009년 베이징 올림픽 개막식 때 국내외 관객들이 느낀 것과 유사한 것

양쉬 시내의 야경. 현대 중국인은 조명으로 밤의 산수화를 그려냈다.

이었다. 장 감독이 아니면 해 낼 수 없는 그런 독창적인 것이었다.

관람을 마치고 호텔로 오는 길에 가이드가 양쉬의 번화가를 알려주었다. 소매치기를 조심하라고 하면서 호텔의 위치를 다시 자세하게 설명해 주었다. 아주 치밀한 가이드였다. 호텔 입구에서 가이드에게 물으니 구이린 광역시의 인구는 490만 명, 광시성의 수도인 난닝(南寧) 인구는 500만 명, 양쉬(陽朔)의 인구는 30만 명이라고 하였다. 그리고 양쉬에는 매일 3만 명의 관광객이 오가고 한다고 했다. 전체 주민의 10%가 관광객이라니 대단하였다. 양쉬의 명동이라 할 수 있는 '양인가(洋人街)'는 길이 500m 정도의 거리인데 사람들이 원체 많아 앞으로 걸어갈 수 없을 정도였다. 도로 좌우 양편에는 크고 작은 가게와 술집, 식당이 즐비하였다. 지난번에 간 윈난성의 '리장'이 밤의 도시라면, 광시성의 양쉬는 낮과 밤의 도시였다.

세외도원

7시 30분에 호텔을 나섰다. 관광버스가 찾아간 곳은 양쉬의 세외도원(世外桃源)이었다. 세외도원은 도연명의 무릉도원을 연상시킨다는 의미로 지어진 이름이었다. 자연적으로 생성된 맑고 투명한 호수에 비친 점점이 솟은 낮은 산들, 피어오르는 아침안개를 가슴에 두르고 점점이 떠 있는 산들이

세외도원의 아침풍경

말 그대로 무릉도원을 연상시키기에 충분하였다. 구이린의 소수민족인 장족의 남녀들이 관광객을 향해 악기를 연주하고, 전통 춤을 보여주기도 했다. 호수에서 멀지 않은 밭에서 회색 소가 농부와 함께 밭을 갈고 있는 모습이 한 폭의 그림처럼 다가왔다. 어제 양쉬의 부두에서 본 사진 촬영용 가마우지의 힘없는 모습과는 달리 이른 아침에 비옷을 걸치고 가마우지를 맨 앞에 태운 채 대나무 배를 저어가는 모습이 뒷배경의 산과 함께 한 폭의 그림이었다. 세외도원의 장족들은 전통 복장을 하기는 하였지만 쿤밍과 리장에서 본 소수민족과 비교하면 아름다움이 못했다. 아마도 검은 색상의 옷이 그들의 미모를 감소시켰을지도 모른다. 그들은 관광객에게 지쳤는지 표정이 별로 없고 웃는 얼굴이 드물었다. 윈난성의 소수민족들도 마찬가지일 텐데 왜 이렇게 확연히 차이가 날까.

　뜨겁기는 하였으나 무덥지는 않았다. 남부에는 한반도의 몇 배가 넘는 광대한 타림 분지와 타클라마칸 사막이, 북부에는 준가얼 분지가 자리 잡고 있는 전형적인 건조지대가 우루무치(烏魯木齊)이다. 한여름의 최고기온이 섭씨 40도를 오르내리고, 한겨울에는 영하 20도로 내려가는 혹서와 혹한의 지역. 신장웨이우얼자치구(新疆維吾爾自治區)의 수도 우루무치는 실크로드로 이어지는 서역의 교통요충지답게 번화한 도시였다. 그들의 생김새와 문화는 중국과는 많이 달랐다. 먹거리 또한 달랐다. 옛날 흉노족과 돌궐족, 타타르족으로 불리던 유목민족들의 터전이 이 지역이었다. 중국의 다른 지역에서 볼 수 없는 이슬람식 건축물과 옷차림이 흔한 서역의 중심지 우루무치. 최근 자신들의 정치적, 문화적 독립을 요구하는 위구르인들의 강력한 저항이 중국 정부의 무력진압으로 수백 명의 사상자를 낸 후 움츠러들었다.

　사막의 한가운데 보석처럼 떠 있는 녹색 오아시스 도시, 중국의 노천박물관이라 불리는 열사의 지방 투루판(吐魯番)은 거리 곳곳에 둥근 흰 모자를 쓴 이슬람 교인들이 자주 보이는 작은 도시이다. 투루판은 중국에서 해발이 가장 낮은 곳으로 경내의 아이딩 호수 수면은 바다 수평면보다 155미터나 낮아 요르단 사해에 이어 세계에서 두 번째로 낮은 곳이라고 한다. 해발고도가 낮다보니 투루판은 중국에서 가장 더운 곳으로 소문이 나 있다. 해마다 6-8월의 평균기온은 38도 이상에 달해 불의 고향으로 불릴 정도이다. 또한 8급 이상의 큰 바람이 해마다 수십 차례씩 불어 닥쳐 투루판은 중국 대륙에서 이름난 바람의 고향이라고 한다. 투루판은 중국에서 연 평균 강우량이 가장 적은 곳의 하나로 연평균 강우량이 16.6밀리미터 밖에 안 된다고 한다.

우루무치를 향해 가다

새벽에 눈을 떴다. 동쪽의 아침 해는 광야를 외롭게 질주하는 열차 그림자를 반대편에 만들어 놓고 있었다. 건조지대의 크고 작은 나무들은 잎사귀 하나 없이 마치 겨울나무마냥 가지만 앙상하게 위로 향하고 있었다. 나무의 크기로 보아 죽은 것 같지는 않은데, 건조기후에 적응하느라 잎을 털어내 버리고 우기를 기다리는 것 같았다. 하늘을 보니 구름 한 점 없는 날씨였다. 건조지대를 달려온 열차의 차창에는 먼지가 뽀얗게 앉아 있었다.

열차가 한참이나 달리니 나무와 풀이 무성하고 각종 유실수가 재배되고 있는 곳이 있었고, 드문드문 보이는 목초지에서는 나이든 양치기가 양떼를 놓아놓고 풀을 먹이고 있는 모습도 보였다. 지도를 보니 이 지역에는 쉬르허(疏勒河)가 흐르고 있었고, 당허난(党河南)산맥의 높은 산꼭대기에는 하얀 눈이 쌓여있었다. 좌측 지평선 끝의 치롄(祁連)산맥 봉우리는 대지의 열기 때문인지 신기루처럼 아른거렸다. 한참이나 달리니 왼쪽 차창으로 보이는 대지 끝의 산맥이 흰 눈을 이고 있는 모습이 아련히 보였다. 너무 멀어 눈인지 구름인지 혼동이 될 정도였다.

열차는 건조지대를 달려 해발 1,750m 지점을 오르고 있었다. 몇 시간 전에 보았던 누런 모래빛의 대지가 아니라 온통 검은색 돌산과 바위들이 대지를 차지하고 있었다. 불과 몇 시간 남짓 달린 거리인데도 이렇게 달라진

1. 초원의 낙타떼 2. 우루무치역

풍광 앞에 자연의 오묘함을 느낄 수 있었다.

　우루무치가 가까워 오는지 철로 옆을 달리는 부근 도로의 차량통행량이 많아졌고, 서서히 푸른 초목이 보이기 시작하였다. 지도를 보니 우루무치 강과 작은 물줄기들이 보였다. 인류는 유사 이래로 반드시 물과 가까이 살았고, 거기서 자신의 문화와 역사를 창출해냈다. 신장 서부지역이 사막ㆍ

건조지대임에도 물이 있는 지역에는 반드시 인간이 삶을 영위해왔다. 우리가 지나온 하미, 투루판도 그랬고 우루무치도 그랬다. 인간도 자연의 일부분이라 자연을 거스르지 않고 자연에 순응하며 동화되어 살아왔다. 이것이 인간과 자연의 합일이 아닌가 하는 생각이 든다.

초원에는 소떼, 양떼, 낙타떼가 간간이 보였다. 보거다(博格達)산맥은 투루판 이전부터 시작되어 우루무치까지 수백 km나 계속되었다. 가장자리가 하얀 소금으로 덮여있는 옌후(鹽湖)도 보였다. 우루무치 부근도 앞뒤가 터진 분지라 그런지 수백 개의 풍력발전기가 가지런히 줄지어 선 채 돌고 있었다. 장관이었다. 우리와 약간 비슷한 봉분 모양을 한 수십 기의 묘도 철로변에 있었다. 중국대륙의 서쪽 끝자락, 신장 분지에서 태어나고 자란, 그리고 이 건조하고 메마른 땅에서 수천 년 동안 자신의 조상들이 해왔던 방식대로 살아왔던 사람들. 그들도 이제 이승과의 인연이 다하여 자연으로 돌아가 있었다. 2박 3일을 달려온 열차는 오후 8시 5분이 되어서야 우루무치 역에 도착하였다. 항저우에서 우루무치까지 4,168km, 57시간의 긴 여정이 마무리 되는 순간이었다. 7개 성, 36개 역을 거쳐 도착한 이곳은 해발고도가 925m라 그런지 생각보다 덥지는 않았다.

사막 한가운데 투루판

풍력발전창, 옌후

8시 40분에 우루무치에서 186km 떨어진 투루판을 향해 호텔에서 출발하였다. 우루무치까지 오는 동안 열차 차창 밖에 비쳤던 황량한 건조지대가 고속도로변에 나타났다. 이를 일컬어 황야라고 하였던가. 이글거리는 대지의 복사열은 끝 간 데 없이 펼쳐진 지평선 너머에서 신기루를 만들었다. 이 지역이 비록 방치된 건조지대이지만 좁은 땅덩어리에서 살아온 내 눈에는 이 광활한 땅이 그저 부럽기만 할 뿐이었다.

50분 정도 달린 차는 수백 개의 풍력발전기가 돌고 있는 고속도로 변에 정차하였다. 여기는 신장지역 명승구로 지정된 따판청(达判城) 풍력발전창이었다. 설치된 풍력발전기의 크기와 규모로 볼 때 아마도 이곳에서 생산되는 전력은 상당할 것이라는 생각이 들었다. 가까이서 보니 열차를 타고 오며 멀리서 본 것과 달리 풍력발전기의 크기가 엄청났다. 높이는 대규모 공장 굴뚝정도였고, 돌고 있는 프로펠러 하나의 길이는 대형 컨테이너 트럭에도 싣지 못할 정도였다.

버스가 고속도로에 다시 들어섰다. 관광안내원은 잠시 후 중국의 사해(死海)라며 옌후(鹽湖)에 대해 설명하였다. 멀리 푸른 호수가 눈에 들어오기 시

우루무치 부근의 풍력발전기

작하였다. 호수의 가장자리 부분에 하얀 빛이 보였다. 버스가 그 부근으로 점점 가까이 다가가서 보니 그것은 소금이었다. 사람들이 그저 재미삼아 다가가 겨우 만져 볼 정도의, 캘리포니아주의 '데스밸리'에서 본 그런 소량의 소금이 아니라 호수 주변에 이미 대규모 소금 정제공장이 들어설 정도의 많은 양의 소금이었다. 아마도 수백만 년 전 이 지역이 융기되면서 바다가 호수가 된 것 같았다.

칸얼징

투루판에 도착한 우린 먼저 칸얼징(坎兒井), 일명 카레즈(Karez)박물관으로 향했다. 박물관으로 가는 길은 터널처럼 포도넝쿨이 울창하였는데 그 아래 그늘에서 제복을 입은 현역 경찰관이 한가하게 앉아 만돌린 비슷한 위구르 전통 현악기를 연주하고 있었다.

칸얼징박물관 직원의 망중한

만리장성, 베이징-항저우 간 징항(京杭) 운하와 더불어 중국 고대의 3대 공사의 하나로 불렸던 칸얼징. 칸얼징은 신장지역, 특히 투루판과 하미(哈密)

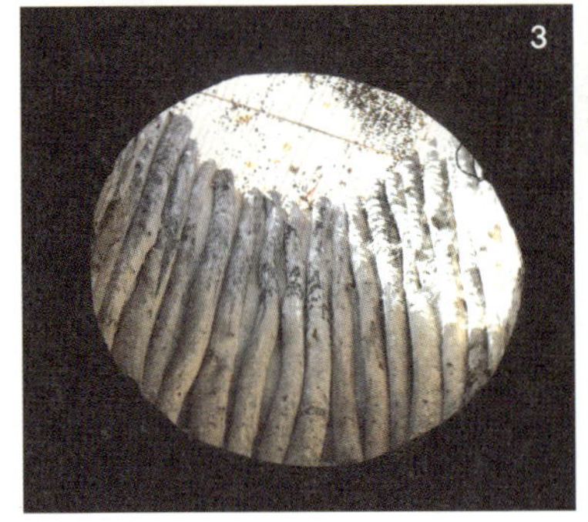

1. 칸얼징박물관
2. 지하수맥에서 물을 퍼올리는 칸얼징 단면모형
3. 칸얼징 구멍
4. 지하수로

지역의 관개용 지하수로를 말한다. 비록 사막지대라고는 하지만 오아시스가 있는 투루판의 지하에는 수맥이 흐르고 있는데, 2천여 년 전부터 사막지대에서 살던 이곳 사람들은 맨손으로 지하 수맥까지 수십 미터의 땅을 파고 들어가 우물을 만든 후 그 물을 인력이나 동물의 힘으로 퍼 올려 투루판의 농사를 지었다고 한다. 1950년대 말의 역사적 자료에 따르면 신장지역에는 총길이 5,272km의 지하수로가 있었으며 1,784개의 칸얼징이 있었다고 한다. 칸얼징은 이 지역 사람들의 '생명샘'이자 포도농사를 짓기 위한 지하수를 길어 올릴 수 있는 샘이었다. 황량한 사막 가운데에서 살아남기 위해 몸부림 친 인간의 노력에 저절로 고개가 수그러들 뿐이었다. 투루판에는 1,000개가 넘는 칸얼징이 있다고 하는데 이곳에서는 바로 이 물을 이용해서 주로 포도농사를 지었다고 하였다. 박물관 내 지하에는 과거에 위구르인들이 만들어서 물을 퍼 올리던 칸얼징과 물이 흐르는 지하수로가 있었다. 칸얼징의 지하수로 중 가장 긴 것은 투루판에 있는 미이무·하지 칸얼징으로 총길이가 11km에 달한다고 하였다.

자오허고성

우리는 다음 방문지인 자오허고성(交河故城)에 도착하였다. 이곳은 세계최대의, 그리고 가장 오래된 도시유적으로 전한(前漢)대부터 후한대에 이르기까지 투루판 정치의 중심지였다고 한다. 499년 고창국(高昌國)이 흥한 후 쇠퇴의 길을 걷다가 1500년이 지난 지금은 곳곳에 흙벽돌이 쌓여있는 모습만 황량하게 남아있는 유적지였다. 현재 남아있는 유적은 대부분 당의 안서도호부 시대의 것이라고 한다. 세계문화유산에 등록된 이곳은 동서 300m, 남북 1650m의 고대 유적지로 지금은 온통 황하의 물색인 누런 황토 흙벽만 남아있어 황량한 감이 없지 않았다. 관청가, 주택가, 수백구의 어린아이 묘지, 절터 등이 안내판에 쓰여 있었지만 거의 자취가 남아있지 않을 정도로 황폐하여 세월의 무상함만을 더할 뿐이었다. 자오허 옛 도시 유적의 한가운데 깊은 계곡이 보였다. 그 계곡은 중국에서 제일 더운 곳이라고 하였는데 한여름에 그랜드 캐년 아래의 콜로라도 강까지 가려던 여행객이 강물을 뻔히 보면서도 더위에 지쳐 목숨을 잃었던 기록영화와 그랜드 캐년의 콜로라도 강까지 내려가려면 반드시 가이드가 동반해야 한다는 안내문이 문득 떠올랐다. 황량한 자오허고성에는 두어 군데 차양막을 치고 위구르 전통 복장을 한 채 앉아있는 젊은 여성들이 있었다. 이 지방의 여인들로 그들은 오똑한 콧날을 한 미인들이었다. 하지만 그들과 함께 사진을 찍는 관광객들은 아무도 없었다. 가까이에서 그들을 촬영하려고 하니 고개를 돌려버렸다. 하는 수 없이 한참이나 멀리 걸어간 이후에 망원렌즈로 촬영하려 하였으나 그것도 눈치를 채는 바람에 뒷모습만 찍어야 했다.

1. 1500년 역사의 자오허고성
2-4. 세월의 무상함이 느껴지는 자오허고성의
　　 황토유적

　　이곳에 와 의아했던 것은 이곳에 200여 명의 영아가 묻혀있는 묘지군이 있다는 점이었다. 안내판의 설명에 의하면 무슨 이유로 영아들이 다른 곳도 아닌 관공서 지역에 묻히게 되었는지는 미스터리라고 한다.

쑤궁타

　　신장 최대의 이슬람양식 건축물이라는 쑤궁타(蘇公塔). 1779년 투루판 국왕 쉴레이만이 부친의 업적을 찬양하기 위하여 세웠다는 건축물이었다. 황토벽돌로 쌓아올린 쑤궁타는 높이 44m의 원추형 탑으로 신장위구르 자치구의 이슬람 건축물 가운데 가장 높다고 하였다. 특이한 이슬람 옛 탑인 쑤궁타는 신장에서 가장 큰 옛 탑으로서 220여 년의 역사를 가진 건축물이다. 역사서의 기록에 의하면 청나라 정부가 중국 통일에 기여한 투루판 위구르

1-2. 쑤궁타 3. 쑤궁타 이슬람사원 내부
4-5. 쑤궁타 묘지

족 수령의 공로를 기려 이 탑을 만들었다고 한다. 몸체가 원추형으로 되어 있는 쑤궁타는 높이 37미터, 밑 부분 직경이 10미터에 달한다. 벽돌로 된 탑 외면에는 15가지의 무늬가 새겨져 있는데 모두 위구르족의 전통적인 무늬 이다. 탑 몸체에는 상이한 방향과 상이한 높이에 14개의 창이 있는데, 특이한 것은 쑤궁타의 구조에 목재가 하나도 사용되지 않았다는 점이다.

　　200여 년 전 투루판에는 시멘트나 철강이 없었기 때문에 벽돌을 쌓을 때 흙 80%, 계란, 꿀, 찹쌀 20%를 혼합해 시멘트 대용으로 사용했다고 한다. 이렇게 만든 건물이 200여 년이 지난 오늘에도 아무런 문제도 없다고 하니 대단한 건축기술이었다. 탑 내부 중심에 있는 72단계의 나선형 벽돌 계단이 중심 기둥 역할을 해 탑의 몸체를 받쳐주고 있었다. 또 탑 꼭대기에 오를 수도 있다고 하는데 오늘은 문이 닫혀 있었다. 나선형 계단을 통해 탑 정상에 오르면 눈앞이 확 트이고 투루판시가 한눈에 들어온다고 하였다.

　　탑과 같은 공간에는 이슬람사원인 청진사(淸眞寺)가 있었다. 중국에서는 이슬람사원을 청진사로 부르고 있는데 이곳의 청진사는 투루판에서 가장 큰 규모로 1,000여 명이 동시에 예배를 볼 수 있다고 한다. 매주 금요일마다 투루판의 이슬람 신자들이 모두 이곳에 모여 예배를 본다는 것이다. 그 때 이 탑은 사람들을 부르는 장소로 활용되었는데, 금요일 아침 5시가 되면 확성기도 필요없이 이 탑에 올라 사방을 보고 외치면 이슬람교도들이 예배하러 모인다고 하였다.

(자료참고: 주한 중국대사관 홈페이지 중국명승고적)

　　청진사 내부는 흙이 주성분이어서인지 그 뜨거운 사막지대에서도 무척이나 시원하였다. 관광안내원은 쑤궁타의 뒤편으로 우리를 안내하였다. 그곳에는 100여 기의 이슬람식 묘지가 있었는데, 최근에 가족이 다녀갔는지 아니면 저녁의 한기를 피하려고 했는지 한 묘지 구석에는 불을 피운 흔적이 보였다.

위구르 고촌

다음으로 우리는 위구르 고촌(維吾爾古村)을 들렀다. 여기는 국가지정 특별관광지라기보다는 신장지역 소수민족인 위구르인들의 과거 생활상을 보여주는 소규모 민속촌 같은 곳이었다. 더운 건조지역에서 힘들게 살아가면서도 나름대로의 문화를 만들어나간 그들의 끈질긴 생명력에 경의를 표하고 싶었다.

위구르 고촌

위구르(維吾爾, Uygurlar)족은 중앙아시아의 투르크계 민족으로 현재 중국의 신장 웨이우얼 자치구와 중앙아시아에 살고 있는 민족이다. 스스로는 동투르키스탄이라고 부르기도 한다. 역사적으로는 744년, 위구르족은 바스밀(Basmil), 카를룩(Qarluq) 등의 부족과 함께 후돌궐 제국을 멸망시키고 외튀켄(Ötüken)산에서 위구르 제국을 세운다. 중국뿐 아니라 파키스탄, 카자흐스탄, 키르기스스탄, 몽골, 우즈베키스탄, 독일, 터키, 러시아 등에도 흩어져 살고 있다. 중국에서는 신장 위구르 자치구뿐만 아니라 후난성 창더 시의 타오위안 현(桃源县)에도 살고 있으며, 베이징이나 상하이와 같은 주요 도시에서도 찾아 볼 수 있다. 작기는 하지만 미국의 로스앤젤레스, 샌프란시스코, 뉴욕시와 워싱턴 D.C.에도 위구르족 공동체가 있으며, 캐나다의 토론토와 밴쿠버에도 살고 있다. 외모는 다양해서 중앙아시아의 투르크계 민족들과 유사한 경우도 있지만, 유럽인처럼 피부가 흰 위구르인들도 있다.

(자료출처: 위키백과, http://ko.wikipedia.org/wiki/)

후오옌산

쑤궁타 안내를 마친 가이드는 나머지 관광객을 후오옌산(火焰山) 입구에 내려놓았다. 30여 분이나 달려 도착한 '원조' 후오옌산은 『서유기』에 등장하는 '화염산'이다. 부근의 다른 산과는 달리 후오옌산은 모양 자체가 불꽃 모습에 붉은 색상을 하고 있어 말 그대로 산이 불에 타고 있는 형상이었다. 천불동이 후오옌산 앞에 자리하고 있었다. 우리 일행은 후오옌산 입구에 내려 계곡의 흔들다리를 건넜다. 다리 아래 개울에는 비록 누런 황토색이기는 해도 제법 많은 물이 세차게 흐르고 있었다. 수천 년 전부터 사람들은 이 사막지대에 개울물이 흐르도록 하고 이 물을 이용해 계곡에서 포도 농사를 해 왔다고 한다. 개울 주위에는 푸른 포도밭이 제법 넓게 자리하고 있었다.

관광안내원의 안내를 받으며 후오옌산 쪽으로 오르니 크고 작은 뽕나무가 자라고 있었다. 그늘 아래에 들어서니 건조해서 그런지 덥기는 해도 큰 더위는 느낄 수 없었다. 거대한 뽕나무 가지에 안내판이 걸려 있어서 자세히 보니 '천년고상(千年古桑)'이라고 쓰여 있었다. 수령이 1,000년이 된 뽕나무 두 그루가 있었다. 안내원은 뽕나무의 오디를 따주면서 먹어보라했는데 건조지역이라 그런지 아주 달았다. 오디가 검은 것만 있는 줄 알았는데 흰 오디도 있었다. 역시 아주 달았다. 일행은 잠시 동안 오디를 따먹느라 정신이 없었다. 이 불구덩이 같은 후오옌산 산자락 천 년 묵은 뽕나무 그늘 아래에서 그 나무의 오디를 따먹는다는 사실에 괜히 흥분됐다. 안내원은 우리를 '우마왕동굴(牛魔王洞)'로 안내하였다. 30m가 넘는 길이의 이 동굴은 안에 아무런 불빛이 없었다. 벽에 손을 붙인 채 앞을 더듬어 걸어가야 했다. 핸드폰을 꺼내 희미한 빛을 비추기 전에는 모두가 눈 뜬 장님이 된 기분이었다.

이 동굴의 끝 부분에 이르자 후오옌산으로 오르는 1층 높이의 회전식 나

▲ '계단길이 600m, 1,308계단, 여름 평균기온 45
도, 심장병, 고혈압, 고소공포증 환자 등산 엄금…'
◀후오옌산의 나무계단
▼후오옌산 아래에도 생명수인 개울물이 흐르
고 있었다.

무계단이 있었다. 이 계단을 오르자 후오옌산 정상 바로 아랫부분까지 오
를 수 있도록 나무계단이 만들어져 있었다.

안내원은 나에게 후오옌산 등산 계단 아랫부분에 있는 비석까지만 가면
그래도 좋은 전망을 볼 수 있으니 가서 사진을 찍고 오라고 하였다. 함께
여행을 나선 전 목사는 혈압이 높아 가지 못했다. 호기심에 가득 찬 나는
후오옌산 가장자리의 비석까지 올라갔다. 복사열까지 고려하면 60－70도에
달하는 더위 때문에 조금 힘이 들었다. 다행히도 습도는 높지 않아 견딜 만
했다. 후오옌산을 내려와 주차장으로 가니 그 옆에 문이 달린 몇 개의 공간

이 있었다. 물어보니 여관이라고 하였다. 방 안으로 들어가 보라고 하기에 들어가니 흙집이라 그런지 시원한 편이었다. 토굴을 파고 거기에 방을 여러 개 만들어 놓은 것이었다. 이곳의 여행자들은 한낮에 여기서 더위를 식힌 후 해질 무렵에 후오옌산 계단을 오르는 것 같았다. 후오옌산 입구에는 천불동이 있었다. 후오옌산이 『서유기』와 관계가 있는지라 삼장법사와 손오공, 저팔계 등을 조각한 동상을 많이 볼 수 있었다.

일행은 다시 차를 돌려 다른 일행이 기다리고 있는 후오옌산으로 갔다. 후오옌산은 하나의 봉우리를 지칭하는 것이 아니라 산맥을 의미하였다. 투루판 분지의 북쪽에 위치한 후오옌산은 총 길이 100km, 폭 9km, 평균높이 500m의 거대한 산괴(山塊)로 풀 한 포기가 자라지 않는 '불덩어리' 산맥이었다. 입구의 유료 관람관에 들어서니 『서유기』의 내용을 조각한 석판, 후오옌산 모형, 손오공의 여의봉을 본뜬 거대한 온도계 등이 있었다. 후오옌산의 최고 높이는 851m였는데 그 아래 계곡에는 사람들이 마을을 이루며 살고 있었다. 여의봉에 나타난 후오옌산 아래 이곳의 온도는 섭씨 61.5도였다. 우리는 후오옌산을 배경으로 사진을 찍고 있었는데 전통 복장을 한 위구르 아가씨가 미소를 띠며 슬그머니 다가와 사진을 함께 찍었다.

푸타오거우

다음 방문지는 투루판 푸타오거우(葡萄溝)였다. 곳곳에 낮은 키의 포도덩굴이 대낮의 열기를 머금은 채 푸르름을 토해내고 있었다. 투루판 전체가 포도산지라고 해도 좋을 정도로 포도밭이 많았는데, 이곳의 기후는 무덥지만 지하수가 비교적 풍부한 편이어서 포도, 수박, 하미과가 많이 나고, 건조하고 비가 적게 오기 때문에 과일의 당도가 높다고 한다. 투루판 교외에서 7km 떨어진 곳에 포도골이 조성되어 있는데, 약 8,000여 미터 길이의 이 포도골에는 시냇물이 흐르고 그 양 옆으로 포도넝쿨이 우거져 있

1. 삼장법사의 흔적을 빚은 천불동 2. 불덩어리 산맥 흐오엔산 3. 푸타오거우 입구
4. 푸타오거우의 포도넝쿨 5. 위구르족 전통 의상을 입고 춤을 추는 여인

었다. 언덕 위 곳곳에는 농가들이 자리 잡고 또 높은 곳에는 바람이 통하
도록 벽돌사이에 구멍이 숭숭 뚫린 포도 건조장이 여기저기 지어져 있었
다. 400여 정보의 이 포도골에는 현재 씨 없는 흰 포도, 검은 포도, 자색
포도 등 수십 가지의 품종이 있고 연간 6천여 톤의 생산한다고 하는데, 그
중 씨 없는 청포도가 특히 달고 맛있어 국제 시장에서 중국의 녹색 진주로
불린다고 한다.

(자료참고: 주한 중국대사관 홈페이지 중국명승고적)

　수확철에 직접 맛보는 포도 맛은 일품이라고 하는데 철이 아니라 아쉬웠
다. 푸타오거우 내에는 그렇게 크지는 않았지만 자그만 수로를 따라 비교
적 맑은 물이 빠른 속도로 흐르고 있었다. 호기심에 손을 넣어보니 제법 차
가웠다. 이 사막지대에서 관개수로를 만들어서 중국 제일의 포도밭을 일군
그들의 정신력에 경의를 표하고 싶었다. 포도농장 내 위구르족의 관광객용
'서민집'과 '부잣집'을 들렀다. 부잣집의 실내는 과연 화려하였다. 내부 장
식과 조각들이 섬세하였다. 안내원으로 보이는 젊은 여성들이 집 앞에 서
있기에 물으니 위구르족이라 하였다. 한국인이라고 하니 반가워했다.

　푸타오거우를 나온 승합차는 부근의 포도농장으로 향했다. 농장 주인은
화미과와 수박을 대접하고 아리따운 아가씨의 위구르 전통 춤을 보여주었
다. 머리와 몸통이 따로인 것처럼 움직이는 동작이 신기했다.

푸른 기운에 흠뻑 빠져들기

티엔산티엔츠

신장지역 여행의 두 번째 날. 우리를 데리러 올 관광가이드를 기다리다 우루무치 시내를 촬영하러 호텔 밖으로 나섰다. 항저우 같은 경우엔 이 시간에 이미 업무가 시작되는데 여기는 저녁 늦게 해가 져서 그런지 일상적인 업무 시작 시간도 늦는 것 같았다. 출근시간의 모습은 세계 어디나 비슷하였다.

8시 40분경에 버스는 호텔을 출발하였다. 출근시간이라 많은 사람들이 버스정류장에서 차를 기다리는 모습이 보였다. 우루무치는 서북지역의 교통요지라 그런지 생각보다 번화하였다. 버스는 시내 중심가를 통과하여 동쪽으로 달렸다. 지도를 보니 티엔산티엔츠(天山天池)는 우루무치에서 동쪽으로 110km 떨어진 곳에 위치해 있었다. 티엔산티엔츠로 향하는 고속도로 주변

위구르 자치구의 사막지형과 회오리바람

수십 마리의 양떼

도 역시 사막지형이었다. 사막화를 막느라고 고속도로 주변에 인공조림한 야산이 제법 많이 보였다. 고속도로 우측의 저 멀리에는 천산산맥이 만년설을 머리에 이고 있었다.

티엔산티엔츠로 오르는 도로에 들어서니 서서히 풀과 나무의 푸른 기운이 나타났다. 제법 너른 개울에는 맑은 물이 흐르고 있었다. 승합차는 몽고족 문화촌을 들렀다. 우리 일행은 몽고인들의 빠오 생활과 삶의 면모를 구경하였다. 빠오에 안내되어 들어가니 이미 대여섯 명의 사람들이 앉아 있었다. 양젖에 차를 넣은 음료와 몽고족의 전통 간식거리가 부채꼴 형의 탁자 위에 놓여져 있었다. 잠시 후 몽골족 전통 의상을 입은 두 명의 여성이 들어와 고유의 음악을 틀어놓고 전통 춤을 신나게 추었다. 몇 군데의 빠오를 둘러보며 개울가에서 일행을 기다리는 동안 수십 마리의 양떼가 목동의 인도 하에 개울가를 이동하는 모습을 보기도 하고, 이슬람 모자를 쓴 노인이 말을 타고 어디론가 가는 모습도 보였다.

천지 입구에 다다르니 눈이 부실 정도로 햇살이 강했고 공기가 맑았다. 티엔산티엔츠 입구의 관광객 안내센터의 중국식 건물은 중국다운 아름다움과 거대함을 보여주었다. 입구를 지나 천지 전용 관광버스 편으로 천지 아래 부근까지 다다르는 동안 침엽수림은 청정지대에서 볼 수 있는 녹색의 극치를 보여주었다. 해발 고도가 비슷한 미국의 그랜드 캐년 가는 길이나

  중국 대륙을 탐하다

1. 티엔산티엔츠 입구의 관광객 안내센터   2. 티엔산티엔츠가의 도교사원
3. 티엔산티엔츠 아래 있는 천연호수

서부지역 국립공원 접근 도로의 침엽수림과 비슷하다는 생각이 들었다.

국가명승구인 티엔산티엔츠는 해발 5,445m의 보거다산 기슭에 있는 천연호수로, 해발고도가 1,980m라고 하였다. 길이 3,400m, 폭 1,500m의 천지 수면에는 만년설을 봉우리에 이고 있는 산 그림자가 투영되어 있어 아름다움이 더했다. 우린 천지를 떠다니는 유람선에 몸을 실었다. 중국에서 누런 황토색의 물만 보다가 비취처럼 푸른 물을 보니 새삼스러웠다. 천지가 제법 넓은 호수인지라 바람이 불면 파도가 일기도 하였다.

천지 호수를 한 바퀴 돈 유람선은 도교사원 아래의 부두에 정박하였다.

티엔산티엔츠와 보거다 산맥의 설산

이미 많은 관광객들이 천지기슭의 사원에 오르느라 계단은 복잡하였다. 상투 비슷한 것을 머리에 튼 검은 제복의 도사들이 여러 명 보였다. 일부 도사들은 사무실 비슷한 각자의 좁은 공간에서 관광객과 대화를 하고 있었는데 아마도 점을 봐주는 것 같았다. 중국인들의 기복 신앙은 여기서도 볼 수 있었다. 검은 글씨가 새겨진 누런 끈을 하나씩 받아들고 사원 본당의 좌측에 있는 종을 세 번 친 후에 끈을 기둥이나 난간에 묶으면 소원이 성취된다고 가이드가 설명해 주었다. 시계를 보니 티엔산티엔츠 도교사원의 해발고도는 1,920m였다. 도교사원 정박장부터 유람선이 출발한 부두까지는 잔도가 설치되어 있어 걸어서도 접근할 수 있도록 하였다. 잔도는 황산과 삼청산에서도 많이 볼 수 있는 중국만의 특색이 나타나는 '길'이었다. 다시 천지 입구로 걸어 내려오며 가이드는 천지 아래 계곡을 세차게 흐르는 계곡물은 600년 전에 내린 눈이 녹아 흐르는 것이라고 설명하였다. 천지 입구에서 주차장까지는 두 사람씩 앉는 케이블카를 탔다. 10분이 넘는 시간동안 내려가며 산 아래의 절경을 보는 것도 묘미가 있었다.

　중국 대륙을 탐하다

불교미술의 보고 둔황

우루무치역에서 탄 열차는 밤새 825km를 달려 예정시간보다 30분가량 늦은 9시 20분 류위엔(柳園)역에 도착하였다. 류위엔역은 생각보다 작은 역이었다. 출구로 나가니 가이드가 우리를 기다리고 있었다. 우리가 탄 승합차는 둔황(敦煌)을 향해 내달렸다. 지도를 보니 류위엔역에서 둔황까지 130km가 완전히 일직선이었고, 실제로 도로 끝이 지평선 너머까지 이어졌다.

모가오쿠

둔황과 관련된 자료나 책을 볼 때면 반드시 와 보리라 생각했던 모가오쿠(莫高窟) 부근으로 들어서자 가슴이 벅찼다. 세계문화유산이자 중국 4대 석굴의 하나로 꼽히는 불교미술의 보고로 둔황학(敦煌學)이라는 분야까지 만들어낸 모가오쿠를 멀리서 보는 순간 묘한 떨림을 느꼈다. 모가오쿠 입구의 일주문은 약간 색이 바래 고풍스러운 맛을 풍겼다. 아마도 중수와 재건을 거치면서 이 일주문은 온몸으로 풍상을 맞이하며 그 자리에 오랫동안 서 있었으리라. 다만 인걸만 사라졌을 뿐.

모가오쿠는 사막 한가운데 있는 절벽에 자리 잡고 있었다. 모가오쿠에는 길이 1.6km의 모래 암벽에 1,000여 개의 석굴이 있는데 현재 확인된 석굴은

모가오쿠 입구

600여 개로 그 중 492개의 석굴에 불상이나 불화가 있다고 하였다. 이 석굴은 짧은 기간 동안에 조성된 것이 아니라 1,000여 년에 걸쳐 만들어진 것이었다. 처음 만들어진 것은 서기 366년 낙준(樂僔)이라는 수행승이 노을에 금색으로 빛나는 바위산인 삼위산(三危山)에서 부처의 모습을 본 데서 시작되었다고 하는데, 여기에 감실 하나를 파고 자신의 수행처로 삼았다고 한다. 그 후 원대(元代)에 이르기까지 1000년 동안 꾸준히 석굴이 만들어져 왔다는 것이다. 모가오쿠는 북위(北魏)·서위(西魏)·북주(北周)·수(隨)·당(唐)·송(宋)·원(元)에 이르는 13세기까지 만들어져 명(明)·청(靑)에 이르기까지 중국의 역사를 통해 보수와 복원작업이 이어진 세계 최대 규모의 석굴군이다.

전시관에 게시된 자료를 보니 모가오쿠는 군대를 제대한 후 도교에 입문하여 이곳에서 수행하던 도사 왕원록(王圓籙)이 청나라 광희 연간에 우연히 발견하였다고 한다.

모가오쿠의 석상은 2,400여 개, 벽화의 총면적은 45,000m^{2}에 달한다고 한다. 이곳에 있는 492개의 동굴 중 수나라 이전의 것이 120개, 수나라 때의 것이 140개, 당나라 때의 것이 111개, 오나라 때의 것이 7개, 그리고 송나라와 원나라 때의 것이 35개이라고 한다. 각 시대에 따른 석굴의 구조, 조각과 벽화의 양식이 제각각이어서 한 곳에서 이렇게 중국 불교미술사를 한눈에 볼 수 있을 정도이다. 서기 366년, 동진(東秦)의 낙존 스님이 동굴사원 건축을 시작한 이후, 북위, 서위, 북주, 수, 당, 송, 원나라 때까지 1,000여 년 동안 약 700여 개의 석굴이 만들어졌고, 그 중 천연색 불상과 벽화가 들어 있는 굴이 492개라고 한다. 대부분의 불상은 흙으로 만든 후, 그 위에 석회를 입히고 색을 칠한 소조불상(塑造佛像)이고, 벽화는 석회를 칠한 벽면 위에 다채로운 색채로 불교회화를 묘사했다고 한다. 모가오쿠에 있는 석굴 중에서 뻥 뚫린 곳은 약탈된 곳이란다.

(자료참고 : http://jhdae.com.ne.kr/silkroad3)

모가오쿠가 세상에 널리 알려진 것은 1907년 영국의 고고학자 마크 오렐 스타인과 그 다음 해 프랑스의 동양학자 폴 펠리오에 의해서라고 한다. 당시 스타인은 약 6,000여 점의 고미술품과 고사본을 입수하여 40마리의 낙타에 싣고 영국으로 돌아갔으며, 7년 후 다시 찾았을 때도 경전류 600여 권을 가지고 갔는데 지금 이들 유물은 대영박물관과 대영도서관에 소장되어 있다. 펠리오는 약 6,600점의 경전류를 사들여 프랑스로 가져갔는데 지금 프랑스국립도서관과 기메미술관에 소장되어 있다고 한다. 일본의 오타니는 자기 휘하의 다치바나 즈이초와 요시카와 고이치로 두 사람을 둔황에 보내 1,000여 점의 둔황 문서를 입수하여 귀국하였는데, 현지 이들 문서는 류코쿠대학, 도쿄국립박물관, 한국국립박물관, 뤼순박물관 등이 소장하고 있다.

시기별로 관람할 수 있는 석굴이 달라 그런지 우리가 갔을 때 모가오쿠 전문 관광안내원은 16굴과 17굴, 427굴과 428굴, 96굴과 100굴, 148굴과 130굴, 그리고 94굴의 출입문 자물쇠를 차례로 열어 우리에게 설명해주었다. 일부 석굴을 제외한 대부분의 석굴에는 유물을 보존하기 위하여 조명이 설

흙으로 만든 세계 최대의 불상이 있는 모가오쿠 제96굴 북대굴

치되어 있지 않고 안내원이나 관람객이 비추는 손전등에 의해서 살펴볼 수 있을 뿐이었다. 외부촬영만 가능할 뿐 당연히 플래쉬가 터지는 사진촬영도 금지되었다. 또한 관람객들이 벽화를 손으로 만져 훼손되지 않도록 유리로 만든 보호판이 설치되어 있었다. 비록 늦기는 했지만 세계적인 유산인 이 곳을 보호하기 위한 적절한 조처로 생각되었다.

안내원은 가장 먼저 세기의 대발견이라 불리는 제16굴과 제17굴로 우리를 안내하였다. 왕원록은 이 16굴 안에 있는 조그만 굴인 제17굴에서 5만여 점의 경전과 서화를 발견하였다고 한다. 제16굴은 사방 15m 정도의 규모였다. 굴 안에는 제자 가섭과 아난을 거느린 석가모니상이 자리 잡고 있었다. 수많은 경전이 보관되어 있었던 제17굴 중앙에는 당나라 승려 '홍변'의 소상이 안치되어 있었다. 이 굴의 주인공인 홍변의 속성(俗姓)은 오, 즉 오화상, 오승통(吳僧統)이다. 본적에 대한 상세한 자료는 전해지지 않고, 둔황의 구족(舊族)은 아닌 듯하다. 어려서 출가하여 불법을 잘 지키고 불사에 충실하였다 한다. 이민족의 언어와 티베트어를 익혀 뛰어난 역경승이 되어 십수 년간 역장사원의 귀족자제학교에서 문화교육과 기타 종교적인 사무를 주관하게 된다. 홍변이 세상을 떠난 후 그의 문하의 승려들과 오성의 본

가에서 사묘의 늠실(廩室, 양식을 보관하는 장소)을 홍변의 기념 사당으로 바꾸었고, 이곳이 지금의 편목 번호 제17호굴인 장경동(藏經洞)이다.

장경동에서 나온 문물은 3세기에서 11세기에 걸쳐 만들어진 관청, 사원, 사가의 고사본 및 각본 등이다. 이 문서는 불교, 도교, 마니교, 경교의 문헌과 유가의 전적, 문학자료, 정치 군사자료, 사회 · 경제자료, 역사 · 지리자료, 천문, 인쇄술, 의학 등의 과학기술 자료를 내용으로 하고 있다. 그리고 다량의 한문 자료, 티베트 문자, 위구르 문자, 소그드 문자, 투르크 문자, 산스크리트 문자 등 많은 소수민족의 문자로 된 각종 경전 필사본, 불화 판화, 탁본 등이 포함되어있다. 그러므로 장경동의 발견은 중국 문화사와 20세기 인류문화사에서 대단한 발견임에 틀림없다고 할 것이다.

(자료참고 : http://blog.naver.com/envoler)

뒤이어 관람한 제427굴에는 입구에 여섯 개의 금강역사상이 있었다. 불교에 대해 무지한 나로서는 사천왕상에 대해서는 익히 들은 바 있지만 험악한 얼굴을 한 여섯 금강역사상이 자리한 것은 처음 보았다. 육천왕상을 지나니 굴의 안쪽 정면 좌우에는 불상이 각각 셋씩 모셔져 있었다.

다음으로 찾은 석굴은 제428석굴이었다. 이 굴의 중앙에는 다른 굴과는 달리 부처상이 안치되어 있고, 4면에 섬세하게 부처상이 조각되어 중앙의 부처상 주위를 돌 수 있도록 되어 있었고 굴의 벽면에는 여러 유형의 부처상이 섬세하게 채색화로 그려져 있었다. 석굴 앞의 안내판을 보니 이 굴은 북주(北周, 557–581) 시기 최대의 석굴로 남벽은 비로자나불, 서벽은 열반오(涅槃悟), 북벽은 항마변(降魔變), 동벽에는 고사(古事)가 그려져 있다고 설명되어 있었다.

다음으로 안내원은 우리를 북대굴(北大窟)로 불리는 제96석굴로 안내하였다. 여행객들은 입구에 들어서는 순간부터 본존불로 모셔져 있는 미륵불의 거대함에 입을 다물지 못했다. 96굴은 당대(唐代) 초기에 조성된 석굴로 밖에서 보면 9층탑 누각 안에 미륵불을 모신 석굴이었다. 96굴은 1999년에 발굴된 석굴로, 석굴 안에 모셔진 미륵불은 흙으로 만든 불상 중에서는 세계

사막 한가운데 있는 절벽에 자리잡은 석굴들,
1000년 동안 꾸준히 만들어진 석굴에는 입구마다 고유번호가 붙어 있었다.

최대인 35.5m라고 하였다. 다른 석굴 내에 있는 크고 작은 불상과는 비교가 되지 않을 정도의 거대한 불상을 조성한 당시 사람들의 독실한 신앙에 토대한 불교예술, 건축 기술이 놀라울 따름이었다. 이 미륵불은 밖에서 만들어 와서 안치한 것이 아니라 거대한 자연석을 조각해 놓고 세세한 부분은 목재와 진흙으로 처리한 것이었다.

이 석굴의 본존불인 미래의 부처님 미륵불은 의도적으로 만들어진 것으로 알려져 있다. 남편이 죽자 아들로부터 천자(황제) 자리를 강제로 선양 받은 측천무후가, 세상의 모든 것을 비춰 보는 지혜를 거울에 비유하여 설하는 불경인 대원경(大圓鏡)을 변경하여, 측천무후 자신이 미륵불이라며 천자의 정체성을 부여할 목적으로 석굴을 건립케 한 것으로 알려진다. 그 증거로 미륵불이 두르고 있는 대가사(大袈裟)의 왼쪽이 천자를 상징하는 용포(龍袍)로, 오른쪽이 가사 문양으로 되어있다.

다음으로 우리는 제130굴로 안내되었다. 이 굴은 둔황을 대표하는 우아한 불상이 안치되어 있는 성당기(盛唐期) 때 석굴이다. 이 굴의 본존불인 미륵불은 높이 25m, 본존불 좌·우의 보살상이 17m로, 둔황 석굴에 있는 보살상 가운데서 가장 큰 규모라고 하였다. 석굴 안을 장식하고 있는 벽화는 흑색과 녹색으로 그려졌는데 살아있는 듯이 아주 섬세하고 생동감 있게 묘사되어 있었다.

 중국 대륙을 탐하다

이 그림은 서하시대 때 재색(再色)한 것으로 재색과 보수란 다름이 아니고, 원래 있던 벽화를 예리한 도구로 마구 긁어내고는 그 위에 벽토와 석회 같은 것으로 미장을 한 후 다시 그림을 그려 넣는 것을 의미한단다. 미완성인 벽화 아래 그려진 원래 벽화가 훨씬 아름답고 예술적 가치가 느껴지는데, 왜 뒤집어씌우느냐는 질문에 왕조가 바뀌고 지배민족이 바뀔 경우 이전의 유산들은 새로운 지배자들에게 아무런 의미를 가지지 못할 뿐만 아니라 오히려 청산해야 하는 존재들로 여겨지는 데서 연유한다고 했다. 미륵불 좌우에 그려진 검은 색의 그림은 약간 섬뜩한 느낌이 들 정도로 실감나게 그려져 있었다.

(자료참고: http://cafe.naver.com/arehantr/376)

뒤이어 우리는 거대한 와불상(臥佛像)이 안치되어 있는 148굴로 들어갔다. 길이 15m는 되어 보이는 이 와불은 성당(盛唐) 시대인 대력(大曆) 11년(775년)에 건립된 것으로 와불상 뒤편에는 석가모니의 10대 제자와 여러 승려상들이 자리 잡고 있었다.

항상 언젠가는 오고 싶은 곳으로 마음에 새겨두었던 이 둔황석굴을 눈으로 직접 확인하고 돌아서는 나의 발걸음은 가벼웠다. 상하이 문필가 "위치우위가 위대한 예술은 자신의 일방적인 생명만을 보여주는 것이 아니다. 그것들은 보는 이들을 위해 존재하며, 또한 그들을 고대하고 있다"고 말한 바 있듯이 둔황석굴들은 자신의 생명을 보여주기도 했지만, 이역만리에서 찾아온 나그네들을 기다리고 있는 듯했다. 모가오쿠가 오랜 세월동안 그 자리에 머물기는 했지만 자신의 얼굴을 드러낼 때 그 가치가 더욱 드러나는 것이다. 이 사막지대의 절벽에다 1000여 년에 걸쳐 조성한 모가오쿠는 분명 체제와 이념을 떠나 세계의 모든 사람들이 영구히 보존해야 할 인류의 유산임이 분명했다. 비록 모가오쿠 전체를 다 보지 못하여 아쉬움이 컸지만 석굴과 토굴이 그렇게 시원한 줄은 그때 처음 알았다. 아마 겨울에는 틀림없이 따뜻했을 것이라는 생각이 들었다.

사막의 모래산을 오르다

밍사산과 웨야취안

둔황의 모가오쿠를 보았다는 뿌듯함을 뒤로 하고 밍사산(鳴沙山)과 웨야취안(月牙泉)을 찾았다. 가는 길에 보니 둔황역은 제법 웅장한 자태를 뽐내고 있었지만, 둔황 공항은 항공기의 굉음이 전혀 나지 않는 사막 한가운데 달랑 만들어진 한산한 곳이었다.

밍사산과 웨야취안은 모가오쿠에서 멀지 않은 곳에 있었다. 방문 전 생각하기에는 이 두 곳이 따로 떨어진 곳에 있는 줄 알았으나 같은 출입구 안에 있었다. 웨야취안은 도심에서 아주 멀리 떨어진 사막 한가운데 오아시스로 자리 잡고 있는 것이 아니라 도심에서 불과 5km밖에 떨어져 있지 않았다. 물론 먼 옛날 서역을 향하던 사람들이 이곳을 지날 때는 당연히 사막 한가운데 있는 오아시스였으리라. 밍사산 입구에 내린 우리 일행은 밍사산을 오른다는 기대로 들떠 물을 챙기고, 무릎까지 오는 황색 모래 신발을 빌려 신는 등 완전무장을 하였다.

입구의 안내판을 보니 밍사산은 사막 가운데의 모래언덕, 즉 사구로 진(晉)나라 때부터 밍사산으로 불렸다고 한다. 밍사산은 동서길이 40km, 남북길이 20km의 사막 모래산으로 주봉의 높이는 해발 1,715m라고 하였다. 부

밍사산 웨야취안 입구

근의 해발고도가 1,150m 정도 되니 주봉의 상대 높이는 565m인 셈이었다.

밍사산 안으로 우리를 인도한 안내원은 우리에게 모래 위를 달리는 4륜구동 오토바이를 탈 것을 권했다. 그런데 우리는 낙타를 타고 싶었다. 다른 여행객들이 낙타를 타고 밍사산을 오르는 모습이 신기했다. 그리고 낙타를 타고 웨야취안까지 다녀온다는 낙타 마부의 말에 시간도 절약할 겸 타보기로 하였다. 그러나 안내원은 약간 당혹스런 표정을 지었다. 시간이 많이 소요된다는 말이 우리에게 정확히 전달되지 못했고, 우리 팀의 출발시간을 알아듣지 못한 것이 화근이었다.

그래도 결국 낙타를 타고 5명이 한 조가 되어 마부의 인솔로 밍사산으로 출발하였다. 말을 타 보지도 않았지만 사막의 배라는 낙타를 타고 가는 것은 특이한 경험이었다. 나에게는 덩치가 작은 어린 낙타가 배당되었다. 후미에서 따라가던 나의 어린 낙타는 바로 앞에 있는 놈이 어미인지 자꾸 그쪽으로 붙었다. 자세히 보니 소의 코뚜레처럼 낙타의 코에도 구멍을 뚫어 줄을 묶은 나무막대기를 꽂아두었다.

낙타는 느리기는 했지만 모래에 발이 빠지지는 않았다. 아주 넓적한 발

모래 미끄러지는 소리가 '모래(沙)가 우는(鳴) 것 같다' 하여 이름 붙여진 밍사산의 모습

을 가지고 있었기 때문일 것이다. 내가 탄 낙타는 처음에는 잘 가더니 모래산 오르막에서는 힘이 드는지 콧바람을 내기 시작했다. 모래산 중턱에 올라 잠시 쉬었다. 이미 많은 낙타들이 도착하여 쉬고 있었다. 몸을 완전히 모래바닥에 누이고 뻗어서 쉬는 녀석도 있었다. 우리와 함께 온 신혼부부는 모래언덕 미끄럼틀을 타려는지 모래산에 만들어진 계단에서 장난을 치며 느릿느릿 오르고 있었다. 우리의 어린 마부에게 같이 온 일행이 우리를 기다리고 있어서 빨리 가야한다고 말하니 신혼부부가 와야 갈 수 있다고 하며 기다리라고 하였다. 잠시 기다리며 대화를 나누었다. 그는 한국인 관광객들이 있기는 하지만 예전과는 달리 많지는 않다고 했다. 왠지 순수하고 낙천적인 평화스러운 모습의 마부는 한족이라고 하였다.

바람에 모래 날리는 소리가 산이 울고 있는 것 같다고 하여 이름 붙여진 밍사산. 그 기슭에 웨야취안이 자리 잡고 있었다. 웨야취안은 그 모습이 마치 초승달 같다 하여 붙여진 이름이었다. 옛날에는 웨야취안을 '사막샘(沙

낙타를 타고 웨야취안을 돌아보며 망사산으로…

#)' 이라 부르다가 청나라 때부터 웨야취안이라 부르기 시작했다고 하였다. 웨야취안의 면적은 13.5무(畝), 1무는 약 200평으로 660㎡, 길이는 218m, 폭은 54m, 평균 깊이는 4.2m라고 한다. 사막 한가운데 있으면서도 3,000년 동안 마르지 않았고, 수천 년 동안의 모래폭풍 속에서도 결코 모래에 묻히지 않은 신비로운 오아시스였다.

그곳은 사막 한가운데 있었지만 개울에 물이 흐르고 푸른 초목들도 풍부하게 자라고 있었다. 나중에 알고 보니 이곳의 주요 관광지는 밍사산이 아닌 웨야취안이었다. 가까이 다가가면서 보니 사구의 언덕 기슭 사진에서 보았던 중국식 누각이 푸른 나무에 둘러싸여 있었다. 그 앞에는 초승달 모양의 호수가 자리하고 있었다. 사진으로 보고 언젠가는 꼭 와보고 싶었던 그 곳이 눈앞에 펼쳐져 있다니! 사막의 열기 속에서도, 태고의 적막 속에서도, 그리고 한겨울의 냉기 속에서도 그 자리를 지키고 있었던 오아시스 웨야취안과 누각이 바로 눈앞에 있었다. 비록 웨야취안 누각이 세워진 것은

1. 소의 코뚜레처럼 낙타의 코에도…….　2. 4층 누각의 이름은 월천각(月泉閣)이었다.

 중국 대륙을 탐하다

"우리들의 미래를 위하여, 청컨대 당신께서는 한 방울의 물도 보배처럼 아껴 주시기를(爲了我們的未來, 請您珍惜每一滴水)."

최근의 일이겠지만 사막 한가운데 오아시스와 모래 언덕과 완벽한 조화를 이루도록 건축하기란 결코 쉬운 일이 아닌데 호수의 크기와도 조화를 이루고 있었다.

발이 모래에 푹푹 빠져 힘이 들었지만 부지런히 웨야취안 전체를 한 바퀴 돌았다. 웨야취안을 한 바퀴 돌며 물속을 자세히 들여다보니 조그만 물고기들이 시원함을 즐기고 있었다. 웨야취안을 한 바퀴 돌아 누각 입구에 이르니 낙타모양을 한 안내판에 이런 글이 새겨져 있었다. "우리들의 미래를 위하여, 청컨대 당신께서는 한 방울의 물도 보배처럼 아껴 주시기를(爲了我們的未來, 請您珍惜每一滴水)." 사막의 목마름과 물 한 방울의 귀함을 몇 마디로 압축해 놓은 글이었다. 웨야취안을 한 바퀴 돌면서 보니 이곳은 해 질녘의 풍광이 더 아름다울 것 같다는 생각이 들었다. 시간이 없어 누각 위로 올라가지는 못했다. 감격에 겨워 누각의 기둥에 잠시 손을 대고 눈을 감았다. 사랑하는 사람의 손을 부여잡고 놓기 싫은 심정이 이런 것일까. 그러나 우리를 재촉하는 사람들 때문에 이곳을 떠나지 않을 수 없었다. 누각 앞에는 수백 평은 될 듯한 푸른 잔디밭이 조성되어 있었다. 미국 캘리포니아 사막 한가운데서도 물을 끌어 들여 잔디를 가꾸고 골프장을 만든 것을 보았지만, 웨야취안의 잔디밭은 다른 의미를 갖는 것이었다. 자연과 인공의 조화가 완벽하게 이루어진 결과였다.

가이드에게서 또 전화가 왔다. 지금 웨야취안을 떠나 버스 정류장으로 가고 있다고 대답하였다. 웨야취안에서 입구까지 낙타를 타야 빠르게 갈 수 있지만 우리의 마부는 보이지 않았다. 입구까지 모래사막을 근 1km 지나가는 동안 온몸은 땀으로 범벅이 되었다. 인도를 지나가던 몇몇 사람들이 무슨 사고가 난 것인 양 의아한 눈으로 우리를 쳐다 볼 정도였다. 전 목사도 지쳤는지 힘들게 따라왔다. 시간에 쫓기니 길은 왜 그렇게도 먼지 원. 조금 편하자고 낙타를 탔는데 더 힘든 꼴이 되었다. 평생 잊을 수 없는 추억을 만든 셈이었다. 버스 주차장 부근에 다다르니 가이드가 기다리고 있었다. 마부의 설명을 들어서 내용은 잘 알고 있다고 하였다. 이유야 어쨌든 우리 때문에 다른 관광객들이 한 시간 정도나 기다렸으니 너무 미안했다.

비단길의 관문 자위관

자위관(嘉峪關)은 5A급 국가중점 보호문물이다. 자위관 입구의 해발 고도는 1,720m였다. 서역의 '비단길'로 가기 위해서는 반드시 거쳐야 했던 자위관. 서역의 침략자들을 막고, 이 지역을 드나드는 사람들을 검문하기 위해 세워진 성벽이자 관문. 자위관은 발해만에서 타클라마칸 사막에까지 이르는 7,200km 만리장성의 서부 종점으로 지금의 건축물들은 1372년 명나라의 홍무제 때 세운 것이라고 한다. 치렌산맥 자락인 원슈산(文殊山)과 헤이산(黑山)의 아름다운 골짜기 사이에 있는 관문이라고 하여 아름다울 '가(嘉)', 골짜기 '욕(峪)'을 붙여 자위관(嘉峪關)이라 이름 붙였다. 자위관은 내성(內城)·옹성(甕城)·나성(羅城)·외성(外城)·성루(城樓)의 다섯 부분으로 이루어져 있다. 1987년에 유네스코 세계문화유산으로 등록된 자위관 안에는 여러 채의 크고 작은 누각이 위용을 뽐내고 있었다.

자위관은 웅장했다. 사막의 한가운데에 넓은 언덕을 만들어 그 위에 성을 쌓고 누각을 세운 것이었다. 우뚝 솟은 성벽과 누각은 보는 이를 압도하였다. 성벽은 부근의 누런 흙과 그 흙으로 구운 벽돌로 쌓았다.

자위관 성 안으로 들어가는 좌측 연도의 지붕만 있는 건물에는 각종 기념비가 있었다. 그 중에서 눈길을 끄는 것은 '위진화하(威震華夏)'라는 비석이었다. 직역하면 '중국의 위세를 떨친다'는 의미로, 두 가지로 해석할 수 있다.

만리장성의 서쪽 끝 관문 자위관

첫 번째는 중국의 힘을 외부세계로 돌려 팽창한다는 뜻이고, 두 번째는 외부에서 침략하는 세력에 대해 중국의 위력을 보여준다는 의미인데, 국가의 힘이 강할 때는 팽창하고 약할 때는 위축되는 것이 세계 역사의 흐름이었음을 감안한다면 중국도 여기에서 예외일 수는 없을 것이라는 생각이 들었다.

자위관은 내성이 중심 성으로 주변 둘레는 640m이고 면적은 25,000㎡, 높이는 10.7m라고 한다. 내성의 동쪽 입구와 서쪽 입구에 문이 있는데, 동쪽의 문은 '광화문(光化門)'으로 '상서로운 기운이 동쪽에서 일어나 광휘가 두루 비춘다'는 의미를 갖고 있으며, 서쪽의 '유원문(柔遠門)'은 '회유로써 서쪽의 변방까지 안정시킨다'는 의미를 지니고 있다고 한다. 광화문과 유원문 밖에는 옹성이 둘러싸 보호하고 있으며, 자위관 내성 장벽 위에는 성루와 망루, 갑문루 등이 모두 14채가 배치되어 있는데 이 자위관 관성은 만리장성의 수많은 관성 중 보존이 가장 잘 되어 있는 것들 중 하나로 알려져 있다.

가이드의 안내에 따라 성벽 위를 올라 주위를 둘러보니 사방이 한눈에 들어왔다. 멀리 만년설과 빙하를 이고 있는 웅장한 치렌(祁連)산맥이 보였다. 쿤룬(崑崙)산맥의 동쪽 지맥인 치렌산맥은 길이 1,000km, 너비 200~400km라고 하였다. 치렌산맥의 가장 높은 봉우리는 해발 5,827m의 투안제

봉(團結峰)으로 4,000m이상의 고봉들이 자리 잡고 있었다. 치렌이라는 말은 몽골어로 하늘이라는 의미를 갖고 있다고 한다.

그 옛날 이곳 성벽위에서 경계를 서던 병사들이 그래도 여름이면 치렌산 맥의 흰 눈을 보며 37, 8도의 뜨거운 여름 더위를 이겨낼 수 있었겠지만, 영 하 30도가 훨씬 내려가는 변방의 삭풍 부는 한겨울 추위 속에서는 고향의 가족에 대한 그리움이 강렬했을 것이라는 생각이 들었다. 시계를 보니 자 위관 성벽의 해발고도는 1,745m였다.

요즈음 한국에서는 보기 힘든 많은 제비들이 자위관 안을 날고 있었다. 강남제비라는 말을 들어보았지만 여기는 양자강 이북으로 서역 땅인데 이 곳에서 제비들을 보다니 신기했다.

성벽 위 누각의 부속건물을 보니 5A급 국가중점보호문물이라는 말이 무 색할 정도로 칠이 벗겨지고 퇴색되어 있었다. 이 자위관도 세계인이 보호 해야할 문화유산이라고 본다면 중국 정부나 깐수성 정부의 문화재 보호에 대한 식견이 한심스럽다는 생각이 들었다.

지금도 사막지대의 한가운데 자리 잡고 있지만 명나라 이전에는 더 삭막 했을 이곳에서 사시사철 병사들은 집을 떠나와 숙식을 하며 교대로 서쪽 끝의 상황을 중앙에 보고했을 것이다. 자위관 경비사령관 격인 유격장군이 집무를 하며 가족들과 생활한 '유격장군부(遊擊將軍府)' 내의 안내판에는 명 나라시대 봉화신호표가 기록되어 있었다. 적이 1-100명이 쳐들어왔을 때는 봉화 1회 – 포 소리(鳴炮) 1회, 500인 이상은 각각 2회, 1000명 이상은 3회, 5000명 이상은 4회, 10000명 이상은 각각 5회의 봉화와 포 소리를 내어 신호 를 보내도록 하였다.

유격장군부 입구에는 명 후기 정통제부터 청 말기 광서제 때까지 이곳에 부임했던 유격장군 18명의 이름과 출신지, 근무기간이 기록된 안내판이 있 었다. 유격장군은 한무제 때 처음으로 두었으며, 명대에 변경과 군사 요충 지에 군대를 주둔시키고 그 책임자로 유격장군을 임명했다. 명초에는 품계

1. ‘천하제일웅관’ 이라는 편액이 붙은 문을 지나가다 위를 올려다보니 서울에서 익히 본 ‘光化門’ 이라는 이름이 붙어있었다. ‘왕의 큰 덕이 온 나라를 비춘다’ 는 또 다른 의미로 볼 때 그 문이 반드시 우리나라에만 있어야 할 이유는 없지만 여기서 보니 새삼스런 기분이 들었다. 이 문의 윗자리에 ‘천하제일웅관’ 이라는 편액이 붙은 자위관이 자리 잡고 있었다.
2. 위진화하비   3. 보수가 시급한 누각의 부속건물

가 없이 공신이나 외척가운데 임명하다가 후에 종3품으로 정했다.

자위관 서쪽 끝에도 동쪽의 입구와 똑같이 생긴 3층 누각 아래 성문 위에 '자위관'이라는 편액이 붙어 있었다. 자위관 서쪽 끝으로 나가니 모래와 돌뿐인 황량한 사막만 끝없이 전개되었다.

시인 서지월은 자위관에 오른 감회를 다음과 같이 시로 읊었다.

가욕관 장성에 올라

서지월

아, 해가 지다니
한 시대가 마감하는
빛이 저것이란 말인가

낙타의 발자국소리마저 정지한
사막 위로 눈꺼풀이
덮이는구나

일찍이 하늘은 영웅호걸과
창과 칼 준마를 내려주었거늘
창과 칼 모두 녹슬고 준마마저
어디로 사라졌단 말인가

낙타 방울소리도
시간의 뒷발길질에 밀려나
사막 위에 버려졌단 말인가

아, 해가 지다니
이 밤 지나면 나는
옷자락 펄럭이며 떠나면 그뿐
장성은 빈 껍질로
소리 나지 않는 시간을 깨우려는가

서쪽 끝에서 바라본 자위관의 위용

자위관 인근의 만리장성 일부인 시앤비 장성

시앤비장성과 수문

이제 곧 해가 져서 밤이 오면
뭇 영혼의 별들이
머리 위에 떠서 반짝이겠지

　자위관을 둘러본 일행은 다시 버스를 타고 인근의 시앤비장성(懸壁長成)
으로 행했다. 시앤비장성의 누각이 있는 부분은 검은 벽돌로 지어져 있었
으나, 황토색 벽돌과 황토로 만들어진 시앤비장성도 만리장성의 일부로 산
등성이를 따라 끝없이 이어져 있었다. 여기는 관광객이 많이 찾지 않는 한
적한 곳이라 좋았다. 시앤비장성 앞을 흐르는 제법 큰 폭의 개울에는 성문
의 모양을 한 수문이 지어져 있었다. 지금은 메말라 있지만 우기에는 많은
비가 내리는지 개울의 폭이 아주 컸다. 시앤비장성 옆에는 좁은 폭의 수로
에 맑은 물이 빠르게 흘러가고 있었는데 가이드에게 물어보니 천산산맥에
서 내려온 물이라고 하였다.

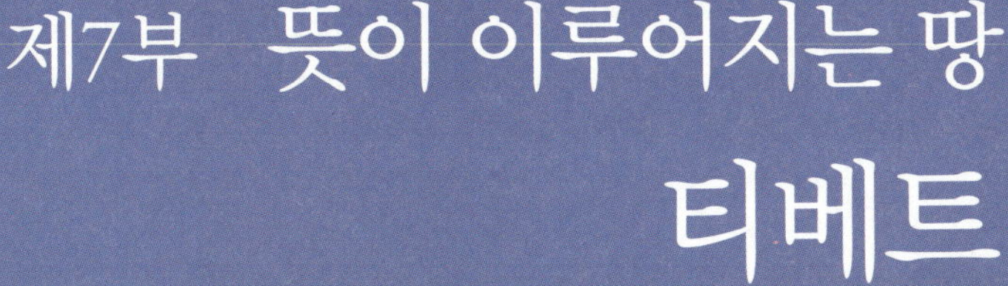

제7부 뜻이 이루어지는 땅
티베트

숨이 가빴다. 뒷머리가 당기고 숨골이 쿵쿵거렸다. 어떤 사람은 입술이 새파래졌다. 심지어는 먹는 것도 포기하고 드러누워 있기만 했다. 말로만 듣던 고산병 증세였다. 라싸(拉薩)의 해발고도는 3,700m. 관광안내원은 라싸에 도착한 첫날은 절대로 술을 마시거나, 샤워를 하거나, 바쁘게 다니지 말라고 당부했다.

라싸와 티베트는 말 그대로 청정지역이었다. 대낮에 선글라스를 쓰지 않으면 눈이 따가울 정도였다. 이곳에는 인도로 망명한 달라이라마의 거주지답게 대규모 불교사원이 산재해 있었고, 중국 곳곳의 불자들이 찾아와 심신을 달래고 가는 성지들이 터를 잡고 있었다. 티베트 사람들은 자연과 동화되어 그 안에 자신을 침잠하며 묵묵히 살아가고 있었다. 그것은 변화무쌍하고 광대무변한 자연 속에서 한낱 인간의 보잘 것 없음을 체득하고, 절대자에게 모든 것을 의탁한 채 무욕의 삶을 영위하는 최상의 카르마(karma · 業)였다.

티베트 여행의 제약

마지막으로 가보게 될 곳에 대한 정보가 여행사로부터 전송되었다. 이곳에 가기 위해 허가증을 받는 과정도 까다로웠지만, 주의사항도 만만치는 않았다. 주의사항을 지키는 것은 별 문제가 되지 않았지만 말이다.

여행 시 주의사항

⑴ 외국깃발을 들고 다니면 안 됩니다.

⑵ 정치에 관한 말씀을 하시면 안 됩니다.

⑶ 고산반응이 오실 경우에는 마음대로 고산반응 약을 드시지 말고 가이드와 상의하여 주세요.

⑷ 심장이 안 좋거나 혈압이 높으신 분들은 상하이에서 약을 준비하시기 바랍니다.

⑸ 일교차가 크기 때문에 여름옷과 가을옷 다 준비하셔야 합니다.

중국 여행의 마지막 지점은 '티베트'이다.

상하이역에서 탄 라싸행 열차는 다른 열차와는 달리 특별히 설계되어서인지 깨끗했다. 출발시간 19시 52분. 상하이역에서 라싸까지 4,373km의 여정이 시작되었다.

상하이를 출발한 열차는 이틀이 지나 아침 6시 55분, 칭하이성(靑海省) 거

1. 커커리시 초원의 야생 당나귀
2. 건조지대의 황량한 산

얼무역에 도착했다. 상하이에서 여기까지 거리가 3,231km. 앞으로 라싸까지는 1,142km가 남았다. 거얼무는 시닝에서 라싸까지 칭짱(靑藏) 철도가 본격적으로 시작되는 지점이었다. 많은 사람들이 열차 밖으로 나와 사진을 찍거나 바람을 쐬었다. 역 안내판에 나타난 거얼무의 고도는 2,829m였다.

만년설을 이고 있는 탕구라산

기존의 기관차가 교체되고 다른 기관차 두 대가 연결되었다. 아마도 오르막이 많은 지역을 가는지라 그런 것 같았다. 7시 20분에 열차가 출발하였다. 거얼무역에서부터 승무원은 열차 내 객실과 복도 곳곳에 설치된 산소 공급기를 점검하면서 산소를 공급하기 시작했다. 산소 배출구에서 칙칙 산소 뿜는 소리가 들렸다. 여기서부터 라싸까지는 단선이다.

차창 밖으로 보이는 풍광은 황량한 사막과 초원뿐이었다. 초원이라는 표현이 무색할 만큼 그저 야크나 양이 돌아다니면서 뜯어먹을 수 있는 풀이 있는 정도의 땅이었다. 멀리 보이는 산은 모두가 검붉은 돌산과 바위산이었다.

차창 밖 초원에서는 드문드문 천막을 치고 양과 야크를 방목하고 있는 유목민들이 보였다. 라싸로 가는 건조지대의 철로 변에는 동물들이 철로를 횡단하면서 죽음을 당하지 않도록 동물 보호 담장이 끝없이 만들어져 있었다. 일명 로드 킬(Road Kill) 방지용 담장이었다. 건조지대의 초원화 작업으로 철로변에는 가로 세로 1m 정도의 야트막한 돌담이 바둑판처럼 만들어진 곳도 있었고, 초록색 얇은 망으로 그렇게 만들어 둔 곳도 계속 이어져 있었다. 철로 주변 녹화를 위해 뿌린 잔디 씨나 목초 씨가 바람에 날려가지 않도록 하기 위한 것이라고 했다.

거얼무역을 40-50분 지나자 좌측에 만년설을 이고 있는 쿤룬(崑崙)산맥이 나타나기 시작했고, 철로의 양편에 커커시리(可可西里) 초원이 보였다. 차내에서는 커커시리 초원을 지난다고 안내하고 있었다. 몽골어로 '푸른색의 산등성이', '아름다운 소녀'라는 뜻의 커커시리는 해발 4,600m 이상의 고지에 있는 세계의 세 번째 극지라고 한다. 초원의 야생지대에는 보호종인 티베트 영양과 야생 당나귀들이 간혹 보였다. 기차가 빨리 달리는 통에 사진에는 담지 못했지만 철로를 달리는 바퀴소리에 놀라 황급히 몸을 숨기고 있는 여우도 보였다.

열차는 4,500m가 넘는 고지대를 몇 시간이고 계속 달렸다. 칭하이성과 티베트를 달리는 칭짱열차가 해발 4,000m가 넘는 고지대를 960km 달리며, 동토지역을 550km나 지나간다고 한다. 열차는 오후 2시 10분에 세계 최고의 해발지대에 만들어졌다는 탕구라(唐古拉)역에 도착했다. 해발고도는 4,977m였다. 열차 우측에는 해발 6,205m의 탕구라산이 만년설을 머리에 인 채 위용을 자랑하고 있었다. 지도를 보니 탕구라산 입구를 경계로 칭하이성과 티베트가 나누어졌다. 탕구라역이 티베트의 시작지점인 셈이다. 고도가 5,000m가 되다보니 머리가 지끈거리고 아팠다.

거얼무까지 도착시간이 예정보다 1시간 40분 정도 늦어서 라싸에 도착하는 시간도 그 정도 늦을 것으로 생각했으나, 정시 도착시간인 오후 8시 48분보다 6분 늦은 8시 54분에 도착했다. 라싸의 날씨는 가을처럼 제법 쌀쌀하였다. 역 주변에는 무장한 군인들이 요소요소에 자리 잡고 정기적으로 순찰을 하고 있었다. 지린성 용정출신의 가이드는 군인에 대한 사진촬영을 하지 말라고 당부했다.

신의 땅 라싸

라싸. 꼭 한 번와 보고 싶었던 곳이었다. 라싸의 '라(拉)'는 티베트어로 신(神)이라는 뜻이며, '싸(薩)'는 땅이라는 말이니 라싸는 '신의 땅' 혹은 성지(聖地)라는 말이다. 신의 땅 라싸는 중국인들은 물론 여행에 관심이 있는 사람들이라면 꼭 와보고 싶어 하는 곳이다.

아침에 일찍 눈이 떠져 창밖을 보니 멀리 산 아래 있는 포탈라궁이 한눈에 들어왔다. 포탈라궁은 라싸 도심의 야트막한 동산 꼭대기에 자리 잡고 있었다. 포탈라궁은 한편으로 보면 형언하기 어려운 신비한 힘이 아래를 굽어보고 있는 형국이요, 다른 각도로 보면 지배자가 일반 백성들을 내려다보는 모습이었다.

우기의 라싸 날씨는 특이하였다. 이른 아침에는 맑다가 오후부터 흐려지기 시작하여 저녁에는 대개 비가 내리는 날씨라고 했다. 낮에는 공기가 맑고 고도가 높은 지역이라 그런지 햇빛이 아주 강렬하여 눈이 따가울 정도였다. 우리나라의 청명한 가을 날씨 같았다.

뤄뿌린카

10시 30분에 호텔을 나와서 달라이라마의 여름궁전인 뤄뿌린카(羅布林卡)

1. 달라이라마 여름궁전인 뤄뿌린카 정문
2. 불전 출입문의 장식, 불자들은 여기 문틈에도 돈을 꽂아 복을 빌었다.
3. 라싸 외곽을 흐르는 라싸 강에는 설산에서 흘러내린 희뿌연 빙하수가 제법 빠르게 흐르고 있었다.

로 출발했다.

티베트어로 '보배 같은 공원'이라는 뜻을 가진 뤄뿌린카는 라싸 도심지에 있었다. 린카(林卡)라는 말은 '인공조경림'을 의미하는데 뤄뿌린카는 7대 달라이라마 거쌍지아춰(格桑嘉措, 롭쌍갸초)의 집권기인 1740년대에 처음 건축되기 시작하여 14대 달라이라마 시기인 1954년에 현재의 모습으로 완공됐다고 한다.

300년 역사를 갖는 뤄뿌린카에는 당시에 그려진 탕카(탱화)가 벽에 그려진 그대로 보존되고 있었다. 어떤 불전에서는 역대 달라이라마가 입던 황금색 법복을 법석 위에 모셔두고 숭배의 대상으로 삼고 있었다. 현재 인도로 망명한 14대 달라이라마가 입던 법복을 법석 위에 올려놓고 신격화하고 있는 것도 보였다. 티베트 민중들은 달라이라마든 판첸라마든 지난 세월의 종교지도자들을 신격화하여 신앙의 대상으로 삼고 있었다. 심지어는 역대 토번(티베트)왕들도 숭배의 대상이 되어 있었다. 티베트 민중들은 자신들의 복을 빌기 위하여 어느 곳에든지 돈을 꽂아두었다. 심지어는 불전 출입문의 장식 틈에도 고목나무의 틈새에다가도 돈을 꽂아두기도 했다.

뤄뿌린카 불전의 지붕 끝에는 여러 가지 형상을 한 금빛 찬란한 조각상들이 올려져 있었다. 얼굴은 부처모양에다 독수리의 날개와 다리를 가진 특이한 조각상도 있었는데 한국의 사찰에서는 볼 수 없는 것이었다.

가이드의 설명에 의하면 13대 달라이라마는 청과의 불편한 관계 때문에 티베트의 독립을 주장했으며, 판첸라마는 중국과 원만한 관계를 유지해왔다. 현재 판첸라마는 베이징에 거주하며 티베트와 관련된 일에 많은 힘을 쏟고 있다고 했다. 티베트 불교의 한 유파인 게룩파(格魯派) 수장인 달라이라마는 동티베트와 라싸를 관장했으며 관세음보살을 신봉하고, 판첸라마는 시가체 지역에 큰 영향력을 행사했으며 아미타불을 신봉한다고 한다.

'보물의 정원' 뤄뿌린카는 티베트가 중국에 점령되면서 처참하게 파괴되었던 가슴 아픈 역사를 갖고 있다. 티베트가 점령되는 과정을 지켜본 14대 달라이라마 단정지아춰(丹增嘉措, 텐진갸초)는 그가 사랑하던 뤄뿌린카에서 티베트에서의 마지막 밤을 보냈다. 군인으로 위장해 인도로 망명한 달라이라마를 지켜내기 위해 수만 명의 티베트 사람들이 뤄뿌린카를 수호했다. 달라이라마의 탈출을 예상한 중국 정부는 뤄뿌린카에 엄청난 포격을 가했지만 다행히도 달라이라마는 망명에 성공하여 현재 인도 델리 북부의 다람살라에 망명 정부를 꾸리고 있다.

(자료참고: http://www.travie.com/travie/ref_view)

가이드는 티베트 불교의 특징을 설명하였다. 대개의 경우 사람들이 명상을 할 때는 좋은 공기를 들이마시고 몸 안의 나쁜 것을 뿜어내지만, 티베트 불교에서는 이와는 정반대로 나쁜 것을 받아들인 후 좋은 것을 내뱉는다고 하였다. 이것이 진정 이타적인 삶의 표상이라는 생각이 들었다.

포탈라궁

우리는 인근 식당에서 점심 식사를 한 후 포탈라궁(布達拉宮)으로 갔다. 포탈라궁으로 들어가는 데는 절차가 까다로웠다. 먼저 궁의 서편 입구에서 여권 검사를 했다. 물론 공항에서처럼 금속탐지 검색대에서 소지품 검사를 철저하게 하였다.

아래에서 올려다보는 포탈라궁은 거대하였다. 원래 포탈라(布達拉)라는 말은 산스크리트어의 보타라(普陀羅) 혹은 보타(普陀)의 음역으로 '관세음보살이 사는 곳'이라는 뜻이다. 항저우 인근 바닷가에 있는 중국 4대 불교성지 중 하나인 보타산(普陀山)의 어원도 포탈라에서 온 것이라고 했다. 포탈라궁은 5대 달라이라마 때인 1645년에 건축을 시작해서 48년 후인 1693년에 완공했다고 한다.

관광객의 관람시간은 1시간 이내로 제한되었다. 다른 대기자들을 위한 배려였다. 이 시간을 어기면 가이드가 제약을 받게 된다고 한다. 그래서인

포탈라궁, 그러나 통치자 달라이라마는 그곳에 없었다.

지 포탈라궁은 라싸의 다른 사찰과 달리 많이 붐비지 않았다. 포탈라궁에서 홍궁은 역대 달라이라마의 등신불(미라)을 모신 곳으로 달라이라마의 영탑과 종교기관이 있고, 백궁은 달라이라마의 통치에 필요한 크고 작은 공간으로 행정기관과 달라이라마의 거처가 있었다. 포탈라궁 안은 그 자체로 거대한 세상이라 할 수 있었다.

(자료참고: http://www.travie.com/travie/ref_view)

포탈라궁 안에는 대대로 내려오는 조그만 마을이 있는데 그곳 주민은 역대 달라이라마의 시종들로서 보통사람들보다 좋은 대우를 받았다고 한다. 달라이라마의 등신불을 모신 영탑 중 1대와 5대 달라이라마의 영탑이 특히 크고 화려하였는데 5대 달라이라마의 영탑이 가장 컸다. 이 영탑을 조성하는 데 황금이 1.5톤 넘게 들어갔다고 했다. 세계문화유산인 이곳은 내부가 목조로 되어 있고 통로를 제외하고는 공간이 꽉 차있어서 화재에 매우 취약할 듯하였다. 만약 누전사고라도 나면 전소될 우려가 매우 커보였다. 아쉽게도 스프링클러 시설은 보이지 않았다.

오체투지의 성지 조캉사원과 바코르

우린 조캉사원으로 향했다. 당나라의 문성공주가 티베트의 34대왕인 송첸칸포(松贊干布)에게 시집오면서 가져온 12세 때의 석가모니 모습을 한 불상을 모신 사원으로 종파를 초월하여 모든 불교도들의 성지라고 한다. 신의 땅 라싸에서 포탈라궁이 얼굴이라면 조캉사원은 그 얼굴 중에서도 눈을 나타낸다고 한다.

라싸에 도착한 순례자들의 마지막 귀의처가 바로 조캉사원이다. 그래서 이곳에 티베트의 영혼이 서려있다는 말이 나온다. 7세기 송첸칸포가 건축한 조캉사원은 중국어 따자오쓰(大昭寺)로도 불린다. 자오(昭)의 음을 티베트어로 옮기면 부처의 의미인데, 따자오쓰라고 하면 '큰 부처님께 공양 올리는 신전'이라는 뜻이 된다.

조캉사원의 여러 불전은 부처상, 보살상, 달라이라마상들로 가득하였다. 곳곳에 낱장으로 뭉쳐진 불경이 잘 보관되어 있었다. 조캉사원의 핵심이라 할 석가모니 불상은 몇몇 승려의 감독 하에 문화재 전문가들로 보이는 사람들이 금분 칠을 하고 있었다. 많은 신도들이 입추의 여지없이 그 불상 앞에 모여 기도를 드리거나 엎드려 절을 하기도 하였다. 조캉사원은 곳곳이 공사 중이었다. 인부들은 높은 고도에서 공사를 하면서도 힘들어하는 기색이 없었다. 신앙의 힘 때문일까? 어떤 지붕공사에서는 남녀 인부들이 두 팀

신심이 깊어서 일까? 노동을 하면서도 표정이 밝다.

으로 나뉘어 교대로 불교음악을 합창하며 바닥 다지기 공사를 하였다. 그들이라고 산소가 희박한 곳에서 육체노동을 하는 것이 어찌 힘들지 않으랴. 그러나 그들은 불교음악을 노동요 삼아 리듬에 맞추어 율동을 하면서 공사를 하였다. 그들에게 노동은 유희처럼 보였다.

이곳에선 간간히 전국 곳곳에서 오체투지로 수개월간 힘들게 찾아온 독실한 신자들이 보였다. 오체투지로 온 사람들은 대부분이 남자였다. 아마도 짧게는 한 달, 길게는 6개월 이상을 오체투지로 여기까지 오는 것은 여성들에게는 무리일 듯하였다.

조캉사원을 둘러본 후 사원을 완전히 둘러싸고 있는 바코르 시장을 구경하였다. 윈난성의 리장이나 항저우 허팡지에와 같은 티베트 전통 풍물거리인 바코르 시장. 하지만 시장 정도로 보이는 이 짧은 길도 티베트인들에겐 역시 순례의 길이다. 이곳에서도 오체투지로 참배를 하는 사람들이 간혹 눈에 띄었다.

▲조캉사원을 둘러싼 바코르 시장도 순례 길이다.

▼오체투지 중인 순례자

조캉사원

조캉은 7세기 초, 송첸간포 왕 때 만들어진 유서 깊은 사원이다. 당시 티베트는 토번이라는 나라로 송첸간포 왕에 이르러 티베트 전역을 통일하고 수도를 라싸로 옮긴다. 그는 네팔 공주인 브리쿠티와 632년에 결혼해 포탈라를 건설하기 시작했다. 또한 강력한 힘을 바탕으로 고원 아래로 영토를 확장하면서 당나라를 위협하기 시작한다. 이에 당나라 황제는 문성공주를 라싸로 보내 송첸간포와 결혼하도록 한다. 641년의 일로 문성공주는 681년에 사망할 때까지 라싸에서 살았다. 조캉은 본래 네팔 공주가 네팔에서 가져온 '미쿄 도르제(Mikyo Dorje; 부동금강류금동상(不動金剛鎦金銅像))'를 모시기 위해 만든 사원이다. 사원의 정문이 네팔을 향하고 있는 건 이 때문이다. 조캉과 같은 시기에 건축된 자매 사원인 '라모체'는 당나라 문성공주가 가지고 온 신성한 불상인 '조워(석가모니 불상)'를 모시기 위해 만들었다. 전설에 따르면 사원 터가 호수였던지라 사원은 짓기가 무섭게 무너져 내렸다고 한다. 문성공주는 산에 사는 양들을 이용해 흙을 날라 호수를 메우며 조캉을 건설했다. 이때부터 양이라는 뜻의 '라'와 흙이라는 뜻의 '싸'가 합쳐져 라싸라는 이름이 탄생했다.

조캉이 지금처럼 신성시된 건 송첸간포 왕이 사망한 이후 문성공주가 조워를 보호하기 위해 라모체에서 조캉으로 조워를 옮겨 숨겨 놓으면서부터다. 티베트인들에게 조워의 의미가 어떠한지는 조캉사원에 서면 금방 알게 된다. 끝이 없는 듯한 줄 그리고 줄. 모두 조워를 보기 위한 발걸음이다. 그들에게는 종교와 일상의 구분이 무의미한 듯 보인다. 조캉사원은 639—647년 사이에 건축된 이래 여러 차례에 걸쳐 증축과 보수가 이뤄졌다. 안타깝게도 문화혁명 당시에는 상당 부분 파괴되기도 했다. 한때는 돼지우리로 사용됐을 정도였다니 당시의 황폐함이 짐작된다. 승려들이 조캉사원에서 다시 수행하게 된 건 1979년의 일. 현재의 조캉사원은 1992—1994년에 재건축한 것이다.

조캉사원을 둘러싸고 있는 바코르는 외지인들에게는 시장 정도로만 보이는 짧은 길이지만 티베트인들에게 바코르는 순례의 길이다. 중국어 빠지아오지에(八角街)로도 불리는 바코르에서 마니차를 돌리며 바코르를 순례하는 티베트인들을 보면 이 길이 갖는 의미가 조금이나마 짐작된다. 바코르를 알려면 우선 '코라(Kora)'를 알아야 한다. 코라는 티베트에서 말하는 순례 길이다. 주요한 사원이나 도시 가장자리를 따라 코라가 형성된다. 코라를 따라 돌 때는 반드시 시계 방향으로 돌아야 한다. 시계 반대 방향으로 코라를 도는 이들은 불교도가 아니라 '뵌교도'라고 보면 된다.

라싸에서 중요한 코라는 모두 4개다. 가장 짧은 코라는 조캉사원 내부를 도는 '낭코르(Nangkor)'. 사원이 문을 여는 시간 전부터 티베트 순례자들이 찾아와 줄을 선다. 조캉 외부를 따라 한 바퀴 도는 코스는 '바코르(Bakor)'로 라싸에서 가장 유명한 코라다. 1km가 조금 안 되는 거리로 아침, 저녁으로 사람들의 발길이 이어진다. 라싸 구시가를 한 바퀴 도는 '링코르(Lingkor)'는 무려 8km 길이다. 도시가 확장되며 4차선 도로가 점령해 순례자의 발길은 적은 편이다. 마지막으로 포탈라궁을 따라 도는 '포탈라 코라(Potala Kora)'가 있다. 바코르는 조캉사원이 만들어지면서 자연스레 생겨났다. 바코르가 형성되면서 라싸 구시가의 모습도 형성됐다고 보면 된다. 하여 바코르에서는 라싸에서도 가장 라싸다운 옛 모습을 발견하게 된다. 바코르 곳곳에 선 상점과 노점들도 볼거리다. 각종 불교 용품과 장신구, 차, 공예품 등을 판매해 티베트 관련 기념품을 사기에 그만이다. 물론 흥정은 기본이다.

(자료참고: http://www.travie.com/travie/ref_view)

뜻이 이루어지는 땅 시가체

시가체(日喀則)로 가는 길은 제법 멀었다. 라싸강을 지나는 다리위에서 보니 강가에 5색 타르쵸가 흩날리고 있었고, 그 부근에는 몇몇 상인들이 좌판을 펴놓고 기념품을 팔고 있었다. 그 곳이 바로 수장(水葬)터였다. 버스에서 내려 물가로 가까이 가 보니 누런 황톳물이 세차게 흐르고 있었다. 언제 수장을 했는지 모르지만 수장터 가까운 물속에 옷가지들이 나뭇가지에 걸려 물살에 흔들리고 있었다.

암드록쵸는 라싸에서 300km 정도 떨어진 나무쵀, 수미산 아래의 마나사로바 호와 더불어 중국 3대 성호(聖湖) 중의 하나로 호수의 물이 마르면 티베트도 존재하지 않는다는 신성한 믿음이 간직된 곳이다. 암드록쵸로 가는 길은 다양한 모습을 보여 주었다. 길 양편에는 간혹 티베트 전통가옥인 낮은 단층 흙집들이 보였다. 가옥 지붕의 네 모퉁이에는 불경이 인쇄된 5색의 룽다가 꽂혀져 있었다.

길은 구불구불한 산등성이로 이어졌다. 왕복 2차선 도로는 거대한 산을 뱀처럼 둥글게 휘감으며 산 정상까지 계속되었다. 버스도 숨이 찬지 느리게 올랐다. 고개가 높아 멀리 떠가는 구름도 쉬어가는 듯 산중턱에 걸리어 있었다. 1시간을 남짓 오르니 깜바라 정상이 나타났다. 거대한 오색 타르쵸가 고개 정상으로 치닫는 바람에 흔들렸다. 고도계에 나타난 정상의 고도는 4,605m. 그래서인지 숨쉬기가 버거웠다. 편차를 고려하면 고도가 4,700m 가량 되는 듯하였다. 정상에서 내려다보니 푸른 호수가 한눈에 들어왔다.

라싸에서 시가체로 가는 길은 318번 도로 하나뿐으로 한적하였다. 도로 좌우에는 초원과 등성이에 간간이 키 작은 풀을 이고 있는 검은 산뿐이었다. 멀리서 만년설을 머리에 이고 있는 설산이 보였다. 빙하가 녹아 흘러내린 물이 아스라이 폭포로 떨어지고 있었다. 고개 정상에 이르자 이미 많은 차량들이 도착해 있었다. 거대한 빙하가 눈앞에 나타났다. 빙하를 이렇게 가까이에서 보기는 난생 처음이었다. 카뤄라 빙하(卡若拉 氷川)였다. 수천수만 년 동안 쌓인 눈이 빙하를 이룬 채 그 자리에 있었다. 감동을 넘어 자연의 거대함과 신비로움에 그저 고개가 수그러들 따름이었다. 안내판에 나타난 카뤄라 빙하의 해발고도는 5,560m였다. 여름이라 그런지 빙하가 녹아 폭포수로 흐르기도 하였다. 우리가 정차한 고개 정상의 해발고도가 5,080m라 날씨가 제법 싸늘하였다. 숨쉬기도 힘이 들었다. 우리 일행 대부분은 아주 천천히 걸었다. 빨리 걸으면 숨쉬기가 너무 힘들기 때문이었다. 빙하 아래 도로변에도 오색찬란한 타르쵸가 휘날리고 있었다. 빙하가 있는 나이친캉쌍펑(乃欽康桑峰)산의 정상은 티베트 4대 신산(神山)의 하나로 해발 7,191m라고 붉은 글씨로 써 놓은 커다란 바위가 도로 곁에 놓여있었다. 산 정상을 보니 가장자리에 눈사태가 난 흔적들이 많이 보였다.

티베트 말로 시가체는 '뜻이 이루어지는 땅' 이라는 뜻으로 티베트 제2의 도시이다. 우리를 태운 버스는 시가체에 도착하자마자 짜스룬뿌사(紮什倫布寺), 일명 타쉬룬포사 앞으로 갔다. 버스와 승용차들이 절의 문 안으로까지 들어갈 수 있는 것이 특이하였다. 이 절의 해발고도는 3,900m가 넘었다.

그리고 이 절은 시가체 지구에서 가장 큰 사찰로 황모파(黃帽派)로도 불리는 게룩파의 6대 사원 중 하나라고 한다. 포탈라궁이 달라이라마 중심이라

1. 라싸 강가의 수장터
2. 티베트인들의 3대 성호 중 하나인 암드록쵸
3. 짜스룬뿌사. 해발 3900m가 넘는 시가체의 대표 사찰
4. 다른 사찰에서는 볼 수 없는 지붕 위의 장식

면 이 절은 판첸라마 중심의 사찰이란다. 이 절은 1대 달라이라마가 1447년에 창건한 절이지만 4대 판첸라마가 1600년에 주지를 맡으면서 대규모 공사를 하여 3,000여 개의 방이 있었고 6,000여 명의 승려가 머물렀다고 한다.

본전에는 이 절의 상징이라 할 26.5m 높이의 세계 최대 미륵불 청동좌상이 자리 잡고 있었다. 이 불상의 어깨 너비는 11.4m, 이 불상을 모신 불전은 5층이나 되었다. 10대 판첸라마의 등신불이 보존된 황금빛의 거대한 영탑도 있었다. 이 영탑은 금도금을 한 몸체에 868개의 보석과 24만 개가 넘는 진주, 445개의 호박을 사용하여 제작되었다고 한다. 5대 달라이라마의 스승이었다는 4대 판첸라마의 영탑도 호화로웠다. 이 영탑의 장식에는 금 2,700냥, 은 3만 3,000냥, 동 78,000근에다 비단 9,000척, 마노 · 진주 · 산호 등 보석 7,000개가 사용되었다고 한다. 포탈라궁에 있는 5세 달라이라마의 영탑보다는 작은 듯 했다.

역대 판첸라마의 합동 영탑도 아름다웠지만 한 가지 커다란 아쉬움이 남았다. 물론 티베트 불교문화와의 특징이자 장례문화의 영향이라고도 이해할 수 있겠으나, 티베트인들의 위대한 스승으로 살다간 달라이라마나 판첸라마 같은 고승들이 입적한 후 자신의 몸이 이렇게 화려한 금은보화로 치장되기를 진정 원하였을까? 후대 달라이라마나 판첸라마가 선배들의 화려한 영탑을 보고 자신도 죽은 후 그렇게 해주기를 원하였을까? 인민들이 자발적으로 시주를 하기는 했겠지만, 영탑 건설에 상상할 수 없을 정도의 엄청난 비용이 든다는 사실을 모를 리 없었을 정신적 지도자들 중 자신의 사후에 낭비를 하지 말고 인민을 위해서 쓸 것을 유언으로 남긴 라마들은 없었을까? 그런 유언이 없었다면 무욕을 강조한 석가모니의 법언을 위배한 것이요, 유언이 있었는데도 다른 사람들이 화려한 영탑을 만들었다면 유언을 위배한 죄를 저지른 것이 된다. 각종 금은보석으로 화려하게 치장된 역대 라마들의 영탑을 보면서 그들이 석가모니의 법언을 실천하지 못했거나, 아니면 제자들이 유언을 위배한 것 중 하나는 틀림없을 것이라고 생각했다.

　이 절의 중심부에 위치한 춰친 대전은 짜스룬뿌사에서 가장 오래된 건물로서 3,800명의 승려가 동시에 들어갈 수 있다고 한다. 이 대전의 중앙에 안치된 3m 높이의 석가모니불에는 석가모니의 진신사리와 고승들의 두개골 및 머리카락이 모셔져 있다고 하는데, 본전 위의 금빛 찬란한 지붕과 조각들은 다른 사원과 비슷했지만 검붉은 융단에 좁은 폭의 울긋불긋한 천으로 감싼 둥근 통이 자리 잡고 있는 것이 여타 사원과는 다른 점이었다. 짜스룬뿌사의 붉은색과 흰색 벽은 푸르디푸른 시가체의 하늘과 멋진 대비를 보여주었다.

　사원 내의 좁은 길들은 마치 어느 동네의 골목길을 연상하게 했다. 사원 내 건물사이로 난 골목길이 너무 많아서 자칫하면 길을 잃을 정도였다. 이 절은 너무 커서 찬찬히 제대로 보려면 하루는 잡아야 될 듯하였다.

티베트 장례풍습

가이드는 티베트의 장례풍습에 대해서도 설명했다. 장례방식은 크게 탑장, 화장, 천장, 수장, 매장으로 나누어진다.

탑장(塔葬)은 달라이라마와 판첸라마 같은 최고 종교지도자가 사망하면 시신을 미라로 처리하여 포탈라궁이나 조캉사원 같은 상징적인 곳에다 영탑을 만들어 보존하는 것이다. 화장(火葬)은 린포체나 저명한 승려가 죽으면 화장을 한 후 사리탑을 만들어 사찰에 보관하는 방법이다. 천장(天葬) 혹은 조장(鳥葬)은 대부분의 국민들이 행하는 장례방식으로 새벽 무렵 높은 산에 올라가 시체를 토막내어 독수리가 와서 먹도록 한다. 티베트인들에게 조장사(鳥葬師)는 가장 천한 직업으로 자녀들의 혼사에 어려움이 많았다. 조장사가 받는 장례비용은 가난한 집이 2,000위안, 부잣집은 20,000위안 정도였다고 한다. 요즈음은 정부에서 혐오 장례풍습이라고 하여 적극적으로 제지한 결과 거의 없어졌지만 아직도 일부지역에서 몰래 행해지고 있다고 하였다. 조장사는 부유하지만 천한 직업으로 사회적 냉대를 받았단다. 천장은 큰 절에서도 행해졌지만 현재는 행하지 않는다고 한다. 요즈음은 절을 찾아오는 관람객이 많아지고 소란스러워져서 이를 경계하는 독수리가 찾아오지 않기 때문이라고 했다. 세차게 흐르는 강물에 장사지내는 수장(水葬)은 거지, 과부, 어린애가 사망했을 때 행하는 장례방법으로 얄롱창포강의 수장터에서 행해진다고 한다. 매장(埋葬)은 사형수 등 중죄인으로 생전에 악업이 많은 사람에게 행하였으며 불교에서 믿는 윤회를 하지 못하도록 매장의 방법을 쓴다.

티베트인의 삶 속으로

아침에 비가 조금씩 내렸다. 당초 라싸로 되돌아갈 때는 다른 길로 가게 되어 있었는데 이번 여름에 내린 폭우로 길이 유실되어 폐쇄된 상태라는 소식을 전해들었다.

카루자 빙하가 있는 고개를 지나자 날이 개기 시작하였다. 원래 높은 산의 좌측과 우측 편은 기후가 많이 다른 법인데 여기도 마찬가지였다. 우리가 묵은 시가체 산둥호텔 입구에는 시가체 시내의 해발고도가 3,846m라고 게시되어 있었다.

가이드 김걸 선생에 의하면 시가체와 장체는 티베트에서 비옥한 농토가 많아 인구가 밀집된 곳이며, 명·청대에 중국조정에서 시가체와 장체의 왕을 책봉했다고 한다. 오늘도 지나오면서 보니 장체에서부터 시가체까지 거의 200km를 지나는 동안 도로주위에는 푸른 보리밭이 끝없이 펼쳐져 있었다.

8시에 시가체를 출발한 버스는 1시간 30분가량 달려 장체의 '드종 요새'에 도착하였다. 이 요새의 원래 이름은 '장체종 요새'라고 한다. 평야 가운데에 있는 조그만 언덕에 세워진 드종 요새는 500년 전 장체왕의 궁궐이었는데 멀리서 보아도 난공불락의 요새처럼 보였다. 청나라 말기인 1904년에 영국군이 이곳까지 침공하여 대포로 함락시켰으며 당시에 많은 중국군이

1. 청나라 말기 영국군이 침략해 와서 함락시킨 장체왕의 궁궐, 드종 요새
2. 3개의 종파가 어우러진 바이쥐쓰
3. 영국군에 저항하다 숨진 군인을 위한 기념탑   4. 108개의 문이 있다는 10만 불탑

희생을 당하였다고 한다. 현재 이곳에는 당시에 죽은 영혼을 달래기 위한 기념탑이 세워져 있으며, 이 일대는 '종산공원(宗山公園)'으로 이름 붙여져 있었다. 약간 엉성하게 조성된 공원에는 드문드문 관광버스가 찾아왔다.

드종 요새 바로 곁에 바이쥐쓰(白居寺), 일명 쿰붐사원이 있었다. 절 입구의 안내판에는 이곳의 고도가 4,050m로 기록되어 있었다. 이 절은 사원과 탑이 결합되어 만들어진 전형적인 티베트불교사원이라고 한다. 이 절은 싸지아파(薩迦派), 가당파(喝當派), 게룩파(格魯派)의 세 종파가 공존하는 특이한 곳이어서 그런지 불상들이 각 종파의 특징을 나타내고 있다. 약 600년 전에 만들어진 바이쥐사는 우리가 본 다른 절들과는 달리 많이 쇠락해 있었다. 유지보수가 제대로 되어있지 않았다.

이 절이 유명한 것은 10만 불탑 때문이다. 인도식의 불탑에 모셔진 부처와 벽에 그려진 부처를 합하면 모두가 10만 개 정도가 된다고 하여 '10만 불탑'으로 불렀다. 탑 꼭대기 부분에 조성된 황금빛의 원추형 불탑은 모양이 특이하였다. 그 아래에 사람의 두 눈이 그려져 있었는데 항상 진리를 추구하는가를 감시하는 눈이라고 했다. 정식 명칭이 보리탑인 10만 불탑은 1436년에 지어진 총 13층의 탑으로 티베트에서 가장 크고 아름다운 탑이라고 하는데, 불교의 '108 번뇌'에서 아이디어를 얻었는지 탑 내에는 모두 108개의 문이 있다고 한다. 이 불탑 앞에서 불경을 한 번 읽으면 다른 곳에서 천 번을 읽는 것과 같으며, 불탑에 복을 비는 하얀 천인 '하다(哈達)'를 바치거나 10만 불탑에 절을 한 모든 사람은 부처님이 죄를 면해주며, 불탑의 향기를 맡거나 불탑의 풍경소리를 들은 짐승은 내세에서 사람으로 태어나며, 불탑에 몸이 닿은 작은 곤충까지도 '활불(活佛)'이 된다는 것 등의 이야기가 전해 내려오고 있었다.

장체에서 점심 식사를 한 후 카루자 빙천 고개를 넘어 내려오는 도중에 티베트 농가를 방문하였다. 티베트는 외부손님을 반기는 전통이 있는데, 지정된 집이 아니라 지나가다가 아무집이나 들러 방문한다고 한다. 우리도

보릿가루, 버터, 치즈로 만드는 티베트인의 주식 참파

집집마다 모셔진 작은 불단

지나가다가 한 집에 들렀다. 60이 훨씬 넘어 보이는 햇빛에 검게 탄 얼굴의 아주머니가 수줍은 얼굴로 우리를 맞이하였다. 나이를 물으니 48세라고 했다. 자외선이 강한 햇볕에 많이 노출되어서인지 많이 늙어보였다. 야크 우유와 녹차를 섞어 만든 '수유차'와 보릿가루, 버터, 치즈를 가죽주머니에서 섞어 주물러 만든 '참파'도 맛보았다. 우리의 청주와 같은 투명한 술인 '창'도 마셔보았다.

집 내부를 둘러보니 큰 방에 조그만 불단을 모셔두고 있었다. 티베트 민가에는 집집마다 작은 불단(佛壇)이 있다고 했다. 천장을 보니 둥근 서까래를 촘촘히 평평하게 만들어 놓고 이곳에서 많이 나는 편편한 돌판을 지붕으로 얹어 둔 것이 특이했다. 이들의 화장실은 마치 우리네 대문 옆의 높은 장독대 같았는데, 지붕이 없었고 화장실 담의 높이는 어른 허리 정도로 낮았다. 아주머니는 우리에게 줄 수유차를 믹서기에 돌려서 만들어 내 놓았다.

이곳의 날씨가 아주 화창해서 그런지 집집마다 태양열 집열판이 하나씩 있었는데 집열판 가운데에 삼발이 거치대가 있어서 주전자나 냄비를 올려 놓으면 물이 끓고 밥이 된다고 했다. 이 집은 부유한지 경운기도 있었다. 티베트는 한 집에 아이들이 보통 서너 명씩 된다고 한다. 그리고 대부분의 집이 아주 크고 넓어서 물어보니 조부모와 숙부가족까지 모여 사는 대가족 제도를 갖고 있기 때문이라고 했다.

가이드는 티베트의 여러 가지 사정에 대해서 설명해주었다. 라싸와 시가체의 신축 아파트 가격은 1㎡당 4,000위안(80만 원)정도로 100㎡ 규모의 가

탱화 특별전이 열린 티베트박물관

격이 8천만 원이니 생각보다 비쌌다. 중국 정부에서는 도시사람들이 농촌의 주택을 구입할 수 없도록 제도적으로 만들어놓았다고 했다. 그것은 농민들을 보호하기 위한 정책으로 농민들이 집을 지을 경우 정부에서 20%를 무이자로 지원해주는데 20년 동안 분할 상환하면 된다고 했다. 다른 지역에 비해 티베트 지역에 대해서는 중국 정부의 많은 지원이 이루어지고 있단다.

라싸에 도착하여 티베트박물관을 관람했다. 탕카 특별전이 열리고 있던 박물관에선 우리나라에서 볼 수 있는 탱화와는 다른 훨씬 다양하고 섬세한 탱화를 볼 수 있었다. 특히 크고 작은 부처와 보살 등의 국보급 유물들이 다양하게 전시되어 있기도 했다.

티베트 3대 성호 나무춰

아침부터 비가 흩뿌렸다. 오늘은 어제와는 반대 방향인 나취쪽으로 향했다. 베이징에서 라싸로 연결되는 109번 국도를 타고 나무춰(納木錯)로 가는 여정이었다. 여기서 '춰(錯)'는 티베트 말로 '호수'라는 뜻이다. 소요시간이 왕복 8시간 이상 걸린다고 했다. 나무춰로 가는 한국인 관광객은 실질적으로 금년부터 시작되었다고 했다. 김 선생에 의하면 2002년도에 한국인 단체 관광을 안내한 적이 있었는데, 그 당시는 도로사정이 좋지 않아 5월 중에 눈이 내려 편도에 15시간 정도가 소요되었다고 했다. 나무춰는 중국에서 가장 큰 호수이자 염호인 칭하이호에 이어 두 번째로 넓은 호수로서 어제 간 암드록 쵸의 세 배 넓이로 면적이 1,970㎢라고 했다.

예로부터 티베트 주민들은 3대 성호의 하나인 나무춰에 관한 전설을 만들어 냈다고 한다. 나무춰를 둘러싸고 있는 니엔칭 탕구라 산맥(念靑唐古拉山)을 남성으로, 나무춰를 여성으로 보고 이 둘이 결혼하여 우리 인간을 감싸고 보호하고 있다는 것이다.

아침에 비가 내려서인지 안개가 높은 산의 중턱에 걸려있는 모습을 흔히 볼 수 있었다. 버스는 한참이나 달려 니엔칭 탕구라 산맥의 만년설이 한눈에 보이는 임시 휴게소에 도착하였다. 안개가 걷히지 않아 산의 정상을 볼 수 없는 것이 아쉬웠다. 중국의 다른 곳에서는 그러지 않았는데 티베트에

서장 나무춰 자연보호구 안내판

서는 화장실마다 입구에서 1-2위안씩을 받았다. 생각보다 비싼 값이었다. 티베트 거의 모든 지역에서 1위안짜리 동전은 받지 않고 지폐만 받았다. 우루무치가 성도인 신장 웨이얼 자치구도 중국의 낙후 지역이었지만 동전을 받았는데, 티베트 지역에서는 그렇지 않은 것이 이상하여서 가이드에게 물어보니 아마도 가짜 동전 때문에 그러는 것 같다고 하였다. 나무춰로 가는 도로 양편은 4,000m 이상의 고지대로 드넓은 초원에 수많은 야크와 양들이 방목되고 있었다. 야크와 양떼들은 싱싱한 풀을 찾으려는지 수시로 도로를 횡단하였다. 어쩌면 그들의 터전에 인간이 길을 닦아 그들의 삶을 방해하는 것인지도 모를 일이었다. 지도를 보니 칭짱공로는 칭짱철로와 거의 나란히 달리고 있었다. 간혹 눈에 띄는 수십 개의 콘크리트 기둥을 보곤 칭짱철로를 건설하는 데 엄청난 비용과 인력이 투입되었을 것으로 생각되었다.

나무춰 입구에는 누런색의 커다란 바위에다 붉은 글씨로 '나무춰생태여유경구(納木措生态旅遊景區;나무춰생태관광단지)' 라는 글을 음각해 놓았다. 나무춰 입구의 농가 부근에는 야크 똥을 우리의 짚단처럼 둥글게 쌓아놓은 것이 자주 보였다. 티베트 지역에 가스와 전기가 많이 보급되기는 했지만 아직까지 말린 야크 똥으로 취사를 하고 있는 것이다. 화력이 가스만큼 강하지는 않아도 취사와 난방에는 아무런 문제가 없다고 하니 수천 년 동안 자연과 더불어 살아오면서 터득한 삶의 지혜인 듯하였다.

입구의 안내판을 보니 매표소에서 나무춰 관광단지까지는 52km나 떨어져 있고, 아스팔트로 포장된 도로의 좌우에는 짧은 풀들이 자라고 있었다. 해발 4,000m가 넘는 지역이다 보니 나무는 자라지 않았다. 도로 좌측의 평원 가운데로 맑은 물이 흐르는 개울이 있었다. 한참이나 굽이굽이 오르막길을 오르니 나무춰를 한눈에 조망할 수 있는 전망대 주차장이 나타났다.

성호 나무춰 옆산에 흩날리는 거대한 타르쵸,
타르쵸에 적힌 불경의 염원대로 세계는 평화롭고 인간은 자비로울까?

높이는 해발 5,190m였다. 호수 쪽에서 상등성이로 바람이 강하게 불어왔다. 한여름이라고는 하지만 고산지대라 그런지 싸늘한 기운이 느껴졌다. 사진 촬영을 하느라 부지런히 돌아다니다 보니 산소가 희박한지 숨이 가빠 왔다. 전망대 주차장 인근에는 끈에 매달린 5색 타르쵸가 바람에 흩날리고 있었다. 티베트인들의 염원대로 타르쵸에 쓰여진 부처님의 말씀이 온 세상에 퍼져서 모든 사람이 평화롭게 살아가면 얼마나 좋을까.

도로 양쪽에 펼쳐진 치앙탕 초원은 광활하였다. 초원 곳곳에는 이동식 천막이나 몽골형 빠오로 터를 잡아놓고 야크와 양들을 방목하고 있었다. 일반 농가와 달리 대규모 유목을 하는 사람들은 소득이 높아서 그런지 텐트 옆에 지프차나 트럭이 세워져 있었다. 아쉽게도 카메라에 담지는 못하였지만 독수리가 땅에 내려와 걸어 다니는 모습도 보였다. 독수리의 덩치로 보아 들쥐나 마못 같은 설치류를 주 먹이로 하는 것 같았다. 니엔칭 탕구라산에 둘러싸인 나무춰, 치앙탕 초원, 그리고 그 분지에서 풀을 뜯고 있는 양과 야크들. 공기가 너무나 맑아 시계가 수백 km까지 이어지는 듯한 풍광. 신장 지역의 하늘을 본 이후 처음으로 느끼는 티베트의 푸른 하늘. 약하디 약한 이한 몸뚱이가 자연과 동화됨을 스스로 느낄 수 있었다. 40분 이상을 달리니 멀리에 조그만 산을 앞머리로 둔 반도가 나타났다. 나무춰 입구에는 '서장

중국에서 두번째로 큰 호수 나무춰▲
취사와 난방용으로 사용하는 야크 똥▶

나무춰 자연보호구(西藏納木措自然保護區)'란 안내판이 있었다. 주차장에 도착하니 눈을 뜰 수 없을 정도로 강렬한 햇빛이 쏟아졌다. 1,000㎡가 넘어 보이는 대형 주차장에는 이미 수백 대의 차량들이 도착해 있었다. 주차장 한쪽 켠에 자리 잡은 몇 대의 중형트럭에서는 아무런 위생시설 없이 야크의 생고기를 팔고 있었다. 주차장 끝에는 지금까지 눈으로 본 것 중에 가장 크고 거대한 타르쵸가 높이 100m 남짓한 야산 꼭대기에서 평지까지 이어져 있었다. 야산의 한쪽 끝 구릉에는 '하다(환영의 의미로 티베트에 오면 목에 걸어주는 하얀 천)' 들이 갈매기의 배설물이 쌓인 것처럼 어지럽게 널려 있었다.

나무춰는 맑디맑았다. 호수라기보다 바다와 같이 넓은 수면엔 잔물결이 일었다. 파란 하늘과 푸른 호수는 서로가 어느 쪽이 푸른지 겨루기를 하고 있는 듯하였다. 이 광활한 초원과 호수 위에 뭉게구름이 피어나는 아름다운 풍경을 보면서 인간의 나약함과 자연에 순응하는 삶을 생각하지 않을 수 없었다. 호수 저쪽 편에는 니엔칭 탕구라 산맥이 만년설을 머리에 인 채 태고의 세월을 보여주고 있었다.

달라이라마의 직할 사찰 저빵사

멀리서 사찰을 보면 산중턱에 흰 쌀 더미(양식)가 쌓여있는 것 같은 모양을 한 저빵사(哲蜂寺). 게룩파 6대 사원의 하나로 많을 때는 10,000여 명의 승려가 생활했다는 이곳은 세계에서 가장 큰 규모의 사원이다. 저빵사는 라싸에 있는 다른 유적지와는 달리 낡고 관리가 안 된 듯해 보였는데, 드레퐁 사원(Drepung Monastery)으로도 불리는 저빵사는 어쩌면 달라이라마의 직할 사찰이라는 '오명' 때문에 중국 정부로부터 푸대접을 받고 있는지도 모른다.

포탈라궁이 지어지기 전까지 2대부터 5대까지의 달라이라마가 거주했다는 저빵사는 상당히 넓은 면적과 규모를 자랑했다. 높은 건물은 없었지만 시골 동네의 골목길 같은 좁은 길이 미로처럼 있어서 잘못하면 길을 잃을 정도였다. 산중턱에 자리 잡은 저빵사에서 라싸 시내가 내려다 보였다. 포탈라궁처럼 높은 언덕이 아니라 라싸 시내가 한눈에 들어오는 것은 아니었지만 정교합일의 체제 속에서 승왕(僧王) 달라이라마가 아래를 내려다보며 티베트를 통치할 수 있는 분위기였다. 정치·종교적 위치에 걸맞게 이 절에도 달라이라마의 영탑(靈塔)이 있었다.

저빵사 본전의 지붕은 금빛이었지만 나머지 부속건물들은 흰색으로 칠해져 있었다. 붉은색, 황색, 흰색 벽, 황금색 장식물들이 푸르디푸른 하늘과 묘한 조화를 이루고 있었다.

1. 세계에서 가장 큰 사찰인 저빵사
2. 바위에 컬러로 새긴 불화와 육자진언
3. 마치 미로같은 저빵사 내의 골목

고깔을 쓴 부처인지 아니면 달라이라마상인지 모르겠지만 절 입구와 산 중턱의 크고 작은 바위 위에 제법 큰 그림과 다섯 가지 색으로 씌어진 육자 진언 '옴마니밧메훔'이 티베트 글씨로 새겨져 있었다. 육자대명주(六字大明呪)로도 불리는 육자진언 '옴마니밧메훔'에서 '옴'은 제천(諸天), '마'는 아수라(阿修羅), '니'는 인간, '밧'은 축생, '메'는 아귀, '훔'은 지옥의 육도(六道)를 벗어나게 하는 힘을 뜻한다고 하는데 이 진언을 반복해서 외우면 윤회로부터 해탈할 수 있다고 한다. 손에 쥐는 마니통을 돌리고 다니는 것이나 육자진언을 반복해서 외움으로써 해탈의 경지에 이를 수 있다는 것은 문맹률이 높은 무지한 일반대중들에게는 아주 귀가 솔깃한 것이었을 것이다.

정교일치제의 사회로 절대 권력을 가진 승왕과 사원이 거의 모든 부와 재산을 소유하고 대부분의 백성인 농민들은 노예와 비슷한 삶을 살았던 당시에, 비록 인간으로 태어나기는 했지만 전생에 죄를 지어서 귀한 신분으로 나타나지 못해 고생하는 것을 당연히 여기고, 마니통을 돌리며 육자진언을 외면 다음 생에 좋은 계층으로 태어날 수 있다는 종교적인 믿음을 주입함으로써 소수자의 권력과 부를 영속화 할 수 있도록 한 것이 당시의 불교였다. 비록 1마오(20원)에서 1위안(200원)까지의 적은 금액의 돈이지만 대형 사찰의 불상과 보살상, 달라이라마상, 판첸라마상, 역대 임금상, 불경 앞에 산더미처럼 쌓여있는 지폐를 보면서, 사원은 물질적 실속을, 백성은 정신적 안정을 취하는 묘한 조화가 종교라는 이름으로 행해지는 것이 '속세'에 찌든 나로서는 이해할 수 없는 무엇이 있었다.

제국주의 유럽이 아프리카에 처음 진출할 때 유럽인들의 손에는 성경이, 아프리카 원주민들의 손에는 땅문서가 있었지만, 그들이 빠져나간 뒤 원주민들의 손에는 성경이, 유럽인들의 손에는 땅문서가 쥐어져 있었다는 글이 묘하게 교차되어 생각났다. 사찰 내 주요건물 꼭대기에 자리 잡은 금빛 찬란한 경전통과 독수리상들은 부와 권력을 가진 소수자들이 부처님을 내세워 자신들의 권위를 유지하기 위한 상징물이었다. 참된 부처는 백성들의 고혈을 짜

서 만들어 낸 금은
보화를 결코 좋아
하지 않았다. 내가
알기로 불교는 평
등을 지향하고 노
동을 중시하는 종
교임에도 불구하
고, 전제군주와 다
름없는 권력을 가
진 승왕이 지배하

이른 아침은 아니지만 붉은 승복을 입은 승려들이
삼삼오오 빗자루를 들고 경내청소를 하고 있었다.

던 고대 불교국가 내에서는 철저히 계급화 된 사회로 승려가 노동하지 않
는 풍토가 고착화됨으로써, 석가의 참된 정신은 어디론가 사라져버리고,
빈곤에 시달리는 다수의 백성들을 철저하게 기복신앙에 매달리게 만든 권
력자들의 책임은 부처 앞에 반드시 고해져야 할 것이라는 생각이 들었다.

저빵사 내부에도 여러 명의 남녀 순례자들이 불상과 불화를 향해 끊임없
이 참배를 드리고 있었다. 무엇을 위한 경배일까. 장수를 위해서? 부귀영화
를 위해서? 자식과 가정의 안녕과 평안을 위해서? 어느 쪽이 되었든 그들
의 참배모습은 숭고할 정도로 진지하였다.

절의 곳곳에는 불경이 들어있는 원통인 마니통(전경통, 轉經桶)이 있었다. 어
디서인가 음률에 맞추어 부르는 노래 소리가 들려왔다. 고개를 돌려 이리저
리 살펴보니 사찰 보수공사를 하는 남녀 인부들이 음률에 맞추어 바닥 다지
기와 벽 다지기를 하면서 부르는 노래였다. 조캉사원의 인부들도 그랬듯이
얼굴은 햇볕에 그을려 있었지만 그들의 모습에서 노동의 고됨은 찾을 수가
없었다. 그들은 따가운 태양열과 희박한 산소 속에서 일을 하면서도 웃음을
잃지 않고 힘든 노동 속에서도 신앙이 생활화되어 있는지 해맑고 편안한 표
정이었다. 아마 저것이 진정 참된 신앙인의 모습이리라.

바위 언덕에 흰색으로 그려진 하늘사다리, 인간과 신이 하늘과 땅을 오르내리기를 염원한 상징물이다.

　절의 곳곳에서 1마오와 5마오 지폐다발을 손에 쥔 독실한 신앙인들이 왕래하였다. 어떤 이는 조그만 물통을 갖고 오기도 했는데 아마도 성호를 순례하며 떠온 성수인 것 같았다. 그들의 옷차림은 보잘것없었고 검게 탄 얼굴에는 잔주름이 셀 수 없이 많았지만, 그들의 미소와 표정은 맑고 순박하였다. 소위 문명인의 눈에는 그들의 삶이 불쌍하고 안쓰러울지 몰라도 마음의 평안과 정신적인 안정은 문명인과 비길 수 없으리라. 어찌 보면 허무주의에 빠진 것으로 보일 수도 있지만 무엇을 위해 다투고, 계략을 꾸미며, 남을 속이는가. 권력과 명예와 부라는 것이 한갓 헛된 것임을 그들은 깊은 신심을 통해서 이미 터득했을지도 모를 일이다. 보는 관점에 따라 다르듯이 방범창 속에서 사는 사람들은 스스로가 갇혀있는 것인가, 아니면 외부인의 침입을 막고 있는 것인가.

　이 절에서 볼 수 있는 특이한 점은 관광객들에게 손을 내미는 걸인들이 많았다는 것이다. 주는 사람도 받는 사람도 무표정하게 돈을 주고받았다. 많아야 1위안이고 1마오(약 20원)에서 5마오에 지나지 않았지만 받는 자는 당신에게 보시의 기회를 준다는 느낌으로, 주는 사람은 보시한다는 자세로

임하는 듯하였다. 저빵사를 나와 우리는 라싸 시내에서 점심을 먹은 후 티베트 공항으로 향했다. 라싸 공항으로 가는 도중 길가 바위 언덕에 흰색으로 그려진 사다리들이 자주 눈에 띄었다. 그 사다리에는 이런 전설이 있었다.

아득한 그 시절, 인간이 신과 더불어 살아갔을 때 인간과 신은 하늘로 통하는 사다리를 타고 서로의 세상을 오르내렸다. 살면서 궁금한 것이 있을 때 인간은 하늘로 올라가 신에게 질문을 했고 신들도 심심하면 인간세상으로 내려왔다. 그들은 그렇게 어우러져 살았다. 눈부시게 하얀 눈으로 뒤덮인 높은 산이나 하늘로 치솟은 나무들은 그들이 타고 오르내리는 사다리였다. 강디세(카일라스)산은 천신이 지상으로 내려오는 통로였으며 린즈(티베트 동부지역)의 신산(神山)에 있는 높다란 나무는 인간의 영혼이 하늘로 올라가는 길이었다. 그래서 사람들은 아이들이 죽으면 그 시신을 상자에 담아 그 나무에 놓아두었다. 나무는 영혼을 하늘로 인도하는 사다리였기 때문이다. 동북지역에 살고 있는 에벤키나 오로첸족에게도 수목장(樹木葬)의 풍습이 있었다. 그들 역시 죽은 영혼이 나무를 타고 하늘로 올라가 별이 된다고 믿었다. 서북지역의 치앙(羌)족은 원숭이가 마상수(馬桑樹)라는 나무를 타고 하늘로 올라갔다고 말한다. 나무를 타고 하늘까지 올라간 원숭이는 천신의 경고를 듣지 않고 금으로 된 대야를 엎어버렸다. 금 대야에 들어있는 물이 쏟아지는 바람에 인간 세상에는 홍수가 일어났다. 인간과 신은 그렇게 여러 길을 통해 하늘과 땅을 오르내렸다.

그런데 어느 날 그 하늘사다리가 끊겼다. 인간은 이제 더 이상 하늘로 올라갈 수 없었고 신도 지상으로 내려올 수 없게 되었다. 하늘에 와서 천상의 지식을 가져간 인간들이 신들보다 총명해질까봐 걱정이 되어 끊어버렸다는 이야기도 있지만 대부분의 경우 그 원인은 인간에게 있었다. 하늘나라를 너무 소란스럽게 만드는 무례한 인간들이 귀찮아진 신이 그 길을 끊었다고도 하고 인간이 냄새를 피우거나 욕심을 부려 끊어버렸다는 이야기도 있다. 너무 많은 것을 신들에게 요구하거나, 자연을 파괴하여 신들을 노엽게 하거나, 지켜야할 규칙들을 무시하고 함부로 행동하는 인간들을 신은 더 이상 두고 볼 수가 없었다. 그래서 어느 날, 신은 하늘사다리를 거두어들였다. 인간은 이제 하늘을 잃었다.

(자료출처:http://photo.media.daum.net/foreign/view)

항저우는 아름다운 도시였다. 항저우에 1년간 머물면서 느낀 것은 항저우의 곳곳을 돌아다니다 보니 도시 환경에 대한 눈높이가 높아져서 중국의 다른 도시에 가서는 별로 감흥을 느끼지 못하게 되었다는 점이다. 항저우시의 슬로건대로 항저우는 중국 제1의 청결도시였다. 서민들이 사는 골목골목마다는 그렇지 못하더라도 중국의 어느 도시에서도 항저우만큼 깨끗하고 조경이 잘된 곳은 볼 수 없었다. 중국인들의 타고난 예술성과 누적된 전통을 바탕으로 자연미와 인공미를 완벽하게 조화시킨 도시가 항저우였다.

항저우와 저장성은 한국과 역사적으로나 문화적으로 밀접한 관계를 가지고 있었다. 예를 들면, 신라의 천재 최치원은 12세에 당나라에 유학을 가 외국인을 대상으로 하는 과거시험인 빈공과(賓貢科)에 급제하여 항저우에서 멀지 않은 율수현의 관리를 지낸 적이 있었다. 또한 항저우에 있는 혜인고려사에는 고려시대 왕자출신 승려인 대각국사 의천(義天)의 청동좌상이 모셔져 있는데, 그는 송나라 때 이 절의 주지였던 정원법사(淨源法師)로부터 화엄학을 배워 고려로 돌아갔다. 명나라 역사책인 『명사(明史)』를 보면 그 당시 경략(經略) 송응창(宋應昌), 이여송(李如松) 제독 등 10만 대군이 임진왜란 시 참여했다. 그 중 저장성의 정예 수군도 수천 명이 참가하여 무훈을 세운 것으로 역사는 기록하고 있다. 조선조의 관리 최부(崔溥)가 탄 배가 표류하여 도착한 곳도 항저우 부근의 닝보(寧波)이다. 더군다나 항저우에는 대한민국 임시정부기념관도 있다. 이같이 하나하나 지적하기 어려울 정도로

이 지역과 한국 간에는 밀접한 교류가 있었다.

수천 년 중국과의 역사적 관계에 비추어 볼 때 우리가 중국보다 잘 살게 된 것은 불과 몇 십 년밖에 되지 않는다. 중국에 긍정적인 면과 배울 점들이 많음에도 왜 우리국민들의 머릿속에는 중국에 대한 부정적인 이미지가 적지 않게 자리 잡고 있을까. 우리가 교만에 빠져 있다는 생각이 든다. 나는 인터넷과 언론에 적지 않은 책임이 있다고 본다. 속효성과 즉시성을 생명으로 하는 이들 매체가 중국의 부정적인 면을 부각시킴으로써 그런 관념이 고착화된 것이다. 한국민들은 특히 중국제품에 대해서 그런 고정관념이 강하게 나타난다. 이것은 아마도 우리나라 수입업체들이 자신들의 이익을 극대화하기 위해서 무조건 가격을 낮춘 결과, 가격은 싸지만 품질은 조잡한 것들이 무더기로 들어온 것이 주된 이유인 것 같다.

중국인들에게 한국은 급속성장의 모델이자 호감이 가는 친구였다. 대부분의 중국인들은 한국 사람에게 많은 관심을 가졌다. 아직까지 지속되고 있는 한류열풍의 영향도 많은 것 같았다. 중국의 동쪽 항저우에서도, 서쪽 우루무치에서도, 남쪽 쿤밍과 구이린에서도 그것을 느낄 수 있었다. 어쩌면 이것은 한국의 대중음악과 드라마가 큰 영향을 미친 것으로도 볼 수 있겠으나, 문화적 유사성에 기초한 동질감이 크게 작용한 것이라고 본다. 그러나 중국 국적의 우리 동포들에게 한국인은 별로 달갑지 않은 존재였다. 그것은 한국에 들어와 생활하고 있는 '조선족'에 대한 일부 한국인의 냉대와 편견이 산출한 결과였다고 생각된다.

중국 사람들에게 북한은 계륵이었다. 귀찮고 성가신 존재이지만 그렇다고 팽개쳐 버릴 수도 없는 국가였다. 역사적으로 볼 때 중국이 한반도를 자국의 병풍으로 생각해 온 오랜 옛날부터 지금에 이르기까지 고려와 조선, 남북한은 해양세력으로부터 그들을 지켜내는 큰 완충지역이었다. 임진왜란 때 조선에 10만이 넘는 대군이 참전한 가장 중요한 이유가 중국의 동북지방이 전쟁터가 되는 것을 사전에 막기 위함이었고, 6·25전쟁 때 중국이 북한의 지원군으로 참여한 것도 마찬가지 이유였다. 그런 점에서 북한은 중국에게 중요한 지정학적 의의를 갖는 것이었다. 북한에게 가장 큰 영향력을 행사할 수 있는 국가가 중국임을 감안할 때, 왕조를 제외하고는 세계사에서 유래를 찾아 볼 수 없는 권력의 3대 세습을 묵인하고 있는 현재의 중국은, 자신의 이익이 유지되고 자국을 추종한다면 독재의 여부와는 상관없이 그 정권을 지지해왔던 미국과 별다른 차이점이 없다는 생각이 들었다. 하지만 중국의 일반 국민들은 북한의 정치와 3대 세습체제에 대해 부정적이었다. 오죽했으면 중국의 여행사에서 모집하는 동북지방 여행상품에서조차 중국의 '혈맹'인 북한을 '신비의 나라'라고 표현했을까. 내가 그것에 대해 전혀 언급하지도 않았는데도 여행 중 만난 중국인들은 '천안함 사건'을 의심의 여지없이 북한의 행위로 보고 있었다. 일반적으로 중국인들은 한국에 대해 우호적이고 호감을 갖는 반면, 관영 언론에서는 한국에 비해서 북한에 대해 상대적으로 친밀성과 우호성을 많이 보여주는 것 같았다.

그들은 일본이라는 국가에 대해서는 진심으로 호감을 갖지 않는 듯 했다. 물론 일본 문화와 제품의 우수성 등에 대해서는 인정을 하지만, 일본에 대한 비호감성은 멀리는 몇 백 년 전 저장성, 장쑤성, 푸젠성 사람들이 왜구에게 수시로 시달려 왔던 역사적 경험에서부터, 가까이는 일본으로부터 잊을 수 없는 살육과 치욕을 당한 중국 근대사의 뼈아픈 경험 속에 그 뿌리가 있는 듯 했다. 그들의 피에는 역사의 맺힌 응어리가 남아있는 듯하였다.

미국은 중국의 지도자들에게는 중국이 만들어가야 할 선진국의 모델로, 그리고 일반 민중들에게는 선망과 부러움의 대상으로 자리 잡았지만, 국제정치적으로는 견제 내지 경쟁관계에 있는 대상이었다. 특히 동북아 지역의 국제적 사안에 대해서는 상호 민감한 반응을 보이는 경우가 자주 발견되었다.

중국과 관련해 우리 한국인들이 반드시 잊지 말아야 것이 있다. 그것은

'역사적으로 중국과의 관계가 좋았을 때는 한국이 번영했다' 는 사실이다. 우리의 역사를 살펴보면 중국과 원만한 관계를 지속하였을 때는 융성했고 태평하였지만 그렇지 못했을 경우에는 전란과 압박 속에서 지냈다. 아울러 우리의 번영은 중국에게도 많은 도움이 되었다. 이 말은 우리가 중국의 눈치를 보며 지내야 한다는 것이 결코 아니라 한반도의 지정학적 위치로 볼 때 어느 분야보다도 대중(對中) 외교의 중요성이 강조되어야 한다는 것이다. 1992년 수교 이후 한중 양국은 좋은 관계를 유지해 왔다. 양국은 상호 유학생 수, 인적교류, 연간 교역량 등 여러 면에서 서로 무시할 수 없을 정도로 상호 밀접한 관계를 유지하고 있다. 오늘날 한국과 중국은 자국에 온 외국 유학생 수에서 각각 수위를 차지하고 있다. 2010년 8월 현재 중국에 간 한국 유학생 수가 6만 7천 명이 넘고, 한국에 온 중국유학생 수가 7만 명이 넘는 것으로 나타났다. 2010년 양국의 교역액은 1,800억 달러가 넘었고, 연간 인적 교류는 500만 명, 한 주에 800편이 넘는 항공기가 양국을 넘나들고 있다. 우리가 번영을 누리기 위해서 우리 국민과 정부는 중국과의 유대관계를 지속적으로 강화해 나가야 할 필요가 있다. 그리고 중국이 동북아의 평화와 자국의 경제성장을 지속하기 위해서 한국과의 선린 우호관계가 필수적임을 중국지도자들은 알아야 한다.

또한 중국에 체류하며 피부로 느낄 수 있었던 것은 중국인들의 정치적 자유에 대한 강렬한 욕구였다. 그런 욕구 가운데 하나는 한국은 지도자를 자신들의 손으로 뽑는데 우리는 왜 그렇지 못한가 하는 것이었다. 국민소득이 올라가면 교육수준의 향상과 아울러 의식수준도 동반 상승하기 마련이며, 이에 따라 정치적 자유에 대한 강한 열망이 나타나게 된다. 국민의 교육과 의식수준이 낮을 경우에는 국가나 당이 이들을 지도 계몽해 나갈 수 있지만, 수준이 상당한 높이로 올라섰을 때는 국민적 반발과 거부감이 나타나게 마련이다. 우리의 경우 박정희 정권 때는 개발독재가 가능하였지만, 국민소득의 향상과 더불어 정부주도의 발전 계획이나 국민계몽은 국민과의 마찰을 가져왔다. 한국의 경우 5·16 군사쿠데타 이후 강행된 '개발독재'의 추진력은 정부주도하에서 일정 수준까지는 성과가 있었으나, 어느 수준을 넘어서면서부터는 오히려 성장과 발전의 발목을 잡는 부정적인 요소로 작용했다. 그것은 마치 '비행기의 프로펠러가 일정 수준의 속도까지는 상향성을 나타낼 수 있으나, 그 이상은 그 프로펠러로 인해 속도 향상에 방해가 나타나는 현상'과 같은 원리로 볼 수 있을 것이다.

정부 주도의 개발독재가 장기화 될수록 이에 따른 반사작용으로 사회 내 다양한 집단의 저항이 커지게 되고, 정부는 정부대로 이에 대한 대응을 하게 됨으로써 정치사회적으로 액션과 리액션이 나타나게 되는 악순환이 반복된다. 이런 정치사회적 환경 속에서 사회구성원을 위한 공존윤리나 공존을 위한 사회적 가치의 공고화 논의는 뒷전으로 밀려나게 되고, 체제의 유지를 위한 관변구호나 어용적 가치만이 득세를 하게 된다. 물론 중국의 정치문화가 우리와는 역사적 배경에서 차이점이 있는 것은 사실이다. 하지만 구태여 '천부인권론'을 언급하지 않더라도 인간에게 주어진 기본 권리는 어느 곳에서든 어느 나라에서든 부여되어야 한다. 진정한 '인민공화국'이 되기 위해서 말이다. 중국 곳곳을 여행해 보면 '인민'이라는 이름을 가진 광장, 거리, 건물들이 많다. 정치 이외의 분야에서는 자유가 보장되고 있지만, 정치면에서는 그렇지 못하다는 것이 오늘을 살아가는 중국인민들의 솔직한 생각인 것 같다.

나는 역사적으로 누적된 중국의 문화적 깊이와 정치지도자들의 역량을 고려할 때, 중국 정부가 국민의 정치적 자유에 대해 이제는 심각히 논의할 필요가 있다고 생각한다. 마치 억눌린 용수철에서 무거운 것이 사라지게 되면 그 용수철이 처음에는 얼마간 요동치다가 잠시 후에는 제 위치를 찾듯이, 정치적 자유가 보장되는 순간 초기에는 참여폭발 등의 사회적 현상들이 나타나겠지만, 중국처럼 역사적·문화적 토대가 굳건한 국가는 초기의 어려움을 극복하고 안정을 되찾을 것이라고 믿기 때문에, 중국의 지도자들은 국민의 정치적 자유에 대해 고려하여도 문제가 없을 것이라고 본다. 중국은 사회주의 체제에 자본주의적 생산양식을 접목시켜 성공을 거두고 있지 않은가 말이다. 기소르망은 『중국이라는 거짓말』이라는 작품 속에서 중국의 미래를 아주 암울하게 묘사한 바 있다. 왜곡된 경제구조, 부실 금융권, 공산당의 1당 체제와 정치적 자유의 부재가 겉으로 화려하게 성장해 가는 중국을 결국 나락으로 떨어뜨릴 것이라고 전망했다. 물론 그의 날카로운 지적이 전혀 근거가 없는 것은 아니지만 그는 중국의 역사적·문화적 깊이를 간과한 듯하다. 어찌 보면 그의 관점은 서구 중심적 세계관의 표출로 보이기도 한다. 나는 중국의 지도자들이 말하는 '중국식 민주주의'를 비판한다. 그러나 현재의 중국에 서구식 민주주의를 일시에 도입할 경우에는 아마도 엄청난 혼란이 뒤따를 것이다. 2차 세계대전 이후 자본주의 열강의 지배를 받았던 식민지가 내부적인 여건이 아직 마련되지 않은 상황에서 독립하면서 오랜 기간 동안 정치적 혼란과 경제적 어려움을 겪었던 역사적 사실을 우리는 알고 있다. 중국은 문화대혁명의 어두운 터널 속에서 벗어나 비상하고 있다. 경제적 번영은 국민들의 생활 수준향상과 교육기회의 확대로 나타나기 마련이며, 이는 결국 민주주의에 대한 내부적 열망으로 연결될 수밖에 없다. 선전(深圳) 경제특구 개방 30년을 맞이하여 중국의 수뇌부 내에서 정치개혁에 대한 열띤 논의가 진행된 것도 그 징표라고 생각한다. 나는 중국의 지도자들이 내부적인 혼란이 도래하기 전에 이 문제를 현명하게 대처할 수 있을 것으로 생각한다.

덩샤오핑이 개혁개방을 시작한 직후의 중국이 비상을 위한 활개를 치기 시작한 시기였다면, 현재의 중국은 이미 중천을 향해 날고 있음을 느낄 수 있었다. 넓은 국토와 엄청난 자원을 가진 강대국 중국. 2010년 말 현재 일본의 외화보유액이 1조 달러가 조금 넘는데 비해 2조 8,500억 달러가 넘는 외화를 보유한 국가. 이미 중국이 날개를 달고 비상했다. 국가지도자 덩샤오핑의 개혁개방정책 이후 누적된 엄청난 경제력과 기술력을 바탕으로 중국인들은 지금 세계 곳곳에서 자신의 힘을 과시하고 있다. 어느 곳에도 사람 사는 곳이든 그늘이 있는 법. 마치 우리가 누천년 동안의 빈곤에서 벗어나고자 빵 덩어리를 키우는 데 목표를 두는 과정에서 여러 가지의 사회적 모순이 복합적으로 나타났듯이, 중국에서도 그런 면들이 발견되었다. 그것은 아마도 성장병이라고 불러도 좋을 것이다. 중국의 지도자들이 알고 있듯이 유래 없이 빠른 경제성장과 그에 따른 인민 내부의 빈부격차, 도시와 농촌 간의 불균형한 발전 등이 대표적인 것이다. 이는 시간이 흐르면 해소될 것이다. 다만 전제조건이 있다. 정치체제와 지도자들에 대한 중국국민들의 확고한 믿음과 신뢰가 뒷받침되어야 한다는 것이다.

나의 1년 중국생활은 크게 몇 가지로 대별된다. 하나는 한 학기 동안의 교실 중국어 학습기간과 연구를 위한 자료 분석, 둘은 연구논문의 작성, 셋은 여행을 통한 중국 문화체험과 여행기 작성 등이 그것이다.

항저우사범대의 배려로 국제교육학원에서 중국어를 수강하게 된 것은 행운이었다. 항저우에 가기 전 부산의 재직대학에서 강사에게 사전 양해를 얻은 후 학생들 틈에 끼어 한 학기 동안 중국어를 수강하였다. 하지만 주당 두 시간씩 한 학기의 학습만으로는 중국에서의 의사소통이 거의 불가능했다. 중국 입국 후 항저우사대 국제교육학원의 우수한 중국어 강사진에게서 발음부터 배웠다. 하루에 세 시간씩 주 5일 동안, 한 학기 꼬박 수강하기가 제법 벅찼다. 대학에서 학생들에게 과제만 내던 사람이 피교육생이 되어 예습·복습하랴, 거의 매일 과제를 하랴 한 학기가 고통스러울 정도였다. 이 나이에 20대의 젊은 학생들 틈에 끼어 뒤지지 않으려고 발버둥치는 나 자신이 한심스럽기도 하였지만, 몰라서 배우는데 무슨 부끄러움이 있을 수 있는가. 피교육생이기는 했지만 교수로서 오랫동안 해 오던 습관이 몸에 배어 지각과 결석은 스스로도 생각할 수 없는 일이었다. 그러나 출석률이 좋다고 중국어 말하기 듣기 실력이 좋은 것은 아닌 법. 알고 보니 외국에서 온 다른 학생들은 나처럼 초보가 아니라 자국에서 비교적 긴 기간 동안 학습을 한 경험이 있었다.

간혹 가족들이 다녀가기는 했지만 거의 혼자 지냈던 시간이 많았던 나로서는 몇 가지 소중한 경험을 하였다. 첫째는 가족의 소중함을 느낄 수 있었다는 점이고, 둘째로는 러셀이 강조한 바 있었던 게으름의 철학을 호사스럽게 누릴 기회가 있었다는 것, 셋째로는 혼자 살아가는 수도자들에 대한 존경심을 가질 수 있었다는 것이다. 인간이란 언젠가는 가족과 이별할 수밖에 없는 운명을 타고난 존재이지만, 그래도 가족을 만날 수 있다는 기대감이 고독을 누그러뜨려 주었다. 물론 여기서도 나름대로 바쁘게 지냈지만 이것저것을 경험하며 장시간 혼자만의 시간을 가질 수 있는 기회는 아마도 앞으로는 다시 오지 않을 듯하다.

참고자료

'이한우의 역사 속의 why', 〈조선일보〉, 2009.10.31.
〈상하이저널〉 제520호, 2009.10.24.
『浙江省公路里程地圖册』, 中華地圖学社: 上海, 2009.
『中國地圖集』, 中國地圖出版社: 北京, 2009.
『Just go 중국』, 시공사, 2009.5.

顧希佳, 『西湖風俗』, 杭州出版社, 2004.
기소르망 저, 홍상희 · 박혜영 역, 『중국이라는 거짓말』, 문학세계사, 2008.
남경연 · 청품, 『하늘길의 종착역 티베트』, 고려원북스, 2009.
박원호, 『건설엔지니어의 도전』, 한솜미디어, 2008
아시아나항공, 『World City Guide』, (주)트리아드, August 2002.
위치우위 저, 유소영 · 심규호 역, 『중국문화답사기』, 미래 M&B, 2006.
李慎成 · 徐盛 編, 『中國文化遺蹟地 紀行資料集』(제27차), 부산교육대 사회교육원
　　　　고전강독반, 2003
임석준, '난징단신', sjlim@dau.ac.kr
杭州市旅遊委員會, 『杭州旅遊指南』, 2009. 3.

저자 **전세영**(全世瑩)

중앙대에서 정치학사 · 석사 · 박사학위를 취득하고 통일연구원 책임연구원, 미국 University of Washington 객원교수, 중국 杭州師大 객원교수, 부산교육대 교무처장, 한국시민윤리학회 회장, 한국정치학회 부회장 등을 역임하였다.

현재 부산교육대 윤리교육과 교수 및 가마뫼미래마당 공동대표로 활동 중이다.

대표 저서 및 논문으로 『공자의 정치사상』(인간사랑), 『율곡의 군주론』(집문당), 『미국문화기행』(푸른사상), 「퇴계의 군주론 연구」(한국정치학회보), 「율곡의 인물평가연구」(21세기정치학회보) 등이 있다.

중국 대륙을 탐하다

인쇄 2011년 3월 31일 | 발행 2011년 4월 5일

지은이 · 전세영
펴낸이 · 한봉숙
펴낸곳 · 푸른사상사

등록 제2−2876호
주소 서울시 중구 을지로3가 296−10 장양B/D 701호
대표전화 02) 2268−8706(7) | 팩시밀리 02) 2268−8708
메일 prun21c@yahoo.co.kr / prun21c@hanmail.net
홈페이지 www.prun21c.com
책임편집 지순이

ⓒ 2011, 전세영

ISBN 978−89−5640−812−5 03810
 값 20,000원